鋼《はがね》の女子アナ。

夏見正隆
Natsumi Masataka

文芸社文庫

目次

プロローグ

『それでは、爆弾犯人が立てこもっている富士桜銀行自由が丘支店の前に行っている、桜庭《さくらば》よしみさんを呼んでみましょう。自由が丘の桜庭さん』

局のスタジオで〈緊急報道特集〉を仕切っているメインの女性キャスターが現場を呼んでくるのに合わせ、パトカーの赤い回転灯を背にした中継ディレクターが指で四秒前を合図する。

「四」

すうっ

桜庭よしみは、さらさらのロングヘアをマイクを持ったままの右手で掻き上げると、深呼吸した。

（ようし――）

髭《ひげ》のディレクターの立てた指が、三本に。その後ろにはＩＴＶと三文字で局名を染め抜いた大型テレビ中継車が、衛星アンテナを朝の東京の空に向けている。

（ようし――、気合入れるのよ、よしみ。この現場中継をうまくやれば、日頃の低空飛行の成績を挽回《ばんかい》できるわっ）

ファンファンファンファン

ファンファン

午前十時。朝の開店と同時にダイナマイトとトカレフ拳銃を振りかざした単独犯の強盗に襲われたこの銀行は、一時間経った現在も膠着《こうちゃく》状態（にっちもさっちもいかないこと）が続いていた。外は一ダースものパトカーが銀行のシャッター前を包囲し、急行してきた各テレビ局のニュース中継車がさらにその外側を埋め尽くして、自由が丘の駅前ロータリーは盆踊りの会場になった公園みたいにごった返していた。

（犯人は爆弾を所持しており――七人の女子行員を人質に立てこもった犯人は、逃走用の飛行船を要求し――ようし、しゃべる内容はちゃんと入っているわっ）

さっき中継車の中でしっかりメイクを直したミニのスーツ姿のよしみは、ディレクターの指が「二秒前」を指すと中継カメラに目線を上げた。

だが、その時だった。

――きゃーっ

中継用イヤフォンを突っ込んだよしみの耳に、悲鳴が聞こえた。若い女の悲鳴だ。よしみが背にしている、銀行の内部からだ。

（あちゃーっ、しまった！）

よしみは一瞬、顔をしかめた。

――きゃーっ、きゃあーっ

その〈悲鳴〉は、周囲にいる警官隊や中継スタッフには聞こえない。分厚いコンクリートの銀行店内で、今にも殺されそうになっている行員の女の子のかすれた悲鳴など、よ、よしみの聴覚でなければ捉《とら》えられるはずもない。

――きゃーっ、助けてぇっ！

よしみは、困った。

（ま、まいったなあ――今度中継フケたらあたし戒告処分なんだよー……）

だが店内から届く悲鳴にかぶさって、覚醒剤で酔っ払っているらしい犯人の男のわめき声が響いた。

――し、し、死ねえこのアマ！

（い、行かないぞ。あたしは行かないぞ。今度こそちゃんと現場中継をやるんだ）

――きゃあーっ、きゃーっ！

よしみはマイクを握ったまま立ちすくんだ。

『一秒前』

（こんな大事なところで、いなくなるわけにいくもんか。こんな大事な――）

カチリ

トカレフの撃鉄を起こす音。

（――あたしは行かないぞっ）

「助けてぇーっ」

人質全員が床に這《は》わされた銀行店内のフロアでは、黒覆面《くろふくめん》をした犯人の男が一人の女子行員の髪の毛をつかみ上げ、口の中に黒い拳銃の銃口を突っ込んでいた。犯人は自分の要求がまったく容れられないので、頭に来ていた。

「た、助けて、助けて！」

「うるさい死ねえ～！」

緊張の極に達した犯人は、酔った目で引き金を絞ろうとする。

だが、その時
「待ちなさい」

シュッ、という空気摩擦音とともに、犯人の目の前三十センチに何かが出現した。

「な、何だてめえはっ？」

犯人は血走った目を見開く。目の前に、ピンクのミニのスーツを着たロングヘアのOLらしき女がいた。

「その子を放しなさい」

ロングヘアの可愛いOLは眉《まゆ》を吊《つ》り上げて言った。

「うっ――？」

犯人は混乱した。こいつは今までどこにいたんだ？　店内にいたOLなら全員縛り上げたはずだぞ？

「このアマ、撃つぞ！」

だが犯人の男が女子行員の口から黒い拳銃を引っこ抜き、引き金を引いた瞬間
シュッ
空気摩擦音とともに女の姿は消え、彼は空中高く持ち上げられた。

「う、うわっ？」

あろうことかロングヘアのＯＬは、音速に近い速さで後ろに回り込むと華奢《きゃしゃ》な白い右腕で彼の背中をふんづかまえ、天井につかえるくらい持ち上げたのだ。

「な、な、何だ、どうなってるんだっ！」

犯人は驚いて悲鳴を上げた。

「お、お前は誰だっ、どっから来たっ？」

「うるさいわねっ」

よしみは怒って叫んだ。

「あんたのせいで、また中継に穴空《あ》けちゃったわっ」

「なっ、何のことだっ？」

「中継に穴を空けるとなあ、すっごく怒られるんだからっ」

「い、痛い痛い、やめてくれ」

「だまれっ」

よしみは片手で、拳銃を持った大男をぶぃんぶぃん振り回し始めた。

「あんたみたいなのがこの世にいるからっ」

「う、うわぁーっ！」

目を回し拳銃を放り出す犯人。

「あんたみたいなのがこの世にいるから、あたしは一度も、まともに現場中継ができたためしがないんだっ。せっかく苦労してやっと就職して、テレビ局に入ったのにっ！」

「な、な、何の話だ」

「うるさいっ」

よしみは叫ぶと、軽々と持ち上げた犯人を『ボーナスは富士桜銀行へ』と大書された店の奥の掲示板目がけて放り投げた。

「あたしはこれで、戒告処分だっ！」

う、うわぁ〜っ！　と悲鳴を上げ、爆弾強盗犯人はゴジラの投げた岩みたいに不自然にまっすぐ吹っ飛んでいき、後ろの壁に頭から半分めり込んだ。

がぼっ
コンクリートのかけらが、パラパラと落ちた。

よしみはぱんぱんと手のひらの埃を払うと、一瞬の出来事に驚いて注目する人質の女子行員には目もくれず、フロアの真ん中でため息をついた。

「はあ……どうしてあたしって、こうなっちゃったんだろ……」


「桜庭が消えた」

「消えたぞ」

「まただ」

銀行の外では、中継開始と同時に姿を消したよしみに驚き、スタッフたちが周囲を見回していた。

「いったい、どうしたんだ？」

混乱する中継スタッフの抱えるモニター画面の中で、スタジオのメインキャスターが叫ぶ。

『中継現場、桜庭さん？　どうしました、桜庭さん？』

第一章　ミステイク・ブロードキャスト

帝国テレビ《ITV》の女子アナウンサーで報道局レポーターの桜庭よしみ（23）はスーパーガールだったが、いつも大事な場面で報道をすっぽかし、変身して人命救助ばかりしていたので、ついに帝国テレビの報道局長から戒告処分（厳しく怒られること）にされてしまった。

「桜庭っ！　爆弾犯人の立てこもった銀行前からの中継で、突然いなくなるとはどういうことだ？　いったいどこで何をしていたっ？」

「は、はい、あの、そのう——」

まさか、『ちょっと犯人をやっつけに行ってました』なんて、とても言えなかった。

「いえ、あの——」

「理由も言えんのかっ。貴様は戒告処分だ！　当分番組に出なくていいっ！」

よしみは怒鳴られて、報道局長室から追い出された。

「う、うううううう！」

どうして自分が、重要な事件の現場に行くと大事な時に雲隠《くもがく》れしてしまうのか、本当の理由を言うことができないよしみは、報道局長の部屋を出た廊下で歯を食いしばって悔《くや》しがった。

——『それでは、爆弾犯人が立てこもっている富士桜銀行自由が丘支店の前に行っている、桜庭よしみさんを呼んでみましょう。自由が丘の桜庭さん』

「あ、あたしだって――」

よしみは白い蛍光灯が照らす局の廊下で、壁におでこをくっつけてうめいた。

「あたしだって、大事なところでいなくなったりなんかしたくないよ！」

――『桜庭さん、どうしました？　桜庭さん？』

でも今日は、本当に仕方なかったんだ。あの時、自分が行かなければ、女子行員の一人が犯人のピストルで――

「こらよしみ！」

「え？」

後ろから肩をたたかれて、よしみは振り向く。

「あ、お姉ちゃん」

白いスーツの桜庭順子《じゅんこ》（28）が後ろに立っていた。

「早いね、もう出《で》なの？」

「早いね、じゃないっ」

ちょっとおいで、と順子は五つ下の妹を近くの女子トイレに引っ張り込む。

姉に怒られるのがよしみは苦手だ。いつだって順子は反論できないほど正しいことを言う。よしみが中二で順子が高三の頃から、そうだった。

「お姉ちゃん、凄いね。四月からも〈ニュースの海〉、続投決まったんだって？」

「そんなことを話すんじゃないっ」

順子はよしみのブラウスの胸ぐらをつかんで、トイレのタイルの壁に押しつけた。

「お、お姉ちゃん、痛い」

「痛いのはあたしのほうだっ」

桜庭順子は、夕方のニュース番組用の濃いメイクの大きな両目でよしみを睨《にら》みつけた。

「よしみ、あんたまた現場の中継からフケたそうね？　いったいどういうこと？」

「あ、いやぁ、困っちゃうな――」

「困っちゃうな、じゃないっ！」

順子は怒鳴った。

「これで何回目だと思ってるのっ」

「い、痛いよ」

「よしみ、あんたが今日、戒告処分ですんだのは、あの中継のあとであたしが局に駆けつけて、報道局長に平身低頭して謝ったからなんだよ！　でなきゃあんたは、クビになるところだったんだからね！」

「クビ――」

よしみは、タイルの壁に押しつけられながら、うなだれてしまった。

「――お姉ちゃん、ごめん……」

順子は、ため息をついてよしみを放す。

「いったい」

総理大臣でもマイク片手に追い回す順子は、きつめの美しい目を潤《うる》ませてよしみを見た。

「いったいよしみ、あんたはこの頃、どうして現場の中継に行くと大事なところでいなくなってしまうのよ？　どうしてなの？」

「そ、それは――」

よしみは、本当の事情を姉に話しても大丈夫だろうかと迷った。

(――だめだわ。あたしが去年の暮れから突然スーパーガールになっちゃったなんて、そんなことお姉ちゃんに言ったら『ふざけるな！』って張り倒されちゃうわ)

よしみが帝国テレビに局アナとして入社できたのも、『あの桜庭順子の妹だ』という評判が人事部を駆けめぐったからである。帝国テレビは、美人で切れ味のよいニュースキャスターをもう一人手に入れようと、よしみのおっとりとした性格などろくに面接で見もしないで、姉にあんまり似ていないよしみに採用内定を出したのだった。もし順子が帝国テレビの看板とも言われるニュースキャスターでなかったら、二年前一千倍近い競争率をはねのけてよしみが帝国テレビに採用されていたかどうか、わからない。

「あんたは、のんびりしてるけど、もっとちゃんとした妹だと思っていたわ」

順子はよしみを見つめて言った。

「入社当時は、あんなに頑張ってたじゃないの。あんたが早朝のお天気お姉さんをわずか一年で卒業して、報道局に入った時はあたし嬉しかったのよ。それが最近は何よ？」

「ごめんなさい」

よしみは、やはりただ謝《あやま》るしかなかった。

「これからは、逃げ出さないように、します……」

「とにかくっ」

順子はよしみを睨みつけて言った。

「今度こういうことがあったら、よしみ、あんたは確実にクビだからねっ！」

白いスーツの順子は、頬《ほお》から湯気を立てながら報道局の自分のデスクへ戻っていった。

1

（あーあ……）

――『桜庭さん、どうしました？　桜庭さん？』

（今日は最悪に、タイミング悪かったわ――）

よしみは、取材から帰ったばかりのピンクのミニのスーツ姿で、廊下を報道局へととぼとぼと戻りながら午前中の事件を思い出していた。

よしみが突然消えてしまったのは、富士桜銀行自由が丘支店の正面で、スタジオへの中継が今にも始まるその瞬間だった。

「3、2、1、キュー！」

ビュンッ

突然カメラの前からよしみが掻き消すようにいなくなったので、中継スタッフたちはびっくりしてあたりを見回した。

「桜庭が消えた」

「消えたぞ」

「まただ」

「いったい、どうしたんだ？」

『桜庭さん？　どうしました、桜庭さん？』

仕方なく中継ディレクターが、歩道に落ちていたマイクを拾ってカメラに向かった。

「スタジオ、こちら中継です。桜庭よしみはちょっと都合が悪く、ディレクターのわたしが報告いたします」


（あの時――）


「どうやら犯人は、籠城《ろうじょう》二時間で神経が限界に達したらしく、現在、銀行の支店内部で『人質を一人ずつ殺す』とわめき始めています。極めて危険な状態です！」

（あの時、行員の女の子が、犯人のトカレフ拳銃で撃ち殺されそうになったんだ……）

よしみのスーツは、上着の袖《そで》と、スカートの裾《すそ》のところが少し焦げていた。

――『きゃあっ、助けてぇっ』

『おとなしくしろこのアマ！』

『助けてぇっ！』

（あたしには、聞こえたんだ――もしあたしが行かなかったら……）

午前九時、開店と同時に銀行へ押し入った犯人は、ダイナマイトと拳銃を振りかざし、女子行員七人を人質に取って立てこもってしまった。金庫の現金を袋詰めにした犯人は逃走用の飛行船を要求し、取り囲んで説得する警官隊との間で膠着《こうちゃく》状態に陥ってしまった。

――『た、助けて、助けて！』

『うるさい、死ねえ〜！』

ビュンッ

『待ちなさい』

『な、何だてめえはっ？』

『その子を放しなさい』

『このアマ撃つぞ！』

シュッ
『う、うわっ？』

よしみは立ち止まると、スーツの袖の臭いをくんくんと嗅《か》いだ。

（よかった……音速を超えなくて――）

袖とスカートの裾の焦げ目は、犯人のトカレフ拳銃の銃弾がかすめたからではなく、よしみが銀行のビル裏側の三階の窓から飛び込む時と、犯人を取り押さえる時に、音速近いスピードで動いたから空気との摩擦でできたのだった。

（ああでも、焦げ臭いのわかるかな……）

〈イグニス〉がよしみの中で能力《ちから》を解放する時、よしみの目には自動拳銃の9ミリ弾など血を吸いすぎてろくすっぽ飛べない真夏の蚊《か》よりも遅く見えるのだった。他人の危機を感じ取った時のよしみの反応速度と運動速度は、本人がちょっと気をつけないとすぐに音速を突破する。

今朝もそうだった。

銀行の正面でカメラに向かったよしみは、中継ディレクターのキューが「3、2、

1」と出される瞬間に殺されそうになった女子行員の悲鳴を聞きつけ、マイクを放り出してジャンプしたのだが、あとでその場面のVTRを巻き戻しても、普通の人の目にはどう見てもよしみがそこから掻き消すようにいなくなったとしか映らないだろう。

（あの時、音速を超えて飛んでいたら、きっと戒告くらいじゃすまなかったわ）

そう、ある理由から、スーパーガールとして活動する時に音速を超えてしまうと、よしみは簡単にはカメラの前に戻ることができなくなってしまうのだった。

ざわざわざわ
報道局の合同オフィスの前まで来ると、

（あっ、やな奴がいる）

よしみは顔をしかめた。

同期入社の女子アナウンサー奥只見弓子《おくただみゆみこ》が、最近切ったショートヘアの頭で報道局の入口に立っていた。

「ああら桜庭さん」

「どうも」

「また中継に穴空《あ》けたんだって？　大した度胸ねえ。でもだめよ、緊張してお手洗い行きたくなるのはわかるけど、中継現場にはたいてい女子トイレなんかないんだから、ちゃんと局ですませてから行かなくちゃ」

うー、よしみは口の中で唸った。

返す言葉は、ない。

「桜庭っ」

報道局の伊武《いぶ》チーフディレクターがバリトンの声でよしみを呼びつけた。

「は、はい、桜庭よしみ、ただ今戻りました」

「永久にいなくなってくれたほうがよかったよ！」

伊武は怒鳴った。

「お前がどこかから戻ってきた時、すでに爆弾犯人は銀行の中で勇敢なＯＬに反撃されてぐちゃぐちゃにのされ、へろへろになって警官隊に投降してきたあとだった。お前が慌ててレポートした時には、すでに他局は犯人逮捕の瞬間を捉《とら》えていて、うちだけ画面が負けてしまった。俺はその時、局にいたが、報道局長の怒るまいことか！」

眉毛の濃い伊武チーフディレクターの顔の向こうで、全てのテレビ局の放送をモニターしている十数台のモニター画面の一つが、午後のワイドショーを流している。解放された人質の女子行員のインタビューだ。

『はい、そうなんです。わたしが撃たれそうになった時、突然ピンクのスーツを着た女の子が現れて、物凄い速さで拳銃を持った犯人をぶちのめしたんです。犯人は撃ちました。でもぜんぜん当たらないんです』

『その女性は、富士桜銀行の女子行員ですか？』

『いいえ、違います。どこかから突然パッと現れて、犯人を振り回して投げ飛ばすと、またパッと消えてしまったんです』

『顔は？』

『彼女があまりに速く動くので、よく見えませんでした。でも凄く可愛い子でしたよ。ほらテレビ局の女子アナウンサーによくいる感じの――』

よしみは伊武を無視して、その肩越しにモニター画面を見た。

『――とにかく、わたしが助かったのは、その女の子のお陰なんです』

（よかったわ、みんな助かって――）

「桜庭っ」

「あ――え？」

「何をニヤニヤしてるんだ？　お前は報道の使命がわかっているのか？　いいか、この世に確かに真実はない。けれども、幻ではないんだ。幻の中へ飛び込んで真実を追いかけるのが俺たちの仕事だ！」

「は、はい」

「わかったら、今日はもう帰れ」

「あ、いえチーフ、わたしこれから〈わくわく動物探検隊〉の台本打ち合わせが――」

「そんなもん出なくていい。今週から〈わくわく動物探検隊〉は、奥只見に交替だ」

よしみの背中で、奥只見弓子がクスッと笑うのがわかった。

「そ、そんな」

「戒告処分になった女子アナを、バラエティの司会に使えると思うか？　スポンサーにクレーム出されるぞ。お前は今日から一カ月、自宅で謹慎《きんしん》しろ。謹慎が解けたらもう一度、早朝番組のお天気お姉さんからやり直しだ！　いいなっ？」

「ふぇ～ん……」

よしみは、昼食時を過ぎて人もまばらになった帝国テレビ地下社員食堂の隅っこのテーブルで、一人でうつむいて泣いていた。

「よしみ」

声がして顔を上げると、女優の水無月美帆《みなづきみほ》がトレイを持って立っていた。

「ここ、いいかしら」

「――どうぞ」

美帆はテレビドラマの画面で見るよりもずっとほっそりしていて、まるで妖精を見るようにきれいだった。でも手にしたトレイに載っているのは帝国テレビ職員用B定食で、水無月美帆も〈さばみそ〉なんか食べるのか、と見かけた人はびっくりするだろう。

「午前中の収録が押しちゃってさ、やっと昼ごはんよ。お腹空《なかす》いた」

「うん……」

「どうしたの、よしみ」

水無月美帆は、よしみの〈正体〉を知っている、たった一人の地球人だった。

「どうしたもこうしたも、ないわ」

「出番待ちの時にテレビ見てたよ。よしみ、大活躍じゃない。人質は、一人も死なずにすんだわ」

「そのお陰で、あたしは戒告処分に謹慎一カ月に、また早朝のお天気お姉さんからやり直しだわ！」

よしみはわーっと泣いた。

「あたしは、あたしは、好きでスーパーガール《こんなこと》してるんじゃないわ！　もうやめたいよう、辛いよう！」

「よしみ」

美帆は先月、ドラマの撮影でヘリコプターから足を滑らせ落下してしまった時、音速で駆けつけたよしみに空中で抱き止められ、一命を取り留めたのだった。

「わたしがこうして生きていられるのは、あなたのお陰なのよ」

美帆を空中でキャッチしたよしみは、撮影スタッフから見えないところまで飛んでいき、美帆を地上に降ろした。抱き止めて飛んだので顔を見られてしまった。でも命を救われた美帆は『他の人には決して言わない』と約束してくれたのだ。

「ひっく、ひっく。悔しいよう。奥只見なんかに〈わくわく動物探検隊〉を取られちゃったよう！」

「よしみ」

美帆は優しく言った。

「よしみ、この世にはテレビ局のアナウンサーになりたくてもなれない女の子が、何万人もいるわ」

「ひっく、ひっく」

「スーパーマンになりたくてなれない人だって、きっと大勢いるはずだわ。あなたはその両方とも叶《かな》えてしまったのだから、ちょっとくらい辛くたって、泣いちゃだめよ」

「スーパーガールは、なりたくてなったんじゃないよう」

美帆は、テーブルに突っ伏して泣いているよしみの左の手首を見た。

そこには、銀色の細いリングがはまっている。ちょっと見ただけではアクセサリーにしか見えないその銀色のリングは、これからよしみが生きている間、二度と外れることはないだろう。

「イグニスがあたしに、勝手に合体したんだよう！」

「よしみ、〈正義の味方〉が泣いたらおかしいわ」

正義の味方、という言葉を聞いた時、よしみはがばっとテーブルから顔を上げた。

「そうよ！」

「え」

「絶対、そうだわっ」

「な、何が？」

「モロボシダンよ」

「モロボシダン？」

「モロボシダンは、きっとキリヤマ隊長に付け届けしていたに違いないわ！　そうでなければあんなにいつも大事なところでいなくなるのに、戒告にも減給にもならないなんて、おかしいわっ！」

「ドラマと現実は違うわよ、よしみ」

「モロボシダンが、うらやましいよう」

よしみは、またひんひん泣き始めた。

「よしみ、〈イグニス〉があなたのところに来なければ、あなたもスキー場で死んでいたんでしょう?　これもあなたの運命よ」

2

品川区西小山の高台にあるマンションに、よしみの部屋がある。

古くは、〈暁《あかつき》はただ銀色〉の宮野理香《みやのりか》が住んでいたあたりである。（知らない人は、知らなくてよろしい）。

まだ外は明るいのに、カーテンを閉《し》めて真っ暗にしたリビングで、よしみは録画してあった今朝のＶＴＲを見ていた。

『――それでは、爆弾犯人が立てこもっている富士桜銀行自由が丘支店の前に行っている、桜庭よしみさんを呼んでみましょう。自由が丘の桜庭さん』

スーツを脱ぎ散らかして、素足でフローリングの床に座って、よしみは画面を見つめた。

『桜庭さん、どうしました？　桜庭さん？』

『スタジオ、こちら中継です。桜庭よしみはちょっと都合が悪く、ディレクターのわたしが報告いたします』

「ああ——」

　よしみは、頭を抱えた。

「何でスーパーガールなんかになっちゃったのかなあ……」

　ため息をついた。

　報道局のレポーターと正義の味方を両立させるのは、まるで高校生がテニス部のキャプテンと生徒会の副会長を兼任した上でお茶の水女子大にストレートで合格するのと同じくらい——いやそれ以上に困難なことだった。

「あたしは、ニュースキャスターになりたかったんだ……夕方六時のニュースで、順子お姉ちゃんみたいに『全国のみなさん、こんばんは』ってかっこよくニュースを読むのが夢だったんだ。そのために中学生の頃から勉強もしたし、大学では体育会に入ったほうが有利だって聞いて遊びたいの我慢してテニス部に四年間もいたし、帝国テレビに運よく採用されてからは、朝弱いのに一生懸命早起きして、お天気お姉さんを一年間やり抜いて、とうとう報道局に移ることができたんだ——ああ、それなのに」

　報道局レポーターとして現場で実績を積めば、いずれ夕方のニュースでメインキャスターに抜擢《ばってき》されるのも夢ではなかった。でも、スーパーガールとして活躍すればするほど、よしみがニュースキャスターを目指してこれまでしてきた努力がどんどん台なしになっていくようだった。

たとえば、暴風雨の港を取材に行けば、波にさらわれて溺《おぼ》れかけている男の子の悲鳴が聞こえてきて、マイクを放り出して助けに行ってしまう。脱線した電車を取材に行けば、下敷きになった女の子を助けるために車体を持ち上げに行く。とてもカメラの前で、レポートしている暇なんかないのである。

「イグニス――」

よしみは、左の手首の銀色のリングに話しかけた。

「イグニス、あたしは辛いよ……あたしは、ニュースキャスターの仕事がしたいんだよ」

リングは何も言わなかった。

よしみは、またため息をついた。

「ああ――やっぱり去年の冬、ちょっとはめを外したのがいけなかったのかなあ……」

でも、恋をして何が悪い。

よしみはサイドボードの上に伏せてあった写真立てを持ち上げた。クリスマスの苗《なえ》場《ば》スキー場で、仲よく抱き合って笑っているよしみと俳優の橋本克則《はしもとかつのり》。〈わくわく動物探検隊〉の司会をしていたよしみと、ゲスト解答者で出演した橋本克則は番組のあとの打ち上げで意気投合し、マスコミにばれないようにして二人でスキーに出かけた。

去年の暮れのことだ。

それまで、テレビ局に就職するための勉強と体育会テニス部の色気も何もない練習の毎日で青春を犠牲にしていたよしみにとって、克則とのスキーは目くるめくような、とろけるような三日間だった。

しかし、〈事件〉はその三日目に起きたのだ。


――『よしみ、もうだめだ!』


「はあ……克則、電話くれなくなっちゃったなあ――」

よしみは、自分がはからずもスーパーガールとして生きるはめになってしまった、その〈事件〉のことを思い出していた。


「よしみ、もうだめだ」

びゅううううう!

クリスマスの苗場スキー場は、時ならぬ大吹雪《おおふぶき》に襲われていた。なるべく人目につかないところで仲よく滑ろうと、山頂に近い上級者コースにリフトで登っていた二人は、猛烈な吹雪に巻き込まれて自分たちがどこにいるのかもわからなくなってしまった。苗場スキー場は、北海道や志賀高原と違って、上級者コースにはほとんど人がいない。下のほうのホテルに近い初中級者コースの何でもないスロープに、ファッションだけは決めに決めた女の子たちがコロコロ転がって、そこを目がけてスキーのうまい男たちが「君、大丈夫かい」と海面の小魚をすくいにいく知床《しれとこ》海岸のアホウ鳥みたいに群がっていく。スキー場に来ているみんながみんな、そういうことをしているので、苗場の上級者コースはがらんとして誰もいないことが多かった。よしみと克則は、だから三日間、人目を気にせず思いっきりスキーを楽しむことができたのだ。だが周りに誰もいないことが、大吹雪の中では災《わざわ》いした。急いで降りようとした二人はコースから外れて道に迷い、克則は転倒して脚《あし》を折ってしまったのだ。

びゅううう

「よしみ、もうだめだ。俺は動けない」

「克則、しっかりして」

「俺たちは道に迷ってしまったらしい。視界が利《き》かない中で下手《へた》に動くと、沢に紛れ込んでしまう。このままここで、雪に穴を掘って吹雪が収まるのを待とう」

びゅうううううっ

あたりは一面真っ白で、何も見えなかった。おまけに日暮れの時刻が近づいていた。

「夜になっても俺たちが帰らなければ、いずれホテルが捜索隊を出すだろう。今夜はここで野営して、寒さをしのいで待つしかない」

「捜索隊？」

よしみはスキーウェアのゴーグルを上げて、思わず訊《き》き返した。

「そうだ、捜索隊だ」

捜索隊——

その時よしみの目には、『捜索隊が出る⬇ニュースになる⬇交際発覚！』というフローチャートが、電光のように浮かんでいた。

（冗談じゃない！　ワイドショーのネタになんかされたら、ニュースキャスターになれなくなっちゃうわ！）

よしみは、立ち上がった。

「どこへ行くんだ、よしみ」

「助けを呼んでくるわ。克則はここで待ってて！」

「無理だよしみ！　この吹雪だぞ」

「何とかして下まで降りて、救護班を連れてくるわ！　そうでなければ、二人ともフライデーされてしまうのよ。ここを動かないで！」

よしみはゴーグルを掛け直すと、猛烈な真っ白い吹雪の中へ滑降していった。

びゅうううううっ！

「あんなこと、しなきゃよかった――」

　よしみはつぶやいた。

「あたしがあんなことしなければ、イグニス、あなたと出会うこともなかったんだわ……」

　びゅううううっ！
　猛烈な吹雪で前も見えない中を、よしみは滑降していった。よしみは、克則との交際が発覚してワイドショーに追いかけ回されたくないと、それだけしか考えていなかった。だから無謀な滑降に挑んだのである。だがよしみはいつしか、地元の人すら〈魔の崖っぷち〉と恐れて近づかない断崖絶壁へ向かって、まっしぐらに下っていたのである。
　シュパーッ
　ずどんっ
「わわっ？」
　突然、真っ白い中でよしみは宙に浮いていた。よしみには何も見えなかったが、〈魔の崖っぷち〉からよしみは空中に飛び出してしまったのだ。

「きゃ、きゃーっ！」

谷底目がけて、スキーを履《は》いたままのよしみはくるくる回転しながら落下していった。

きゃあああっ――

悲鳴も、降りしきる雪に吸収され消えていく。

きゃあーっ――

ああもう、桜庭よしみは二十三歳の短い生涯を閉じるのか？

谷底へ落下していくよしみ。

もう終わりなのか？

「はぁ――」

よしみは、ため息をついて左手首のリングを見つめた。

「その時、あなたが来たのよねえ……」

じゅわっ！

キィイイン！

どさっ

「――えっ？」

　気を失いかけた瞬間、空中を落下していたよしみは何者かに抱き止められたのだった。

「えっ？　――えっ？」

　キィイイイン
　よしみを抱き止めた銀色の人物は、軽々と上昇すると安全な山の斜面にふわりと舞い降りた。

　ふぁさっ
　よしみは雪の上に、そっと降ろされた。

「あなたは――」

　それは女だった。

　雪の上に寝かされたよしみは、立って自分を見下ろしている銀色のレオタードを着たような若い女を見上げた。

（雪女――？　まさか……）

　銀色の女は、露出している脚や腕の部分は抜けるように色が白く、驚いたことに髪の毛から顔の産毛《うぶげ》から、猫のような切れ長の目の睫毛《まつげ》にいたるまで、体毛という体毛が全て白銀色だった。

「あ、あなたは……」

白銀の睫毛を伏せて、猫のような女はうっすらと笑った。実際、白銀の髪の中から、尖《とが》った小さな耳が二つ、天に向かって可愛く飛び出しているのだ。

よしみは息を呑んだ。

「……あなたは、誰ですか？」

「わたしは」

白銀の猫娘は、形のよい小さな唇を開いた。

「――わたしはイグニス」

「えっ」

まったく普通の日本語で、白銀の猫娘はよしみに笑いかけた。

「わたしはイグニス――イグニス・イプロップ。この地球の人間ではありません」

そんなことは、見ればわかった。

「宇宙の平和を護るボランティア活動で、この星へ来ました。成層圏から地上の様子を眺めていたら、あなたを目にしたのです。あなたのお名前は？」

「さ、桜庭よしみ――」

帝国テレビのアナウンサーです、と言おうかと思ったが、異星人が帝国テレビを知っているかどうかわからないので、やめにした。

「桜庭よしみ、です」

「そう」

　イグニスと名乗った白銀の猫娘は、うなずいた。

「感心したわ、よしみ」

「へ？」

「わたしはあなたを見ていて、感心したのです」

「どうして、ですか？」

　イグニスは猫のような目を潤ませると、両手の細い指を銀色のバストの前で絡《から》ませ、遠くを見る目つきをした。

「怪我《けが》をした仲間のために、この吹雪の中を助けを求めに命がけで滑っていくなんて！」

　イグニスは銀色の頭を振った。

「素晴らしいわ」

　クールな外見とは裏腹に、結構、感激屋の異星人らしい。

「素晴らしいわ、よしみ。まるで、山登りでパートナーと一緒に崖から落ちそうになって、仲間を助けるために自分からザイルを切ってしまうのと同じくらい、立派なことだわっ」

「あ、いえ、その」

「他人のために自分を犠牲にするその勇気。それはこの宇宙で、最も尊いものなのです」

「いや、あたしは、そういうんじゃなくて――」

あんまりその宇宙人が素直に感激しているので、よしみは『ワイドショーのネタにされるのが嫌だからやみくもに滑降した』なんて、ちょっと言えなくなってしまった。

「決めました」

白銀の異星人は、感激に潤んだ猫目を向けて、よしみに告げた。

「わたしは、決めました」

「は?」

何を決めたというのだろう。

「わたしは、あなたの勇気をモデルにしましょう」

「えっ?」

イグニスは言った。

「わたしはこの地球上では、生身《なまみ》で長く生きられません。あなたと〈融合〉することで、この星の役に立ちたいと思います」

「ええっ?」

イグニスはそう告げると、銀色のバストの前で両手をぴったり合わせ、両の猫目を閉じて、すうっと息を吸い込んだ。

「〈融合〉って——ちょっ、ちょっとちょっと！」

猛烈な吹雪の中、全ての音がやんで、白銀色の閃光がまるでイグニスの身体に吸い込まれるように輝き始めた。

ピカーッ

「ちょっと待ってぇ！」

ピカッ！

——『他人のために自分を犠牲にするその勇気。それはこの宇宙で、最も尊いものなのです』

よしみは暗くしたマンションのリビングで、手首のリングを見つめてつぶやいた。

「——とんだ勘違いよイグニス……地球の女の子はね、仕事の夢や、恋や、自分のことで精いっぱいで、他人のために犠牲になろうなんて、誰も考えちゃいないのよ……」

じゅわっ

気がつくとよしみは、吹雪の空中を矢のように飛んでいた。イグニスの姿は消えていた。

(克則は――克則はどこ?)

よしみの気持ちは、自分が空を飛べる不思議さよりも、激しさを増してきた吹雪の中で克則を捜し出すほうに集中していた。

(克則はどこ――?)

よしみは山腹の上を、這《は》うように飛んだ。

急ごう、

だがそう思った瞬間、とんでもないことが起きた。

ズドンッ!

山腹を低空で飛行していたよしみの身体は、一瞬にして音速を超えたのである。

「わわっ」

バシャッ

衝撃波と猛烈な空気摩擦で、よしみのピンクのスキーウェアは破裂するように消し飛んだ。

「きゃあっ」

一瞬にしてよしみは空中でオールヌードになってしまう。

だが同時に、手首のリングが発光する。

ピカッ！

白銀の閃光がよしみを包み込んだかと思うと、光は一糸《いっし》まとわぬよしみの身体に高分子ハイポリマースーツとなって蒸着した。さっきの〈イグニス〉とまったく同じコスチュームだ。腕も脚も、ほとんど露出しているのに寒さを全然感じない。

「う、宇宙人と同じ格好になっちゃった――！」

びっくりしている暇はなかった。

ドドドドドド――！

山頂から響き始めた轟音に、空中で停止したよしみは思わず振り向く。

ドドドドドッ！

「しまった！」

よしみは自分の加速で生じた衝撃波を、山頂付近の山肌にたたきつけてしまったのだ。

（しまった。あたしの衝撃波で雪崩《なだれ》が――！）

「克則――」

よしみは写真の克則に話しかけた。

「──克則、あなたが、わたしの初めて助けた地球人なのよ……あなたはわたしの正体を知らないけれど」

よしみは山頂付近に滞空して、克則を呼んだ。

「克則ーっ」

ドドドドドド！

山頂で発生した雪崩は、白い津波のように山の斜面を呑み込んでいく。

「どうしよう！」

その時、よしみの耳の中に誰かが囁《ささや》いた。

『耳を澄《す》ましなさい』

〈イグニス〉の声だ。

「イグニス！　どうすればいいのよ」

『耳を澄ますのよ、よしみ』

よしみは焦《あせ》る気持ちを抑え、空中で止まりながらすうぅっと深く息を吸い込んだ。

すうっ
耳に気持ちを集中する。

──ドクン、ドクン

はっと目を開けるよしみ。
(聞こえる——克則の心臓の音だ!)
——ドクン、ドクン
忘れもしない、昨夜ベッドの中で直接耳をつけて聞いた、彼の心臓の鼓動だった。
「待っていて!　今行くわっ」
ビュンッ
よしみは白い津波が押し寄せる山頂近い林の中へ、頭からダイブしていった。音速を超えないように気をつけながら。

ドドドドドドッ!

「うわあーっ」

橋本克則は、白い巨大な津波が襲ってきた時、もうおしまいかと覚悟した。せめてよしみがこの雪崩に巻き込まれないで麓《ふもと》に着ければいいが——とだけ考えた。

ビュンッ
何者かに抱き上げられて雪崩の波頭からすれすれに脱出した時、彼は気を失っていた。

「イグニス!」

気を失った克則を抱いて空中に浮かんだまま、よしみは自分の中のどこかにいる異星人に叫んでいた。

「雪崩が麓を襲うわ！　どうすればいいの？」

克則一人を救い上げても、麓に近い初中級者コースでは数千人の女の子を数千人の男がナンパしている真っ最中であった。全員を助けるなんて、よしみには不可能に思えた。

「どうしよう、あたしのせいでみんな遭難してしまう！」

『慌てることはない、よしみ』

よしみの耳の中で、また〈イグニス〉が言った。

『よしみ、雪崩は雪よ。雪は蒸発させてしまえばいいわ。〈フェンサー〉を使いなさい』

「フェ、フェンサーって？」

『手を前に。なるべく熱が広範囲に拡散することをイメージして』

「こ、こう？」

『わたしに、気持ちを合わせて』

ドドドドドド

よしみの遙か足の下を、白い津波が麓へ押し寄せていく。初中級者コースを呑み込むまで、五秒とかからないだろう。

『息を吸って』

すうっ

よしみは、さっきイグニスが自分に融合した時のように、息を吸い込んで目を閉じた。

『合図したら、一緒に叫ぶのよ』

ドドドドドド！

『1、2の、3――フェンサー！』

「フェンサーッ！」

キユゥゥゥゥン

前に突き出したよしみの右手に、光が凝集する。まるであたりの空間のエネルギーが吸い寄せられているように。そして次の瞬間、

ずばばばーっ

よしみの手から白銀色の猛烈な閃光が、横に広がった雪崩の波頭目がけ、熱線のシャワーとなって降り注いだ。

シュバーッ！

「きゃああっ」

空中でひっくり返りそうになるよしみ。

『よしみ、〈フェンサー〉に反動はないわ。体勢を立て直して。彼をしっかり支えて』

「そ、そんなこと言ったたって」

　ぶわわっ
　猛烈な上昇気流がよしみを襲ってきた。

　雪崩の雪が残らず蒸発して、消滅したのである。

　しゅわわーっ……

　蒸発した雪の水蒸気は、上空の空気に冷やされて速やかに雲を作り、雪の結晶に再び凝結して穏やかなダイヤモンド・ダストとなり、スキー場に降り注いだ。

　きらきらと輝く結晶の中を、〈イグニス〉と同じ白銀のコスチュームのよしみは飛んだ。

　麓に建つ高層ホテルの十階に自分たちの部屋を見つけ、よしみは気を失った克則を抱いて窓からそっと入り込む。

「帰れたわ、克則」

　ベッドに彼を寝かせると、

『よくできました、よしみ』

「イグニス」

『わたしはあなたに任せて、しばらく眠ることにします。長旅で疲れているの』

「え？」

『おやすみ。この星の平和を護ってください』

「イグニス――？」

よしみは耳の中に聞こえなくなった声の主を捜すように、天井を見回した。

シュルルル――

天女の衣がほどけるように、銀色の高分子ハイポリマースーツが輝きながら消滅して、よしみの左手首に腕輪の形を作って凝集した。

シュゥゥ――

「やだ、あたし真っ裸――！」

よしみは慌てて、部屋の隅に置いてあるヴィトンのボストンバッグを開けて着替えを取りだした。そして彼の脚《あし》を診《み》てもらうために、階下へホテルドクターを呼びにいった。

3

プルルル

プルルルルルー

――『おやすみ。この星の平和を、護ってください』

「う、うーん……」

プルルルル

電話のやわらかいベルで、初めてよしみは眠り込んでしまっていたのに気づいた。

カチャ

「はい……」

部屋の中はもう、暗くなっていた。

（明かり……）

板張りの床で寝転がったまま、ルームランプのスイッチは、と手探りする。

『――俺だ』

電話の声が言った。

「……え？」

よしみの手が、止まる。

『俺だ、よしみ』

がばっ
よしみは身を起こした。素脚《すあし》に何も穿《は》いていない。白いシャツだけの格好で立て膝《ひざ》になる。

「あっ、冷た」

『どうした』

「あ、ううん。何でもないの」

『久しぶりだな、よしみ――元気か』

朝からひどい目にばかり遭ってきたよしみは、その低い声を聞いて、胸がじんとした。

「克則……」

橋本克則の紺色のアウディＡ４は、マンションの前の路地に停《と》まってよしみを待っていた。

もうすっかり暗くなった路地を小走りに渡って、黒いミニのワンピースを着たよしみが駆け寄る。右側のドアが開く。

「待った？」

「きっかり三十分だ。さすがは局アナ」

左側の運転席で、三カ月ぶりに会う彼は笑った。

「マンションの前に来てるから出てこい、なんて突然言うんだもの。びっくり」

よしみはドアを閉める。

「すまなかった」

「女の子には、お化粧というものがあるのよ。すぐには出て行けないわ」

「すまない。そういうものもあったか」

「そうよ」

膝《ひざ》をきちんと合わせて、助手席に座る。彼の車に乗せてもらうのは、初めてだった。

「煙草《タバコ》のにおい、しないね。新車？」

「ああ。無理して買った」

「そう」

「走ろう」

克則がイグニションのキイを回した。

アウディの車内は、二人だけの空間になった。

「晩飯でも、食わないか」

「うん」

「洗足池《せんぞくいけ》のボート小屋を改装して、新しい店ができてた」

紺色の車は、点滅する信号で一時停車してから、高台の交差点を右折して中原《なかはら》街道へと下っていく。

三十分前、寝ぼけまなこで電話を取ってから、大変だった。『三十分だけ待って』と頼んで髪の毛を梳《と》かし、化粧をして、着ていく服を選んだ。シャワーを浴びるのは無理だった。これまで男の子とデートする時はいつも、前の週から約束ができていて、どこへ出かけてどんなデートになるのか予測がついていたから、よしみはそれに合わせてお化粧して、あらかじめ選んだ洋服を着ていったものだ。克則のようにいきなり来る奴なんていなかったし、よしみもそんな失礼な奴は相手にしなかった。

「克則、脚はもういいの？」

「うん」

彼はうなずいた。

「先週、ギプスが取れて退院した。もっと早く電話したかったんだ。でも携帯なくしちゃったし、入院中も退院直後も、ワイドショーのレポーターが張りついてたから」

「うん」

よしみもうなずいた。

「仕方ないよね。お見舞いにも行けなかったけど――」

克則が越後湯沢《えちごゆざわ》の救急病院に運び込まれた時には、一人でスキーに来ていたはずはないと、東京の民放テレビ局のワイドショーがどっと押しかけたのだった。

――『苗場のプリンスのエントランスで、救急車に乗せられる克則さんを心配そうに見ていた某民放テレビ局の女子アナウンサーを目撃した、という泊まり客の証言もあり、今後は橋本克則さんが誰とスキーに来ていたのか、が話題の焦点となっていくわけです――』

結局、意識の戻らない克則を救急車に乗せたあと、よしみはそれきり克則に会えなくなってしまったのだ。

（だけど――）

よしみはちょっと、不審に思う。

それは、この三カ月ずっと気にしていたことだ。

（いくら見張られていたって、二十四時間、一瞬も隙《すき》がないわけじゃないし、その気になれば病院から電話の一本くらい、できたはずだわ……）

マネージャーに代わりの携帯を用意してもらって病室からかけるとか、その気になればできたはずだ。

（どうして克則、今日まで電話をくれなかったのかしら――？）

「よしみ」

（あの〈事件〉までは、優しかったのに――）

「よしみ、どうした？」

よしみはハッと横を見る。

「あ、ごめんなさい」

「この車さ」

話す克則は、スキーに出かけた頃と変わらないように見える。

「うん」

うなずくよしみ。

「事務所に言われて、買ったんだ。テレビに出るだろう？　イメージがあるからって」

「そう」

克則は坂の下の信号を右折して、車を中原街道へ入れた。

赤いテールランプの列の中へ入っていく。

「この車は、局のスタジオへ行く時に乗っているんだ。最近、芸能レポーターを撒《ま》くのにも便利だって気づいた。でも昔の劇団の仲間に会う時には乗っていかない。軽蔑《けいべつ》される」

「そうなの」

「去年、富士桜テレビの石坂さんに誘われてドラマに出てみたら、何だか知らないけどこっちの世界で凄く売れちまって、テレビタレントみたいになっちゃっただろう？この俺がさ。大学出てアルバイトしながら舞台俳優目指していたのに——去年偶然スカウトされて、あのドラマに出なかったら、今でもまだ下北沢の稽古場で、大汗掻きながら台詞を怒鳴っていただろうな——金なくて、安いアパートに住んで、首にタオルを巻いて銭湯に通っていただろうな。

今でもあの頃の仲間は、そういう生活をしている。たまに連中に会うと、何だか自分が絵に描いたようなタレントになっちまってるんで、恥ずかしいんだ」

「そうなの……」

車は旗の台の交差点を過ぎる。洗足池が右に見えてくる。

克則はハンドルを回しながら

「前にもよしみに言ったっけ。ビデオカメラの前で細切れに演技していると、どんどん自分がなまっていくような気がしてくるって」

「うん、聞いた――」苗場のベッドで、と言いかけて、やめるよしみ。

あの〈事件〉が起きる前の晩。シーツにくるまって、よしみは克則の胸に顔を押しつけて、彼の心臓の鼓動を聞きながら劇団時代の話を聞いたのだ。克則は去年の夏、富士桜テレビのプロデューサーに誘われてドラマに出た。主人公から恋人を奪ってしまう、陰のある性格的な演技が受けて、主役よりも人気が出た。それ以来ドラマへの出演依頼が引きも切らず、雑誌の〈抱かれたい男〉投票ではベスト3にランキングされ、この秋には主演映画も予定されているという。

「あの頃さ」

克則は前を見て運転しながら言う。

「劇団員の頃。つき合ってた子も、いたんだ。同じ劇団の子でね。ナチュラルメイクで化粧なんかほとんどしなくて、舞台衣装以外はいつもTシャツにジーンズ。『飯食いに行こうぜ』って呼びにいくと、アパートの部屋から五秒で出て来た」

（――）

よしみは克則を見た。

克則は、前を見たままフッと笑う。

「出かける仕度《したく》に最低三十分もかかるような、君みたいなきれいな女の子と、俺は今まで、つき合ったことなかったんだ。初めて君に会った時さ、動物のクイズ番組を司会している君は、凄くまぶしく見えた。番組の打ち上げで盛り上がって、こっそりスキーに行く約束ができた時は、何だか夢みたいだったよ」

「そんな――」

「俺はやっぱり、君みたいな……」

克則がそう言いかけた時、アウディはボート小屋を改装したレストランに着いた。


キャンドルの、灯《あかり》が揺れる。池の水面が見渡せるコーナーのテーブルへ、二人は案内された。都内のこういった店は、芸能人がカップルでこっそりやってくると、ちゃんと目立たないけれど見晴らしのよい上等の席へ案内してくれる。

テーブルの奥の側の席に、椅子を引いてもらってよしみは腰掛けた。脇の空《あ》いた椅子の上にバッグを置く。J&Rの黒いミニのワンピースは、姉の順子のお下がりだ。どういうデートになるかわからない時には、取りあえず黒がいいよ。どこへ行っても一応様《さま》になるから、と教えてくれたのも順子だった。プラダのバッグには、『たとえ男と寝る時でも手放すな』と伊武チーフディレクターに言われたメッセージ機能付きのポケベルが入っている。病院など携帯の使えない場所もあるので、局からの緊急呼び出しは今もポケベルだ。

しかし

（謹慎処分中なんだから呼び出されるわけもないのに……こんなの持ってきちゃうなんて、あたしってしょうがないなぁ――）

心の中で小さくため息をつき、ハンカチを膝に置いて、克則と向き合う。

（――何を言おうとしたのかしら……さっき）

ディナーのセミコースを頼んだ。ワインはよしみが選んだ。

前菜の魚が運ばれてくる段になっても、克則は煙草《タバコ》をふかして、料理に手をつけようとしなかった。

「あのう」

「ん？」

「おいしいよ、魚」

「あ、うん」

克則は、煙草を消す。

「煙草ばっかり吸ってると、お料理の味がわからなくなるわ」

克則は、「うん」とうなずく。

ワインを少し飲んだので、よしみはさっきよりも口が回るようになっていた。元々、しゃべるのが商売だ。

「ねえ克則」

「ん」

「何か、言いにくそう」

「ん……」

克則は、よしみに目を合わせようとしないで、外の景色を見た。

「わたしを今日誘ってくれたのは、何か言うためでしょう?」

克則は、身じろぎして唇を噛《か》んだ。

「ほら、やっぱり」

よしみは笑った。

「わたしね」

ちょっと唾《つば》を呑み込んで、よしみは言う。

「わたしね、今朝放送中にヘマをやって、これから一カ月、謹慎なの。最高に落ち込んでいるところなの。何を言われたって、これ以上、落ち込みようがないから、わたしは平気よ」

最後のところは、少し涙声になってしまった。

「わたし、平気よ。何を言われても。どうせ、そんなに長いつき合いでもないし——ちょっと一緒にスキーに行ってみて、Hもしたけれど、この女、化粧道具は山のように持ってくるしベッドではわがまま言いまくるしテレビ局のアナウンサーだか知らないけどお高くとまってるし、やっぱり俺にはあのジーンズにナチュラルメイクの劇団の子のほうがホッとできていいや、なあんて思ったのならば、その通り正直に、言ってくれてていいのよ」

克則は、驚いたようにまばたきした。

「あ、いや……そういうことでは」

「だったら何？　どうして入院中、わたしに連絡をくれなかったの？　レポーターが張りついてたからなんて、嘘だわ！　電話かけようと思えば、かけられたはずだわ」

「よしみ」

克則は両手でよしみを制するようにして、

「違うんだ、よしみ。劇団の子とは、もう、何でもないんだ」

「じゃあ、どうして——」

泣くぞ、あたしは泣くぞ、とよしみは心の中で男に警告していた。このままだと、あたしはこのテーブルで、きっとわんわん泣き出すぞ。さあどうする？　どうしてくれるの？

「でもやっぱり、俺たちは友達でいよう」

「ひっく」

よしみの両目からは、涙が噴き出しそうになった。

『でもやっぱり友達でいよう』だって？

それは苗場プリンスで二泊三日もしたあとに、男が言うべき台詞ではなかった。

「ひ、ひっく」

ひどいわ、ひどいわ！

「や、やっぱり、他に好きな人がいたのねっ」

「ち、違う、よしみ。俺は今は、君が一番好きだ。生身の女の中では」

「え？」

「生身の女の中では、君が一番好きなんだよ。その気持ちは、あの苗場の頃と少しも変わらない。だけど俺は……」

克則は頰杖《ほおづえ》をついて、思い詰めたように頭を振った。

よしみの涙が引っ込む。

何て言ったんだ克則は今？

「生身の女――って?」

「よしみ」

　克則は、テーブルに肘《ひじ》をついて、ぐっとよしみを見た。今日初めて、まともに見た。

（何だろう、この真剣な眼差し……）

　よしみは克則の真剣さにちょっと気圧《けお》された。

　生身の女の中ではって――どういう意味だろう?

「なあよしみ、君は――雪女とか、宇宙人って、信じるほうか?」

「えっ――?」

　よしみはのけぞりそうになった。

「俺は――君に笑われるのを承知で話すよ。俺は、病院のベッドでずっと考えていたんだ」

「何を……?」

「俺を助けてくれた、〈銀色の雪女〉のこと」

「ぎ――」

　よしみは、思わず息を呑み込んだ。

「銀色の、雪女――ですか?」

「そうだ」

克則はうなずいた。

「〈銀色の雪女〉だ」

キャンドルライトのテーブルで、克則は遠い目をした。

「あの時……苗場のスキー場の山頂近い林の中で、俺は雪崩に呑み込まれる寸前だった。下半身の感覚はもうなくて、動けなかった。せめて救護班を呼びにいったよしみが、無事に下まで降りられることを祈るくらいしかできなかったよ」

克則は煙草に火を点《つ》けた。

「だが、俺が雪崩に呑み込まれる一瞬前に、空から銀色のレオタードを着た雪女が飛んできて、俺を抱き上げて助けてくれたんだ」

「――」

「おかしいと思ったら、笑ってくれてもいいよ」

「う、ううん」

よしみはプルプルと頭を振った。

「そ、それで、見たんですか？　その雪女の顔――」

「見たよ」

ごく。唾を呑むよしみ。

「ど、どんな顔でした？」

「どうしたんだ、急にかしこまって？」

「あ、いえ」

「その雪女は――」

「その、雪女は？」

「実は俺、スキーで転倒した時にコンタクト落としたんだ。はっきりとは見えなかった」

　がたっ
「どうした？　椅子の脚、ガタついてるのか？」

「あ、違うの。大丈夫」

　ハンカチでおでこを拭《ふ》くよしみ。

「雪崩から救われた直後、俺は気を失ってしまった。でも一瞬だけ見えた銀色の雪女の顔――頭に焼きついているよ。ぼんやりとしか見えなかったけれど、凄くきれいな人だった……」

「ぼんやりと、ですか」

「うん。でも、凄くきれいだった。この世のものとも思えない、美しい……」

　もじもじ

「どうしたんだ、よしみ」

「ううん、何でもない。不思議なお話ね」

「俺は、病室のベッドでずっとその人のことを考えていた。そうなんだ、俺はどうもその空飛ぶ〈銀色の雪女〉に、惚《ほ》れてしまったらしい」

「え……」

「俺は惚れた。心から愛してしまった。その人が忘れられない。こんなに一人の女のことを夢中で考えたのなんて、生まれて初めてだ。じっとしていても俺を抱き上げて空を飛んだ彼女の顔が浮かぶ……こう目の前にぼんやりと」

よしみはもじもじしながら、どうしようと思った。

目の前に浮かぶんなら早く気づけよこのやろう！

「そう、好きになったのね、その雪女さんのことを」

「そうだ。俺は忘れられなくなってしまった」

「じゃあ、たとえば、つまり、普通の人間でなくても、その雪女さんが目の前に現れたら、結婚してもいいくらい、好きなのね？」

「そうだ」

「確認するけど、結婚したいくらい、好きなのね？」

「もちろんだ」

「その人が普通の人間でなくても、空を飛ぶ〈正義の味方〉でも、あなたはその人を、愛しているのね？」

「その通りだ。俺は、全身全霊をかけて、彼女を愛している。だから、よしみにはすまないが――」

「あ」

よしみは手で制した。

「それ以上、言わなくていいわ、克則」

「――？」

何という幸運だろう。

生きていれば、悪いことだけではない。

よしみはその時、そう思った。

「克則」

よしみは、顔を上げて克則を見た。

「克則、あのね、ええと、あのね」

「何だい」

「ええと――」

ああ。どうやって言ったらいいのかな。

よしみは、わき上がってくる気持ちを、どう言葉にしようか、わからなくなっていた。

(克則、克則、一生懸命見つけたのよ。あの吹雪の中であなたを。愛しているわ。愛しているからこそ見つけられたのよ――!)

よしみはハンカチで額の汗を拭きながら、克則に告げようとした。

「克則。実はわたし――」

よしみがテーブルの上でそう言いかけた時、

ピピピピピ!

(――え?)

ピピピピピピピッ!

プラダの黒いバッグの中で、呼び出し音が鳴り響いた。

4

『謹慎は中止だ桜庭。すぐ羽田へ行け！』

電話の向こうで伊武チーフディレクターが怒鳴った。

「えっ？」

よしみが化粧室の脇から局の報道局に電話するなり、伊武はそう命じたのだ。

ざわざわざわ
耳につけた携帯の向こうで、報道局のオフィスが慌ただしく動いているのが聞こえる。

「あのう、どういうことで――」

『羽田でハイジャックが発生した』

「え」

『過激派の乗っ取った全日本《A》アジア《J》航空《A》旅客機が、羽田に緊急着陸した。現在、犯人側と交渉中だ。我が報道局のメインスタッフは、夕方、東名高速で起きたトンネル事故の取材に出払ったままだ。レポーターがいない。羽田へはお前が行け。今すぐだ、いいな！』

プツッ

「え──」

一方的に切られたシルバーピンクの携帯と、観葉植物の向こうのテーブルに座っている橋本克則を、よしみは交互に見た。

「今すぐ、羽田──？」

ブォオオオッ

克則のアウディA4は、下丸子《しもまるこ》の交差点で環八《かんぱち》に出ると、羽田方面へ向かって疾走した。

「ご、ごめんね克則」

「いいよ。友達だからな」

FMラジオをつけると、ちょうどニュースが流れてくる。

『──〈新世紀みなごろし教団〉の乗っ取った全日本アジア航空機は、先ほど羽田に緊急着陸しました。犯人グループは先に逮捕された仲間の釈放と、現金百億円を要求しています』

「大変らしいな」

ハンドルを切りながら克則が言う。

「はぁ――」

よしみは助手席でため息をついた。

(愛の告白で、盛り上がるところだったのに――！)

『犯人は、十五分以内に回答がなければ、乗客を一人ずつ処刑すると宣言し――大変です！　たった今カウントダウンを始めた模様です！』

よしみは思わず、左手首の時計を見た。今、20：45――

イグニスの銀のリングが、時計に当たって音を立てた。

「克則、電話させてね」

よしみはバッグから携帯を取り出すと、帝国テレビを呼び出した。

「桜庭です。報道局を」

帝国テレビの報道局オフィスは、まるでゴジラが浦賀《うらが》水道に出現した時の市ケ谷《いちがや》東部方面隊司令部みたいに、大騒ぎになっていた。

「犯人グループがカウントダウンを始めただとっ？」

伊武が怒鳴った。

「そうですチーフ！　午後九時きっかりに、人質の乗客を全員処刑するとわめいています！」

「何だとっ？」

「チーフ、警視庁は特殊急襲部隊《SAT》の突入を準備中。突入は九時直前になる見込み！」

「我々の取材班はどうしたっ」

「映像スタッフは羽田に到着、展望デッキで画《え》を録《と》り始めています」

「レポーターは？」

「チーフ、やはり木村百合子《きむらゆりこ》も奥只見弓子も、間に合いません！」

「くそっ」

　リリーン
　ガチャッ
「報道局だ！」

『伊武チーフ、桜庭です』

「おう桜庭、今どこだっ！」

『環八を、羽田に向かっています』

「よし急げ桜庭！」

　しめた、特殊急襲部隊の突入に間に合うかもしれない。

伊武は濃い眉毛とバリトンの声で、よしみに命令した。

「いいかっ、犯人が人質を殺そうとする午後九時ジャストの直前に警視庁特殊急襲部隊が機内に突入するそうだ。お前はその瞬間を捉えて、レポートするんだ。うまくいけば、謹慎解除で戒告処分取り消し、報道局長から殊勲賞をもらえるぞ！」

『はい！』

「その代わり、もし今度カメラの前から消えてみろ、戒告なんかですまないぞ。お前は即座に帝国テレビをクビだっ！　わかっているだろうなっ」

『は、はい！　がんばりますっ』

「急いで、克則！」

「飛ばせば羽田まで十分だ！」

二人を乗せたアウディA４は、ＪＲ蒲田《かまた》駅陸橋をフルスピードで通過する。

よしみは膝に載せたプラダのバッグから、〈ＩＴＶ報道〉と書かれた赤い腕章と、ぺちゃんこに畳《たた》んだズックのデッキシューズを取り出す。腕章をＪ＆Ｒの黒いワンピースの袖に巻き、エナメルの黒いパンプスを脱いで、デッキシューズに履き替える。

「驚いたな。そんなものバッグに入れてるのか」

「職業病かしらね」

よしみは苦笑する。

羽田のターミナル前にアウディA4が滑り込んだ時、すでに時刻は午後八時五十五分になっていた。

「ありがとう！」

バタンッ
ドアを閉めて、よしみは走った。

（あと五分――！）

犯人グループが『人質を処刑する』と予告した時刻まで、三百秒しかなかった。

ピピピッ、と笛を鳴らして、空港警察の警官が一般利用客の入場を規制している。

空港は現在、閉鎖されているようだ。

「ITVですっ」

腕章を見せて、ロープの中に入れてもらうと、出発ターミナルの内部はがらんとしていて誰もいない。

（早く展望デッキの取材班に合流しなくちゃ……時間が惜しいわ）

よしみは左の手首を見る。

きらっ

リングが光った。

「よし」

よしみは周囲を見回して、誰もいないのを確かめる。先に到着した各テレビ局の報道スタッフたちは残らず展望デッキへ上がって、ガレリアとよばれる巨大な吹き抜け空間は無人だった。

「飛ぶわ、イグニス！」

たたたっ
「えいっ」

バッ、と踏み切って、よしみは宙に浮く。

（屋上へ――――！）

フィィイイイン――

イメージすると、その通りによしみの身体は浮揚して、見えない力に持ち上げられ、広大な吹き抜け空間を駆け昇っていく。それはまるで黒いミニのワンピースを着たテインカーベルが、ロープなしでミュージカルの舞台の上を飛行しているみたいだった。

フィィイイイ
ガレリアの遙かな天井まで上昇すると、空中で停止してあたりを見回す。

（あそこだ）

半分開いたガラスの天窓をくぐって、外へ出る。

すたんっ

よしみは羽田ターミナルビル屋上の、給水塔の陰に着地した。

（――最近、速度のコントロールが上手になったわ。慣れたのかしら）

飛行する時に音速を超えてしまわない限り、服が空気摩擦と衝撃波で燃えて裂け散ることもないし、左手のリングが銀色のコスチュームに変化することもない。普通の格好のままで、よしみは活動できるのだ。

屋上の反対側、空港のエプロンを見下ろす展望デッキのほうに取材スタッフを見つけると、よしみはたたたっと走っていった。

「すみません、報道の桜庭ですっ」

いきなり姿を現したよしみに、撮影機材を準備していた技術スタッフたちはびっくりして振り向いた。

「おお」

「おう、桜庭」

今朝一緒に仕事をした中継ディレクターが、よしみを出迎えた。

「よし、ただちに駐機場《エプロン》を背にして立ってくれ」

「はい！」

「みんないいかっ？　スタジオへ画《え》を送るぞ！」

帝国テレビ第一スタジオでは、夕方の〈ニュースの海〉を終えて翌日の特集の打ち合わせをしていた桜庭順子が急遽《きゅうきょ》引っ張り出され、化粧直しもそこそこに臨時ニュースのカメラの前に立っていた。

「3、2、1、キュー」

テーマ音楽とともに、三台のカメラが順子の上半身へぐいっと寄っていく。

「ここで通常の番組に代わって、報道特別番組をお送りいたします」

スタジオの副調整室では、報道チーフディレクターの伊武が羽田の屋上から送られてくる映像を、腕組みに足踏みで待っていた。

「チーフ、羽田の画《え》が来ました」

「ようし間に合ったぞ！　順子の前置きはあと五秒だ。それから羽田の生映像《ライブ》！」

「了解！」

スタジオの順子に、マジックでなぐり書きした指示が出される。

順子がうなずく。

「それでは、羽田を呼んでみましょう。羽田の桜庭さん？」

「キュー！」

中継ディレクターの合図で、よしみはカメラに目線を向ける。

「はい、こちらは羽田のターミナル屋上です。現在、犯人グループに乗っ取られた全日本アジア航空のボーイング777《トリプルセブン》旅客機は、羽田空港の滑走路の脇、ちょうど今わたくしの立っている位置から海側へ約一〇〇〇メートルの場所に、先ほどから停止したまま動かない状態です」


副調整室に、映像が流れる。

『――AJA機には乗客乗員合わせて百三十四名が乗っています。犯人グループは、山形行きのこの旅客機を上空で乗っ取ると、羽田へ引き返すことを命じ――』

「いいぞいいぞ。特殊急襲部隊の突入に間に合いそうだ」

「チーフ、SATの装甲車が、今ターミナルを出ました。犯人の死角になる機体真後ろから接近する作戦です」

「ようし、突入の瞬間を逃《のが》すな！」

スタジオでモニターを見た順子は、よしみがクラブで踊るような黒の超ミニワンピースで中継をしているので、目を剝《む》いた。

「あの子ったら！　何を着て中継に行ってるのよ」

　そのＪ＆Ｒは、順子が昔女子大生だった頃、六本木へ行くのによく着ていた服で、さすがに恥ずかしくてもう着られないから、去年よしみに譲ったのだった。

（まったくもう――）

　スタジオの映像はオンエアされていないので、順子は腕組みをしてモニターの中のよしみを危なっかしそうに見た。

『――今、わたくしの背後に小さく見えているのが、その全日本アジア航空機です。滑走路の脇にぽつんと止まったまま、動きません。管制塔では空港当局と国土交通省、警視庁の責任者が犯人グループとの必死の交渉に当たっていますが、犯人グループは、あと――ええと、あと二分後に〈人質の処刑〉を始めると宣言して、現在緊張が非常に高まっている状況です！』

　そうだそうだ、とちらずにゆっくりしゃべるのよ、と順子はモニターを険《けわ》しい顔で眺《なが》め続けた。

「この中継に成功すれば、よしみ、あんたは戒告を取り消されて、報道局へ返り咲けるんだからね――」

　順子は、モニターの中のよしみを睨《にら》みながらつぶやいた。

「――いいこと？　絶対に、カメラの前からフケたりするんじゃないわよ！」

ドルルルル

羽田ターミナルのバス出発ゲートから、グレーの装甲車が一台、発進した。兵員輸送能力を持つ大型装甲車だ。

ドルルルル

装甲車の内部には、完全武装した警視庁対テロ特殊急襲部隊の精鋭十八名が乗り込んで、ガス弾と閃光弾のランチャーを点検していた。突入タイムリミットまで、一分四十秒しかない。

副調整室では、特殊急襲部隊出動の報を受けて、伊武が指示を出した。

「よし、突入が成功するまで、桜庭のアップで繋《つな》ぐんだ。旅客機に接近する装甲車を映すな。奴らがオンエアを見ていたらまずい」

「了解」

「チーフ、どうやら特殊急襲部隊は主翼の上の非常口を外側からこじ開けて、機内へ突入する作戦のようです」

「残り時間は?」

「犯人グループが人質を撃つまで、あと——」

5

「犯人グループの予告したタイムリミットまで、あと一分を切りました！　交渉は、進展しているのでしょうか？」

よしみは羽田のターミナルの屋上で、ロングヘアを風になびかせて声を嗄《か》らしていた。

中継ディレクターがスタジオからの指示を受け、『しゃべりで引き延ばせ』と合図する。

ＶＴＲカメラがよしみの顔にズームインし、空港のエプロンが画面に入らないようにする。

よしみの顔が、モニターにアップになる。

「あと、五十秒です！」

よしみは叫ぶ。

「あの旅客機の中に囚われている人質の不安と恐怖は、いかばかりでありましょう。

この展望デッキからでは遠すぎて、とても機体の中の様子は窺い知れません！」

よしみは、まるで本当に目の前で人が殺されかかっているのを見ているような、悲痛な表情でレポートした。

「乗客の安否が気づかわれます！」

中継スタッフたちは、マイクを持ったよしみの真に迫った表情を見て、「さすがは桜庭順子の妹だな」と囁き合った。

実は、よしみの耳には、一〇〇〇メートルの距離を隔てたボーイング777の機内の様子が聞こえていたのである。

『当局に告ぐ！　我々の警告は、単なる脅《おど》しだと受け取られているようだ。大変残念だが、あと四十秒したら、我々の銃弾で地球の人口を一人ずつ減らす。十秒で一人ずつ処刑していくぞ。早く要求を呑まないと、人質がみんな死ぬぞ！』

（これはコクピットを占拠しているリーダーか……）

無線マイクに怒鳴っている声だ。

『〈新世紀みなごろし教団〉を嘗めるなっ！』

「犯人グループの宗教系過激派ゲリラ〈新世紀みなごろし教団〉は、仲間の釈放と、現金百億円を要求しています。これはとても、呑めない要求でしょう。しかし乗客の生命は、どうなってもいいというわけではありません！」

中継を続けながら、よしみは背後の遠くから聞こえてくる数十人の声に神経を集中させた。

『全員着席してシートベルトをきつく締めろ。あと三十秒したら、無作為に処刑を開始する！　恨むなら国家権力を恨めっ』

『きゃー』

『きゃあ』

『きゃーっ』

帝国テレビ第一スタジオ副調整室には、ＡＪＡ機の乗客名簿が届けられていた。

「女子高生の団体だとっ？」

伊武が怒鳴った。

「はい、そうですチーフ！　全日本アジア航空機に乗っているのは、ほとんどが台湾《たいわん》へ修学旅行に出かけた帰りの、山形青緑《せいりょく》女子高校二年生の一行、百二十名と引率教師です！」

「何てことだっ、奴らは女子高校生を一人ずつ射殺するというのかっ？」

（物凄い悲鳴……！）

銃を向けられた女の子たちの悲鳴が、超人の聴覚を持つよしみの耳にわんわん響いた。

特殊急襲部隊は？

まだ突入しないのか？

（ああ、あたしが行ってやっつければ、すぐなのに！）

でも、そういうわけにはいかない。

今は中継の真っ最中だ。今度カメラの前から消えたりしたら……。

（特殊急襲部隊、頑張って！　早く来て！）

グレーの大型装甲車はボーイング777の尾部へ近づく。特殊急襲部隊は、装甲車の屋根から主翼の上へ乗り移って客室の非常ドアを開け、機内へ突入する作戦だ。装甲車の屋根には、犯人の視覚を一時的にマヒさせる閃光弾のランチャーを抱えた防弾戦闘服の隊員が、ハッチから次々と身を乗り出して突入に備える。

「タイムリミットまで、あと二十秒です！　犯人は本当に人質を――」

特殊急襲部隊が突入に成功するまで、しゃべりで引き延ばせと指示されたよしみは、カメラに向かって必死にしゃべっていたが、

「――あっ」

次の瞬間、言葉に詰まった。

『リーダー！　大変だ、機体真後ろから警察の装甲車が来ている！』

『何だと？』

犯人グループは、旅客機の真後ろが機内から死角になることをあらかじめ知っていた。

彼らは777を強制着陸させるとすぐに、コクピットのサイドウインドーを開けさせて小型ＣＣＤカメラを後ろ向きにガムテープで貼りつけ、後方の様子を液晶モニターで監視していたのだ。

『大型装甲車だ！　特殊急襲部隊が乗っている！』

『国家権力め、だまし討ちする気だなっ！』

監視を受け持つメンバーの一人がリーダーに報告する声と、怒り狂ったリーダーの怒鳴り声がよしみの耳に届いた。

（気づかれた――！）

よしみが言葉に詰まったので、中継スタッフたちは「どうしたんだ？」と顔を見合わせる。

「桜庭っ、どうした、引き延ばせ」

中継ディレクターが、小声で命じた。

犯人が放送をモニターしているといけないから、特殊急襲部隊突入まではよしみのアップで画面を繋ぎ、突入と同時に一〇〇〇メートル向こうの777を超望遠で拡大して戦闘シーンを実況中継する、という手はずになっている。

「桜庭っ、振り返るな！　カメラにしゃべるんだ」

しかし、

「あ、あ――」

よしみには、777のコクピットから客席のメンバーに指示を出すリーダーの大声が聞こえていたのだ。

『国家権力の番犬どもを、ロケット砲で吹き飛ばせ！』

『了解！』

ジャキン

歩兵用携帯ロケットランチャーを用意したメンバーの一人が、客室から主翼上面へ出る非常口ドアを開ける音が聞こえてきた。

「だ、だめよ」

よしみのつぶやいた声も、全部マイクに入ってしまう。

「こら、桜庭」

「だ、だめよ。見えているわ！」

スタジオ副調整室のモニターにも、突然わけのわからないことをつぶやき始めたよしみの顔のアップが流れた。

「何っ」

「何だと?」

「何を言い出すんだ、桜庭！」

スタジオのキャスターの位置で次の出番を待っていた順子も、モニターのよしみの言動に目を剝いた。

「よ、よしみ！　何を言い出すのよ！」

どうしよう、と困り果てた顔の妹のアップに、順子は怒鳴りつけた。

「あんた、今自分がどういう窮地《きゅうち》にあるのか、わかっているのっ！」

この中継を台なしにでもしたら、妹は確実にクビだ。

「ああ、もう！」

順子は頭を抱えた。

だがよしみは、ついにエプロンを振り向くと、マイクに怒鳴ってしまった。

「特殊急襲部隊、犯人から見えているわ！　だめよ逃げてぇっ！」

そう怒鳴った時には、遅かった。

黒装束の犯人の一人が、主翼の上に飛び出して肩の上にランチャーを構え、尾翼のすぐ下まで来ていた大型装甲車に向けて発射した。

パシュウッ
ロケットの砲弾は、白煙を曳《ひ》いて大型装甲車を直撃した。

ドッカーン！

「なっ」

「何だ！」

スタッフたちは思わず機材を放り出し、展望デッキの手すりに駆け寄った。

「ロ、ロケット砲？」


「伊武チーフ、ロケット砲です！」

「特殊急襲部隊の突入は失敗です！」

副調整室のモニターにも、停止して炎上する装甲車と、放り出されて逃げ散ってゆく特殊急襲部隊の隊員たちの姿が映っていた。

「犯人グループめ、あんな物どうやって持ち込んだんだ？」

「おそらくプラスチック製の使い捨てロケットランチャーです。弾体はセルロース、金属探知機に引っかからない代物《しろもの》です」

「くそっ、人質の命が危ないぞ！」

犯人グループの〈人質処刑カウントダウン〉は、続いているのだ。

「あ、あと――」

伊武は時計の秒針を見てぞっとした。

「――十秒もない！」

「桜庭、とにかくこの場面を実況するんだ！」

中継ディレクターが、マイクを持ったまますくんだように立っているよしみに怒鳴った。

「全員、持ち場につけ！　桜庭は立ち位置に戻れ」

展望デッキの中継スタッフたちがだだっと走って配置につく。

だがよしみは、頭を下に向けてうつむいたままだ。

どどどーん！　と火器を満載した装甲車がまた爆発し、滑走路脇に止まった777の機体が炎であかあかと照らされる。

「どうした桜庭！」

『当局に告げる！　お前たちが何を考えているか、よぉくわかった！　これで人質の処刑は、ためらいなく実行されるであろう。これはお前たちの責任である。人質処刑、五秒前！』

メンバーの一人が、客席中ほどの通路側に座る女子高生にイングラムマシンピストルの銃口を向け、安全装置を外す音がした。

『最初はお前だ、祈れ』

『きゃああっ』

「う、ううう」

よしみは中継カメラが向けられたのに、展望デッキの一番前でうつむいたまま、唇を嚙んで肩を上下させていた。

――『今度こういうことがあったら』

「桜庭っ、実況するんだ！」

――『今度こういうことがあったら、よしみ、あんたは確実にクビだからねっ！』

――『もし今度カメラの前から消えてみろ、戒告なんかですまないぞ。お前は即座に帝国テレビをクビだっ！』


「うううううっ」

「桜庭！　早く実況しろ！」

『四秒前！』

『た、助けて、助けてぇっ！』

「うううううっ」

「桜庭、どうした？」

「桜庭！」

「桜庭っ！」

「ううう」

よしみは、泣いていた。


――『よしみ、あんたは確実にクビだからねっ！』

「ううっ」

――『クビだからねっ！』


『三秒前っ！』

よしみは、がばっとカメラに顔を上げた。その目は、真っ赤になっていた。

モニターにアップになったよしみは、叫んだ。

「お姉ちゃん、ごめん！」

「な、何？」

「何だと？」

驚くスタッフ。

だがよしみは、ぱっとカメラに向かってお辞儀《じぎ》すると、

「失礼しますっ！」

空中にマイクを残し、次の瞬間その場から消え去った。

「さ、桜庭が消えた！」

「消えた？」

「まただ」

「どこへ行ったんだ？」

スタッフたちがあたりを見回したとき、すでによしみは空港ターミナル屋上の展望デッキから滑走路脇の777への一〇〇〇メートルを半分以上飛び、芝生の植えられたエプロンの上で音速を突破するところだった。

キィイイイン！

「音速、突破！」

ズバッ！

J&Rの黒のワンピースが弾けるように吹っ飛び、左腕のリングが閃光を放つ。全裸になって回転するよしみの身体に、高分子ハイポリマースーツがきらきら輝きながら蒸着した。

（急げ、女子高生が射殺される！）

ズドンッ！

超音速でよしみは飛ぶ。衝撃波で滑走路脇の芝生《しばふ》が吹っ飛んで舞い上がる。

「二秒前！」

機内ではリーダーのカウントダウンに合わせ、女子高生の頭にイングラムを突きつけたメンバーの一人が、引き金に指をかけた。

「成仏《じょうぶつ》しろ」

『一秒前！』

その怒鳴り声を聞きながら、銀色のコスチュームになったよしみは777の尾翼に取りついた。機内に突入して犯人を倒す暇はなかった。

（こうするしかない！）

よしみは機体尾部のAPU排気口に両手をかけた。

「ええいっ」

全長六〇メートルのボーイング777が、ふわりと宙に浮いた。

「くぬやろーっ！」

よしみは自分を軸にして、空中で777を三六〇度振り回した。

ぶぃいいいいんっ
最大離陸重量四〇万ポンド（約二〇〇トン）のジェット旅客機は、小さなよしみにしっぽをつかまれ、まるで遊園地のアーム付きヒコーキのように風を切って回転した。

「な、何だ！」

「何が起きたっ？」

騒然となる帝国テレビ副調整室。

モニターを見て唖然《あぜん》とする順子。

「あれは――何が起きているの？」


「うわあっ」

777の客室内でベルトを締めずに立っていたのは、四人の犯人グループのメンバーだけであった。

「うわっ」

「う、うわーっ」

銃を持った黒い戦闘服の過激派は一人残らず足をばたばたさせながら宙に浮き、巨大な遠心分離器のように振り回される777客室の座席と天井の間の空間を、機首方向へと吹っ飛んでいった。

どかどかっ
どかっ
客室前方の隔壁に思いっきり頭をぶつけ、過激派たちは床に団子《だんご》になって倒れた。

「く、くそっ」

頭を振りながら立ち上がったメンバーは、あたり構わず撃とうとするが、

ずしんっ
床から襲った衝撃で、またばたばたと倒れてしまう。よしみが機体を誘導路の路面へ降ろしたのである。

『中継、何が起きてるんだ！』

「わ、わかりませんチーフ！」

中継ディレクターはスタジオとの回線に叫んだ。

「飛行機が浮き上がって、三六〇度回転しました！」

777を振り回した銀色コスチュームのよしみの姿は小さすぎて、空港ターミナルの屋上の取材班からは肉眼ではほとんど見えなかった。

『とにかく実況しろ』

「桜庭がいません！」

『構わん、画《え》だけでも送るんだ。こっちで順子にしゃべらせる！』

「わかりましたっ」

機体を誘導路へ降ろしたよしみは、777最後部の非常口ドアを外側から蹴破った。

「えいっ」

どかんっ
「な、何だ？」

「何者だっ？」

突入してきたよしみを発見した過激派たちは、ふらつきながら通路に立ち上がると手に手にイングラムを構えた。

「う、撃てっ」

よしみは客室通路の一番後ろに、両手の拳《こぶし》を握り締めて立っていた。その姿は銀色のレオタードを着た、白く輝く雪女のようだった。

「おっ、おっ、おっ、お前らの——」

よしみは、怒っていた。

「お前らのせいでーっ！」

「撃て、撃てっ！」

ダダダダダッ
ダダダダッ
火を噴くイングラム。きゃーっと悲鳴を上げ座席に伏せる女子高生たち。しかし、数十発の９ミリ高速弾が後方隔壁に着弾した時、そこによしみの姿はない。

「何っ？」

ビュンッ
天井へ跳んで銃弾を避《さ》けたよしみは、壁を蹴って通路前方の過激派へ向かって飛んだ。

「お、お前らのぉ」

「撃てっ！」

ダダダダッ
亜音速で移動するよしみには、迫ってくる銃弾がまるで止まっているように見えた。スロービデオのように近づいてくる銃弾に重なって、

――『桜庭っ、また中継を放り出したな！』

よしみの頭には伊武チーフディレクターの怒鳴り声がこだましていた。

ビュッ！

ポールをかわすスキー選手のように、よしみは銃弾を掻いくぐって飛んだ。頭を抱えて座席に伏せる女子高生たちには、よしみが速すぎて、まるで銀色の突風が頭上を吹いたようにしか見えないだろう。

ビュンッ！

過激派へ突進するよしみの目から涙がこぼれていることも、誰にもわからなかった。

――『桜庭、貴様はクビだっ！』

「お前らのせいであたしは――」

黒い戦闘服の過激派の動きは、まるでスローモーションだった。イングラムを構えたまま驚いている過激派の一人をひっつかまえると、よしみは怒りのパンチをお見舞いした。

「――明日から職安通いだわっ！」

ぽかっ

うぎゃああっ！

玉突きのように過激派は四人まとめて吹っ飛んだ。前部ギャレーの中でピンボールのように何回もどかどかっとぶつかり返し、床に落下し重なり合って、うめき声を上げた。

うぐぐっ――

全身打撲と複雑骨折で、全員数カ月は立てないだろう。

「何事だっ！」

コクピットを占拠していたリーダーが、銃を抱《かか》えて客席へ出てきた。黒覆面のリーダーは、血走った怒りの表情で睨みつける銀色レオタードの可愛い女の子に、びっくりしてのけぞった。

「何だこいつ？　――うわっ」

黒装束の大男は胸ぐらをひっつかまえられ、天井につかえるくらい高く持ち上げられた。

ぐいいっ
「人の人生を、目茶苦茶にしてっ」

「なっ、何のことだ、うわっやめろ！」

よしみはわき上がる怒りに、胸を上下させた。銀のコスチュームの下で二つのバストと、筋肉が動いた。

「反省しろぉっ！」

ぶいんっ
うわああああっ！

力任せにぶん投げられた〈新世紀みなごろし教団〉のリーダーは、後ろ向きに吹っ飛んでコクピットのドアを破り、ニワトリを大砲に詰めてぶつけても壊れないと言われているボーイング777の操縦席前面風防ガラスも突き破り、夜の星空の彼方へ消え去っていった。

うぎゃぁぁぁ――

「はあ、はあ」

肩で息をしながら振り向くと、風通しのよくなった客室では百二十名の女子高生が座席の背から顔を上げて、銀色コスチュームのスーパーガールを呆気《あっけ》に取られて見つめていた。

「ふう」

よしみは、ため息をついた。

「みんな早く逃げなさい。風邪引くよ」

第二章　いつでもオールマイティ

「クビになったって聞いたから、落ち込んでるところをなぐさめてあげようと思って」

マンションの玄関に立つなり水無月美帆《みなづきみほ》がそう言ったので、よしみは胸にぐさっときて床に膝をついてしまった。

「う、うぐぐ」

「どうした、よしみ？」

「む、胸が、胸が――」

よしみは左の胸に手を当てて、うぐぐっとうめいた。

「しっかりしなよ。正義の味方」

美帆は、赤いワインとおつまみのたくさん入ったデリカテッセンの紙袋を抱えて笑った。

「よしみも今日から、晴れてフリーか」


処分が決定するまで自宅待機、局へ出てこなくていい、と報道局長から言い渡されてしまった桜庭《さくらば》よしみは、西小山のマンションの部屋でこれからどうしようと途方に暮れていた。

ドラマの撮影中にヘリコプターから落下したところをよしみに抱き止められ、一命を取り留めた女優の水無月美帆だけが、よしみの苦しみを知っている友達だった。

「ほら、道端の占いのおばさんってさ」

美帆は落ち込んでいるよしみに代わって、キッチンでグラスを用意しながら言う。

「必ず最初に、悪いこと言うじゃない？」

「うー」

「初めに悪いことはっきり言って、がつんとさせてから、『でもあんたはほら、こういういい運勢も持ってるんだよしっかりおやり』って励まして感激させるじゃない」

「だからって、ドア開けるなり『クビ』はないよぉ」

テーブルで、美帆がワインを注《つ》いでくれる。

よしみはテーブルに肘《ひじ》をついて、

「……今までの努力が無駄になっちゃった――」

はあぁ、とため息をつく。

「――ニュースキャスターになる夢が、ふいになっちゃったわ……」

「よしみ」

美帆は困った顔でよしみを見る。美帆は今日は夕方からスケジュールをオフにしてもらい、ほとんどメイクも落としてこの部屋にやってきた。化粧をしていない水無月美帆は、驚くほど優しい目をしていた。

「よしみ、あなたは、いいことをしたのよ」

「――」

「乗客の女子高生たちが、あなたのお陰で、一人も死なずにすんだのよ」

「――」

よしみはしょんぼりしている。

グラスを持ったままうつむいているよしみの、白い細長い指を見て、美帆は言う。

「旅客機、振り回したんだって?」

「――手が油臭くなった」

もうボーイング777は見たくないよ、とよしみはつぶやいた。


あのハイジャック事件の夜、スーパーガール桜庭よしみがカメラの前から飛び去って放送に穴を空《あ》けた時間は、わずかに三分間。それも実際ハイジャッカーたちと戦闘をしたのはものの三十秒だけだった。あとの二分三十秒は、カメラの前に戻るため、羽田空港ターミナルの中で洋服を探していたのである。

「服! 服! 早く戻らなくちゃ」

しかし羽田のガレリアには落ち着いた雰囲気のブティックしかなくて、よしみがカメラの前から消える時に着ていたJ&Rと似たような黒いミニのワンピースは、なかなか見つからなかった。空港閉鎖で人のいないショッピングプロムナードを、銀色のコスチューム姿のよしみは焦って走り回った。

「ああどうしよう！　放送に穴を空けちゃうよ！」

やっとそれらしいワンピースと黒いストッキングを見つけたはいいが、今度は、

「わあっ、お金がない！」

お財布《さいふ》は、プラダのバッグに入れて、屋上の取材班の機材の脇に置いてある。

「どうしよう。正義の味方が万引きをするわけにはいかないわ！」

よしみは結局、ガレリアのガラス天窓から屋上へ出て、人質の女子高生たちが脱出シュートで誘導路へ滑り降りているところを望遠で撮影している取材班の背後に忍び寄り、得意の〈亜音速駆け足〉でばびゅっとバッグを引っつかむと誰もいないブティックへ戻り、洋服とストッキングの代金をレジに置き、化粧室で急いで着替えて屋上へ戻ったのだった。

だがやっぱり、遅かった。

『さくらぶぁ〜っ！』

よしみを待っていたのは、帝国テレビ第一スタジオ副調整室で報道特別番組の指揮を執《と》っていた伊武チーフディレクターの、今世紀最大の怒鳴り声だった。

『また中継を放り出したなっ！』

「すっ、すみません！」

『貴様は、クビだーっ!』

1

「あたしってさ——」

「うん？」

うつむいたまま、よしみは言う。

「あたしって、事件の現場に駆けつける時に音速を超えちゃうと、変身しちゃうでしょう？　着ている服全部、衝撃波で飛んじゃって」

「そうみたいね」

「あとが大変なのよ。あの銀色のコスチューム」

「あの、レオタードみたいなやつ？」

「あれ、ほどけて消えちゃうと、あたしすっぽんぽんなの」

「本当？」

「いつも着替えを持って、中継に行けるとは限らないでしょう？」

「そうねぇ」

「大変だったのよ、あのあと」

これまでよしみは、なるべく変身しないように、気をつけて活動していたのだ。

ハイジャック事件が起きた日は朝から大変で、自由が丘の銀行に開店と同時に爆弾を持った強盗が押し入った。よしみは中継を放り出して、人質を救うために店内へ突入したのだが、その時はスピードに注意したのでピンクのスーツの袖《そで》とスカートの裾《すそ》を空気摩擦で少し焦がした程度ですんでいる。カメラの前にも、二十秒ほどで戻った。

でも一〇〇〇メートル離れた旅客機の中で、あと三秒で人質が殺される、という状況ではフルスピードで駆けつけるより仕方がなかったのだ。

「正義の味方なんて、何にもいいことないわ。無報酬だし、誰に褒めてもらえるわけでもないし」

「正義の味方、もうやめる？」

「あたしの中にイグニスがいる限り、無理よ。今にも死にそうな人たちの声が、聞こえてきちゃうんだもの。聞こえるものを無視して、カメラの前でしゃべり続けるなんて、いくら何でもあたしにはできないよ」

「じゃ、ばらしちゃおか」

「え」

「帝国テレビの桜庭よしみはスーパーガールです」

「そんなことしたらE．T．みたいに捕獲されちゃうよ」

よしみは、またため息をついた。

「ねえ、美帆」

「ん」

「人間ってさ、たとえ『自分はいいことをしているんだ』って確信があったとしても、他人や世間から認められないと、やっぱりだめだよ。一人だけじゃ、胸の中が寂《さび》しくて、たまらないよ――」

よしみはダイニングテーブルの上に置いた、アルバムを取り上げた。

「見て」

「なあに？」

美帆は白い指でアルバムを広げる。

「新聞の、スクラップ――？」

「そうよ」

それは今年の初めの、新聞の切り抜きだった。

「暴風雨の漁港、六歳の坊や奇跡の生還……」

美帆は記事を読んだ。

「――暴風雨に襲われた静岡県の漁港で、高波に呑まれて海に落ちた上岡まさしくん

（6）が、無事、救出された。まさしくんは友達と釣りに来ていて波に呑まれたが、沖へ流される途中で奇跡的に突堤へ泳ぎ着き——」
「あたしが助けたのよ」

「ああ」

美帆はうなずいて、続きを読む。

「——まさしくんは、『銀色の水着を着たお姉ちゃんが飛んできて助けてくれた』と話しているが、嵐の中で幻覚を見たものと思われる」

「あたしの〈初出動〉よ。暴風雨の港を中継に行っていて、悲鳴を聞きつけたの。その時は着替えもなかったし、大変だった」

「どうしたの？　この子助けたあと」

「この部屋まで、着替え取りに戻った」

「本当？」

「マッハ3なら静岡から二分だから」

美帆はさらにページをめくる。山手線の脱線転覆事故で、車輌の下敷きになった四歳の女の子が、レスキュー隊のジャッキが折れたのにもかかわらず奇跡的に助かったという記事。

「あたしが反対側から支えてたのよ」

「ふうん」

山火事の現場で、取材へリコプター同士が空中接触したが、二機とも無事に不時着したという記事。

「これも――よしみ？」

よしみは、こくりとうなずく。

めくっていくと、あとからあとから、奇跡的に死亡者の出なかった大事故や大事件の記事のスクラップが続いた。

美帆は「はー」とため息をついて、

「ひょっとしてよしみ、これ全部、カメラの前からフケちゃったわけ？」

よしみはうなずく。

「はー……それじゃあ、報道局長怒るわねえ」

「感心しないでよ」

よしみはダイニングの椅子の上に両足を載せ、膝《ひざ》を抱えた。

「最初は、隠れていいことしたみたいで、それだけでよかった。局で怒られても、我慢しようと思った。でももう、最近はだめ」

よしみは膝におでこをくっつけて、頭を振った。

「いくら活躍したって、何もあたしにリアクションないんだもん。

ねえ美帆、人間は、能力や才能を他人《ひと》に認めてもらうことが必要だわ。そうでなければ、だめになるわ。ひねくれてしまうわ。そのことが、スーパーガールになってよくわかるの。たとえば昔、学校で〈落ちこぼれ〉や〈不良〉って呼ばれて頭に来て暴れていた男の子たちが、実は勉強以外の能力や才能をいっぱい持っていて、それをぜんぜん認めてもらえなかったからああなってしまったんだってことが、今あたしには、凄くよくわかるわ」

「そうね――」

美帆はうなずいた。

「わたしも舞台で演技して、観客が静まり返って何も反応しない時は、何だか自分の才能が無視されているみたいで、胸の中が物凄く不安になるわ」

「あたし寂しいよ、美帆――」

――『桜庭っ、貴様はクビだっ！』

――『よしみっ、あんたのような能なしの意気地《いくじ》なしは、キャスターになる資格ないわ！　弁護の余地もないわ、辞めておしまい！』

「あたし、たまらないよ。いいことしかしていないのに、どうしてこんな目に遭《あ》わなければならないのよ」

よしみは涙声になった。

「たまらないよ。あたし認められたいよ。誰でもいいから、褒めてほしいよう——」

よしみは泣き出した。

「褒めてほしいよう。いいことして怒られたんじゃ、たまらないよう」

美帆は、よしみが泣きやむまで、そのままにしておいてやるしかなかった。

他人に褒めてほしくてボランティア活動してるんじゃありません、なんていう台詞は、よしみの前ではきれいごとだ。よしみは他人の生命を救うために自分の人生を投げ出して、それで誰にも認めて——褒めてもらえないのだ。

「ねえ、よしみ」

美帆は言った。

「たくさんの人に知られるってことも、そんなにいいことばかりじゃないわ。わたしは女優でそれなりに顔を知られているけれど、確かに街を歩いていて人に注目されるのは快感みたいなところもあるけれど、その代わりイメージ壊れるようなこと、できないもの。

わたし昔は、街でサングラスを掛ける芸能人が好きじゃなくて、自分がスターになったら素顔で堂々と歩いてやろう、とか考えていたけれど、仕事で疲れがたまると機嫌がいい時ばっかりじゃないし、そういう顔見られたくないから、やっぱりサングラス掛けちゃうのよ。『水無月美帆だ』って誰にも気づかれないで人混みの中にいる時が、一番ほっとできたりもするんだよ」

「ひっく、ひっく」

「わたしは水無月美帆だから、たとえばファミリーレストランでみんなで打ち合わせをしている時に、ウェイトレスの子がわたしの注文だけを忘れて料理を運んでこなかったりした時も、怒るわけにいかないのよ。『水無月美帆がウェイトレスを怒鳴りつけた』って、次の日のスポーツ新聞に書かれてしまうわ。よしみ、もしあなたが正義の味方のスーパーガールだって世間に知れ渡ったら、称賛はされるかもしれないわ。でもその代わり、あなたはもういいことしかできなくなるのよ。あの橋本克則さんと、内緒でつき合ったり、できなくなるのよ。まして二またなんか、絶対かけられなくなってしまうのよ」

「ひっく、ひっく、二またなんか、かけないよう」

「将来かけたくなったら、どうするのよ」

「それとこれとは、話が別だよう」

美帆は、今まで考えていたことを、よしみに言うことにした。

「ねえ、よしみ」

「あなたはわたしから見れば、うらやましい身分だったわ。

大きなテレビ局の正社員で、病気したって怪我《けが》をしたってお給料が出るし、ボーナスもあるし、来年の心配なんて、しなくていい身分だわ。在籍しているというだけで生活が保証されるんだもの。プライベートも自由で、結婚したければすぐにできる。

女優は、そうはいかない。食べてゆく、ということでも大変だし、『今年はスケジュール埋まったけれど来年の戦略はどうしたらいいんだろう』っていつも頭にあるし、わたしのスタッフをすることで生活している人たちがこんなに多くなってしまうと、好きな人ができても『明日、結婚します』なんてとても言えないわ。これでも悩みは、凄く多いのよ。

あなたはわたしから見れば、うらやましい人だったわ。でもわたしは、それでも企業に勤めたいとは一度も思ったことがないの。『組織に仕える』なんてことはわたしには無理だもの。毎日毎日オフィスに通って、言われた通りに働くなんて、わたしにはできないもの。わたしはそんな暮らしをするには、〈人と違うもの〉を持ちすぎている。

歌手や、役者をする才能って、〈人と違うもの〉のかたまりなのよ。わかるかな。

会社に通う人たちは、みんな右へならえで人と違うことや、変わった変なことを一切してはいけないサラリーマンの掟《おきて》みたいなものに縛られて暮らしているけれど、わたしという人間は、その変わった変なことの、かたまりでできているの。小さい頃は変わった子だったからいじめられもしたわ。自分が嫌になったこともあったわ。でも、他人と違えば違うほどそれが女優としての個性になるんだって気づいてから、わたしは救われたように楽になって、この仕事をするようになったわ。今では、ＯＬなんかするくらいだったら、明日舞台から落ちて死んだっていいから芸能界にいたほうがいいって、そう思っているわ。

ねえよしみ、わたしは女優をしていて思うんだけれど、あなた、会社員とスーパーガールの両立なんて、最初《はな》っから無理よ。組織の歯車でいなければならない人が、ある時、突然飛び出して正義の味方をするなんて、無理よ。歯車というものは飛び出してはいけないのよ。あなたはもっと早く、フリーになるべきだったわ。歯車にならずにすむ仕事に、替わるべきだったのよ。今回のことは、ちょうどいい機会よ」

「ニュースキャスターの夢は、どうなるのよう！」

「フリーのキャスターだっているわ。〈熱血ニューズ〉の等々力猛志《とどろきたけし》なんて、どこの社員でもないのよ」

よしみは、ひっくひっくと泣き続けた。

「あんまりなぐさめに、なってないかなあ……」

美帆は頭を掻いた。

2

〽姿かたちは
変わらぬが
鉄をもくだく
この腕さ

「ねえよしみ」

美帆がソファーでリクエストブックをめくりながら、回転ライトを浴びて絶叫しているよしみに呼びかけた。

「よしみったら」

だがマイクを握ったよしみは、自分の世界に浸《ひた》りきって美帆なんか目に入らないのだった。ちょっとふらつく足元には、空《から》になったビールの缶がごろごろ転がっていた。

〽夢も希望も
きのうに捨てて
戦うだけに
生きていく
おーれは
おれは――

「ちょっとよしみ、その歌はやめなさいよ。あなたはまりすぎよ」

「いいのよっ」

「そんなんじゃなくて、もっとほら、明るいのにしようよ。〈色・ホワイトブレンド〉とかさ。あたしの歌も結構入ってるよ」

「うるさいわっ」

カラオケボックスのレーザービジョンの40インチ画面の中を、梅津泰臣《うめづやすおみ》のデザインした白い超人がかっこよく宙に舞い上がり、アンドロ軍団の赤い巨大ロボットを素手で真っ二つに断ち割った。

バゴーンッ
曲の終わりに、おまけで効果音が入っていた。

「はぁっ、はぁっ、やっぱり正義の超人はいつも孤独なんだわっ」

「あーやれやれ……」

よしみは美帆の自転車の後ろに乗せられて、夜の六本木の裏通りを走っていく。

「何で――はくしゅっ」

よしみは、まだ冷たい夜風にくしゃみしながら
「何で、あんたみたいな女優さんが、六本木で自転車に乗るのよう」

「酔っ払って車になんか乗れないでしょう？　水無月美帆が酒酔い運転したら、せっかくビール会社のＣＦに出てるのに、降ろされちゃうわ」

「不自由なのねえ、女優って」

「正義の味方と同じくらいにね」

美帆は、目立たないビルの地下へ下りる階段の前で、赤い自転車を止めた。

「さ、降りて」

「ここ、どこよう」

「わたしの行きつけのお店。普通の人は入ってこないから、ゆっくりできるよ」

美帆は、よしみを連れて外から地下に下りると、天井の防犯カメラに手を振って、隠れ家のようなバーの分厚い樫《オーク》のドアを開けてもらった。奥行きのある細長い店のカ

ウンターに、二人は落ち着いた。

「ねえ、テレビ見てもいい」

「テレビなんて、この店じゃ無粋《ぶすい》よ」

「ニュースやってるのよう」

よしみは手首の時計を美帆に突き出した。

「忘れなさいよ」

「見ないと落ち着かないのよう」

時刻は夜の十時を少し回っていた。いいですよ、と髭《ひげ》の主人が言って、カウンターの上のモニターを切り替えて地上波の受信にしてくれた。古い白黒映画のビデオが消えて、民放のＣＭが入った。白いエプロン姿の美帆がパッと画面に現れて、笑顔で全自動洗濯機を回し始める。

『わぁ、お風呂の残り湯でこんなに真っ白』

「やぁだ、恥ずかしい」

美帆が笑った。

「早く替えて」

「今の時間だと、ニュースは富士桜テレビかな」

髭の主人がリモコンでチャンネルを切り替えると、画面にちょうど中年になりかけた長身の男がアップになった。

「始まるところだ」

それはニュース番組のオープニングなのだが、初めて見た人はNHK教育テレビの国立劇場舞台中継だと思うかもしれない。

『——熱血ニューズ！』

カメラのすぐ前に右の拳《こぶし》を突き上げ、カメラを睨《にら》みつけ、舞台劇のハムレットのような声と身振りで、一度見たら忘れない日本人離れした濃い顔だちの俳優のような男が叫んだ。この男がメインキャスターである。

『うわぁたしは等々力猛志。この世に正義はない。だが真実はある。今夜も全国のみなさんのために、真実に迫ろう！』

ハムレットみたいな長身の男は、年の頃は三十代後半、さすがに着ているのはイタリア物のスーツだけれど、もし紫色のてかてか光る大げさな衣装にマントでもひるがえせば、本当に舞台劇の主役だ。

「〈熱血ニューズ〉、等々力猛志か……」

美帆はモニターを見上げて言った。

「あの人、昔は本当に俳優だったんだってね」

「——」

よしみは、頬杖《ほおづえ》をついて、何も言わずにモニターを見上げた。

『タブーを恐れぬ〈熱血ニューズ〉！　今宵《こよい》も始めよう』

日本人離れした濃い男は、女性のアシスタント・キャスターと若い男性アナウンサーが座っているメインテーブルへ歩いていき、真ん中に着席する。その動きに、スポンサー企業の社名がずらずらっと重なる。

『――〈熱血ニューズ〉。この番組は、ご覧のスポンサーの提供でお送りいたします』

等々力猛志の〈熱血ニューズ〉は富士桜テレビの看板ニュースショーで、制作は富士桜テレビ本局ではなく、等々力の主宰する制作プロダクション〈事務所二十一世紀〉に任されていた。このため都合の悪いニュースを潰そうと政治家や圧力団体が局に抗議してきても、富士桜テレビの社長や重役は「何分《なにぶん》、下請け制作会社のしたことで」とぺこぺこすることで言い逃れることができ、他局のニュース番組よりもかなり真実に迫ることができた。

「これ、視聴率いいんだってね」

美帆が言うと、

「ひっく」

カウンターのストロベリー・マルガリータを一息で飲み干《ほ》したよしみが文句を言う。

「こんなきわどいニュースショーに、よくスポンサーつくわ。マスコミでタブーって言われてる問題にどんどん突っ込むし、政治家は追いかけ回すし、無茶苦茶よ」

「視聴率がよければ、いくらでもつくよ」

〈熱血ニューズ〉はスタート以来、ビデオリサーチ、ニールセンとも二十五パーセントを切ったことがない。夜十時台の、プライムタイムと呼ばれるこの時間帯で高視聴率を上げるのがどれだけ大変かよく知っている美帆が、画面を見てため息をついた。

「わたしのドラマの最終回だって、この時間帯で二十五パーセント取ったことないわ。他のテレビ局の夜のニュースは〈熱血ニューズ〉に敵《かな》わないから、みんな十時台から撤退して十一時に引っ越しちゃったんだって」

「――」


よしみは、自分から見たいと言ったくせに、ぶすっとしてモニターを見上げていた。画面を見たまま「お代わりください」とグラスを店の主人に差し出した。

ＣＭが入って、またエプロン姿の美帆が登場した。

『旦那様が、突然お客さんを連れてきちゃった――！　でも大丈夫よ。冷蔵庫にこんなにたくさん作ってあるもん♪』

「美帆ー」

「なぁに」

「よくやるねー若奥さん」

「仕事だもの」

「あんなに楽しそうに家事なんかしちゃって」

「こういうふうにしてくださいって言われたら、そういうふうにするわ」

「らしくないよ」

「らしくないことするのが女優よ」

ＣＭが終わって、画面がスタジオに戻った。

『さあてっ、今日も真実に迫るぞ！』

等々力猛志が、また画面に向かってガッツポーズをした。

『今日の特集はっ、差別表現問題で糾弾《きゅうだん》され頭に来て断筆中の作家、音羽文京《おとわぶんきょう》氏に直撃生《なま》インタビューだっ！』

「あーまた、あんな危ないネタをしかも生で……」

「でもうらやましいじゃない、よしみ。これだけやりたいようにできてさ」

「生できわどいネタやったら、カットできないから大変だよ。ひっく」

よしみは主人から新しいストロベリー・マルガリータのグラスを受け取って、ピンク色のお酒を一息で飲み干した。

「ひっく、放送できない言葉を一言でも言われたら、プロデューサーなんかおしまいなのよう。きっとスタジオの副調で、制作スタッフみんな、震え上がりながら進行を見守っているに違いないわ」

よしみは、ひっくとしゃっくりをして、空《から》のグラスを主人に差し出した。

「そういう光景も――ひっく、今のあたしには懐かしいけどさ――ひっく、お代わり」

『渦中の作家・音羽文京氏にスタジオにお越しいただいています』

アシスタントの女性キャスターが、明るいスタジオの奥のソファー席をカメラに示した。

「ちょっと、よしみ」

もらった新しいグラスを、また一息に空《あ》けようとするよしみの手を、美帆が止めた。

「ピッチ早すぎるよ。テキーラベースなんだよ」

「いいのよう。ひっく、あたしの今の状況で、ニュースのスタジオをしらふで見られるかってんだー、ひっく」

じゃあ見なきゃいいじゃないの、とは美帆にはちょっと言えなかった。

「よしみ――」

よしみはグスッと鼻を鳴らして、画面を見上げて唇を噛んだ。そしてまたマルガリータをぐいっと空けた。

『うむ。では早速インタビューに入ろう』

画面の中で等々力が立ち上がろうとした時、インカムをつけたフロア・ディレクターが、横からニュース原稿をパッと差し出した。

『あっ、ちょっと待ってください』

黒いスーツを着たショートカットの女性キャスターが、きつい切れ長の目をさっと原稿に走らせた。

『ただ今入りましたニュースです。新宿の高層ビルで、火災が発生した模様です』

『何っ、それは大変だ』

ひくっ
よしみが、背中をそっくり返らせてしゃっくりをした。


ごぉぉぉぉ――――！

「スタジオ、こちら新宿の火災現場です！」

西新宿のビル街に立つ〈大王リージェントホテル〉は、四十八階建てのできたばかりの高層ホテルだった。オレンジ色のタイルで張られた巨大ホテルの二十階から上が、真っ赤な炎に包まれていた。

「大変です！」

六本木の局から真っ先に駆けつけた富士桜テレビの中継車が、燃え上がる高層ホテルを背景にして早速レポートを始める。

「三十分前、火は二十階の一室から出てたちまち燃え広がり、ご覧の通り高層ホテルの半分から上は、炎に包まれてしまいました！」

若い報道局の男性レポーターは、髪の毛を火事場風でぐちゃぐちゃにしながらマイクに叫んだ。

「問題は、このような高層ビルの重要な消火設備である天井スプリンクラーが、まったく作動していないことです！　いったいどうしたのでしょうかっ」

そこへ横からメモが差し出される。

「あっ、今、さらに大変な事実がわかりました！　ホテルの最上階のレストランに、どうやら逃げ遅れた子供が――八歳の男の子が一人、取り残されている模様です！」


『かずおーっ』

髪を振り乱した若い母親が、画面アップになった。

『お母さんですね。かずおくんが、四十八階にまだいるのですねっ』

『はいっ、ホテルの人の誘導で避難したんですけど、もみくちゃになってるうちにはぐれちゃって――気がついたらいないんですうっ』

カメラが、燃え盛る高層ホテルの最上階の窓を超望遠でアップにした。

『現場の吉原さん、火は最上階まで回っているのですか？』

スタジオの女性キャスターが訊いた。

『はいっ、すでに煙が充満し、かずおくんは現在、非常に危険な状態だと思われますっ！』

『かずおーっ』

ひくっ
よしみがしゃっくりをした。

「よしみ」

「うぅー」

よしみは、カウンターにがばっと突っ伏すと、右手で空になったグラスをカチンと置いた。

「何で……こんな晩に火事なんか起きるのよう――」

よしみは突っ伏したまま、両手で髪の上から耳を塞いだ。

『吉原さん、ホテル内では、消火装置が働いていないのですねっ？』

『はいそうです！　出火原因も今のところわからず、ひょっとしたらこの火事は――

あっ、待ってください、今最上階に火の手が回りましたっ！』

『かずおーっ、かずおーっ！』

『消防隊も、なす術《すべ》がありませんっ！』

『かずおーっ！』

がたっ

よしみは、ふらつく足でカウンターのスツールを下りた。

「うー」

「ちょっとよしみ――」

美帆が、ふらついて転びそうになるよしみの腕をつかまえた。

「あなたその状態で、何を」

よしみはふらつきながら、美帆の腕を振り払う。

「うるさいわね」

「よしみ。だめよ、そんな状態で行くつもりなの？」

「聞こえちゃうのよう」

よしみは、また両手で耳を塞いだ。耳を塞いで、激しく頭を振った。

「泣き声が、聞こえちゃうのよう！」

――『ママーっ』

「ひっく――聞こえちゃうんだよ――美帆」

――『ママーっ、助けてけむいよ、ママーっ』

「ぐすっ」

よしみは、耳を塞いでいた指で髪を掻き上げて、鼻をすすり上げた。

「聞こえちゃうのは、仕方がないよ――」

髪を掻き上げたその左の手首で、銀のリングがチリン、と鳴った。

『ああ、激しい火事場風で、消防隊のヘリも近づけませんっ！』

地下のバーから駆け上がると、よしみは夜の六本木の裏通りを走り出した。おのぼりさんの来ない街外れだから、人通りはない。

「イグニス！」

キラッ

リングが光り、よしみはシャルル・ジョルダンの黒いパンプスでジャンプしようとするが、

「――うっ、うえぇっ！」

激しい吐き気に襲われ、路上に激しく転んだ。

ずだだっ
ワイン一本に缶ビール五本にマルガリータ三杯だった。それで全力疾走しようとしたのだ。よしみは上下もわからずひっくり返り、パンプスのヒールが取れてふっ飛んだ。

「——あーっ、一万七千円のパンプス！」

かかとを、拾わなくては！　あとで修理に出さないと——

——『ママーっ、けむいよ、死んじゃうよう』

「かかと」

だが外れたかかとは、道の向こうの暗がりへ転がっていってしまった。

——『ママーっ、ママーっ！』

よしみは路上に座り込んで、激しく頭を振った。

――『ママーっ！』


「ええいもう、わかったっ」

よしみは立ち上がると、両方の靴《くつ》を脱ぎ、黒いストッキングでぺたぺたっと走った。

「涙が出てくるよ――イグニス！」

キラッ
よしみはネオン瞬《またた》く六本木の夜空に舞い上がった。

フュィイイイッ
赤く燃える高層ホテルは、無気味な色付きキャンドルのように五キロ向こうの新宿にそそり立っていた。

（よし、意外と近いわ）

音速以下でも、何とか間に合いそうに見えたが――

――『うぐぐっ、く、苦しいよう』

「はぁ――」

よしみはため息をついた。

「だめだこりゃ」

今夜着ていたのは、ピンキー・アンド・ダイアンのコケティッシュ・ブルーのミニワンピースだった。バーゲンでも七万五千円したお気に入りだ。よしみは本当に涙が出てきた。

「仕方ない――超音速！」

ズドンッ

音速を超え、変身したよしみは、火事場風も熱気もつらぬいて、燃え上がるビルのてっぺんへ飛んでいった。

3

「はーーはっくしっ！」

自分のくしゃみで目を覚ましたよしみは、見慣れない天井にまばたきをした。

「ーーあれ……？」

ベッドに起き上がると、タオルケットの下のパジャマは、自分のものではなかった。

「……ここ、どこだろう？」

よしみは目をこすった。

早朝ロケがあるから、先にでかけます。ごはん食べていきなさい
美帆

リビングのテーブルに、メモが置いてあった。白いナプキンをめくると、目玉焼き二個にクロワッサンがお皿に載っていた。

「美帆ーー」

PS. 風邪を引いていたら、薬がサイドボードにあります

「――今日仕事だなんて、そんなこと」

一言も言わなかったじゃない、とよしみはつぶやいた。

そこは確かに、広尾にある水無月美帆のマンションだった。しんと静まり返った2LDKを見回すと、曇り空の見えるベランダが目に入る。よしみは、昨夜《ゆうべ》そのベランダからこの部屋に転がり込んだことを思い出した。

「あいつ――早朝ロケがあったのに、つき合ってくれたのか……」

壁の時計は、七時三十分だった。よしみはため息をつくと、借り物のパジャマのままダイニングテーブルに腰掛けた。

「はぁ――」

目玉焼きの二つの目玉の下には、大きく笑顔の形にケチャップが絞ってあった。

――『助けてぇっ――!』

部屋の中は静かだった。

ここは、広尾の丘の上に建つ十二階建ての、最上階だった。隣《となり》は有栖川《ありすがわ》公園の緑、ゆるやかに曲がる坂道を下っていくと、明治屋スーパーマーケットのある交差点で外《がい》苑《えん》東通りに出る。世間では朝の交通ラッシュが始まっているはずだが、幹線道路の騒音はこの部屋までは届いてこなかった。

「そうか……昨夜、家までもちそうになくて、ここへ飛び込んだんだっけ」

よしみはダイニングテーブルに頬杖をついて、目を閉じた。

——『助けてぇっ、けむいよう！』

すると昨夜の西新宿上空の光景が、燃える炎を背景にしてあかあかと蘇ってきた。

ビュンッ

超音速で〈大王リージェントホテル〉上空へ到達したよしみは、悲鳴の聞こえる最上階のレストランの強化ガラス窓を右手で殴って粉砕した。

「えいっ」

バリーン！

内部に突入し、銀の手袋《グローブ》で顔を覆いながら店内を見回すよしみ。

「坊や、どこっ」

「――けっ、けむいよう、熱いよう、苦しいよう」

サスペンダー付き半ズボンに蝶《ちょう》ネクタイをしたおかっぱ頭の男の子は、非常階段に下りてゆく防火扉の脇で、両足をくじいて座り込んで泣いていた。膝もすり剝いている。火災が報じられた時、パニックに陥って逃げ出す大人たちの群れに突き飛ばされたのだ。

「坊や」

激しい白い煙が、展望レストランの内部に充満しようとしていた。よしみが駆け寄る直前に男の子は激しく咳き込み、気を失ってしまった。

「けほっ、けほっ」

「しっかりしなさい」

よしみは八歳の男の子を抱き上げ、たたっと助走すると破った窓から外へ脱出した。その後を追うように火の手が回り、レストランの中にあったテーブルクロスや絨毯《じゅうたん》やカーテンなど可燃物が全て、爆発するように燃え上がった。

フュンッ

よしみは高層ホテルの屋上の真上へ上昇した。あたりは火事場風の熱い上昇気流と激しい煙と炎でゆらゆら揺らめき、地上の様子は見えなかった。気を失った男の子を抱きかかえたまま、よしみは燃え上がるホテルを見下ろした。

（スプリンクラーが、働いていないんだ――）

テレビのレポーターが中継で言っていたように、各階の天井からシャワーのように水を噴き出して消火するスプリンクラーが、まったく作動していなかった。地上の消防車のはしごは十三階までしか届かないから、このままでは火災を止める手段はない。

（――この子の他にも、ホテルの中で逃げ遅れて気を失っている人がいるかもしれないわ）

フュィイイ

よしみは空中で位置を変えた。男の子を脇に抱え、腕をホテル屋上の大型貯水タンクに向けた。激しい上昇気流で、定位置を保つのは難しかった。よしみは百六十一センチ、体重は四十五キロもないから、軽いのだ。四十八階建てのビルが燃える熱エネルギーは、凄まじかった。

「くっ――でも火を消すには、これしかないわ」

よしみは前にも苗場スキー場で、気を失った橋本克則を抱きかかえたまま、この技で雪崩を蒸発させたことがある。あの時に比べれば、まだ条件はいいはずだ。だが右腕を貯水タンクに向けて突き出し、息を吸い込もうとした瞬間、頭にくらっと来た。

「あうっ――」

眩暈《めまい》がして、よしみは空中でひっくり返りそうになった。

「――ああいけない、マルガリータ三杯が……」

テキーラベースのカクテルは、強いのだった。頭を振って、タンクを狙い直す。手のひらに周囲の空間から集まる力をイメージし、顎《あご》をそらし、息を吸い込む。

「――フェンサーッ！」

シュバッ
白銀の閃光が稲妻のように貯水タンクを直撃し、爆破した。

ザバーンッ！

数百トンの水が爆発的に飛び散る。上空にいたよしみさえも、さかのぼる滝のような噴流を浴びて吹き飛ばされそうになった。

「きゃあっ」

球状に広がった水の爆発は〈大王リージェントホテル〉の上層部を包み、集中豪雨となって燃えていた各階を津波のように水没させながら流れ落ち、わずか数分で大火災を鎮火させてしまった。

「はあっ、はあっ」

ずぶ濡れになったよしみは、肩で息をしながらホテルの裏へ降下し、横抱きにした男の子を日本庭園の植え込みへそっと下ろした。

「はあっ、はあっ――っくしょん！」

よしみは自分の口を押さえた。ホテルを取り巻いた消防隊員たちに姿を見られてしまう。

(――)

よしみは呼吸を整えると、助け下ろしたおかっぱ頭の男の子を見下ろした。ここで目を覚ますこの子は、まさか自分の悲鳴を聞きつけて六本木のバーからスーパーガールが駆けつけてきたなんて、想像もしないだろう。

(可愛い顔してる)

前髪を、中指と人差し指ですいてやった。男の子は気を失っていたが、静かな寝息を立てていた。怪我も大したことはない。

「よかったね――助かって」

よしみが右の中指をおでこに当てると、男の子はぴくっと動き、「う～ん」と身じろぎした。

男の子が目を覚まさないうちに、銀色のコスチュームのよしみは舞い上がり、呆気《あっけ》に取られて夜空を見上げている消防隊員たちに気づかれないようホテルの裏側から上昇して、西新宿の高層ビル街をあとにした。

だが。

「あーあ……」

美帆の部屋のダイニングテーブルで、よしみは一人、ため息をついた。

「正義の味方が、悪酔いして飛べなくなるなんて――」

よしみは頬杖をついたまま、頭を振った。

「――情けない」

「うぐぇっ」

激しい吐き気が、飛行するよしみを襲ったのはそのすぐあとだった。

「うぇえっ、きっ、気持ち悪い――！」

よしみは品川区西小山の自分の部屋へ戻って、一刻も早くシャワーを浴びて着替えるつもりだったのだが、お腹《なか》から突き上げてくる吐き気が激しくて、飛んでいられなくなってしまった。

「だめだわっ――うぇっ――気持ち悪くてもう――うぇえっ――飛べない！」

スーパーガールに変身したからといって、体内のアルコールが消えるわけではなかった。逆にかえって血のめぐりがよくなるから、酒が全身に回って通常の三倍酔っ払ってしまうのだ。つまりよしみは、ワイン三本に缶ビール十五本にマルガリータ九杯飲んだのと同じ状態で、人命救助に出動してしまったのである。

「ううっ、うぇっ」

よしみは、街灯の点いた人気《ひとけ》のない神田書店街の路上に舞い降りると、シャッターの下りた書泉ブックマートの前の歩道で、電柱につかまってしこたま戻してしまった。

「うげぇっ——ああ、酔っ払って超音速出したのがいけなかったんだわ——うえぇっ！」

銀色のコスチュームのまま、電柱につかまって身体を二つ折りにして苦しむよしみ。こんな状態では、とても西小山の自分の部屋まで飛んで帰れそうにない。服は変身する時に裂け飛んでしまったから、美帆のいるあの店にも戻るわけにいかない。

（どうしよう——！）

よしみが、美帆の広尾のマンションのベランダにやっとのことで飛び込んだのは、そのさらに十五分後だった。驚いたことに、よしみがベランダに倒れ込むとすぐに窓の内側でカーテンが開き、厚い防音サッシがカラカラと開いた。素足の美帆がサンダルで出てきて、コスチューム姿のよしみを部屋に運び入れて介抱してくれたのだ。

「よしみ、しっかりして」

「み、美帆ー」

「活躍、テレビで見たわ。ここへ来るかもしれないと思って、急いで帰ったの」

「美帆ー」

よしみは、美帆の膝にすがりついて泣いた。

「美帆ー、あたし情けないよう。苦しいよう」

「もう大丈夫よ」

「正義の味方なんて、やってられないよう。辛いよう」

よしみはしゃくり上げた。

「大丈夫よ、よしみ。あなたはいいことをしてるんだもの。あなたが不幸になることなんて、決してないわ」

美帆はよしみに膝枕をしてやりながら、その髪を撫《な》でた。

「決してないわ」

ひっく、ひっくとよしみは泣いた。その向こうでは、音を消したテレビが、奇跡的に鎮火したホテルの大火災の現場の様子を特別ニュースで流していた。

シユゥゥ
よしみのコスチュームが音を立てて輝き、光の粒子に変化すると、美帆の膝にしがみつくよしみの左手首に集まった。輝きながら固体化した光は、やがて一点の曇りもない銀色のリングになった。

　チリン
「やって——られないよう」
　一糸まとわぬ身体に戻ったよしみは、美帆の膝で気を失うように眠り込んでしまった。

「コーヒーでも、淹《い》れるか——」

　昨夜の記憶を振り払うように、頭を振りながら立ち上がったよしみは、美帆がきれいに片づけているキッチンでドリッパーとペーパーフィルターを探し、やかんに浄水器から水を入れて電熱コンロにかけた。

　コーヒーの缶から粉をフィルターに入れ、そのまま習慣のようにリモコンを取り上げると、テレビをつけた。

『——以上、奇跡的に助かった太田かずおくん（8）のインタビューと、謎の出火原因についてのレポートでした。それではお天気コーナーに行きましょう。〈もぎたてお天気〉、山梨《やまなし》さん、おねがいします』

『はぁい山梨涼子《りょうこ》です。今日は春とはいっても肌寒いですねぇ』

『そうですね』

『これはですね、シベリア上空五千メートルの寒気が、このように下がってきているためで、本州は再び冬型の天気に戻ってしまっているんです』
朝のワイドショーをつけながら、よしみは腰掛けて、美帆の作っておいてくれた朝食を食べた。目玉焼きは冷《さ》めていたけど、美味しかった。
「美帆……美味しいよ」
――『大丈夫よ、よしみ』
ぐすっ、とよしみはすすり上げた。
――『大丈夫よ、よしみ。あなたはいいことをしてるんだもの。あなたが不幸になることなんて、決してないわ』
「美味しいよう……ぐすっ」
ワイドショーは、お天気コーナーに続いて、昨夜の火事に巻き込まれて怪我をした芸能人の話題に移っていった。
よしみが平日の午前中の住宅街をとぼとぼ歩いて、西小山のマンションに戻ったのは、お昼過ぎだった。真っ先に留守番電話のランプを見たけれど、点滅していなかった。

「電話、くれないなぁ――克則……」

よしみはカーテンを閉じたままの薄暗い部屋のフロアに、ぺたんと座り込んだ。

「……やっぱり、もう友達だって思われてるのかなぁ」

よしみはハイジャック事件を解決した晩から、克則と話をしていない。よしみのほうから電話をしても、部屋も携帯も留守番電話になっていて、「お電話ください」とメッセージを残しておくのに彼からはいっこうにかかってこない。

「忙しいのかなぁ。それとも、あたしに電話するとまた泣きつかれると思って、無視してかけてくれないのかなぁ――」

気が滅入《めい》っていると、どんどん想像が悪いほうへ傾いていく。

ぐすっ

「あたし――邪魔に思われてるのかなぁ……」

ぐすっ、ぐすっ

――『よしみ。俺はどうも、その空飛ぶ〈銀色の雪女〉に惚れてしまったらしい』

（克則——あなたをあの時、雪崩から助け出したのは、あたしなのよ……あなたが愛していると言った〈銀色の雪女〉は——）

一人ぽっちで冷たい床に座っていると、また涙があふれてくるのだった。

「かつのりー」

ひっく、ひっくとすすり上げていると、ふいに静まり返った部屋の中で電話のベルが鳴り始めた。

プルルルルル

プルルルルル

「——克則？」

よしみはだっと立ち上がると、留守番メッセージが始まってしまう前に、黒い受話器を取り上げた。

（気持ちが通じたのかもしれない！）

でも、受話器の声は違った。

『ああ、帰ってた？　よしみ』

美帆だった。

「——」

よしみは、気が抜けて声が出なかった。

『よしみ？』

「――あ、あぁごめん美帆。昨夜《ゆうべ》はありがとう」

　よしみは左手で受話器を持ちながら、右手の指で耳にかかった髪の毛を掻き上げた。

　いけないぞ、よしみ。しっかりしろ。

「本当に、ありがとう。朝いちの仕事があったのに、あんなにつき合ってくれて」

　よしみは、電話の向こうの美帆に思わず頭を下げていた。

『いいのよ。おたがい様』

　電話の向こうで、美帆は笑った。ざわざわと人の動く気配がする。

『今ね、ロケが終わって富士桜テレビなの。あのね、それでさ、ちょっとニュースがあるの』

「何」

『よしみにも、関係あることよ。昨夜あなた、新宿の火事を消したでしょう？』

「うん」

『あなたのお陰で死んだ人は一人もいなかったけれど、怪我人は出たの。ちょうど今週からクランクインする二時間ドラマでわたしの相手役をする人がね、あのホテルにいたんだって。階段から転げ落ちて急に出演不可能になって、それで急遽《きゅうきょ》代役を立てることになったの』

「ふうん」

『誰になったと思う?　わたしの相手役』

「誰?」

『あなたの〈彼〉よ』

「えっ?」

よしみはびっくりした。

「あたしの彼って――」

『橋本克則さん』

「ええっ」

『プロデューサーの石坂さんがね、彼の育ての親だから、無理言ってスケジュールを都合してもらったんだって』

「そ、そう――」

美帆が主演ということは、たぶん恋愛ドラマなのだろう。

「――どんなドラマ?」

『もう熱愛しちゃうの。ベッドシーンもあるわ。肩までだけど』

「ちょっと美帆!」

『大丈夫よ。わたしプロの女優だもん。ちゃんとお仕事してくるわ』

美帆は笑った。

『それでね、電話したのはそれだけじゃないの、あなたのお仕事の話よ』

「あたしの？」

『そうよ』

美帆が電話の向こうでうなずいた。


あたしの仕事の話――？

何だろう？

よしみは首を傾《かし》げた。よしみは帝国テレビからは「もう来なくていい」と言われ、放っておかれている状態だった。

『あのね、ついさっき聞いたんだけど、富士桜の〈もぎたてモーにんぐ〉に出ている新人のお天気キャスターの子が――その子、うちの事務所から派遣《はけん》しているタレントキャスターなんだけど、急に「番組を降りたい」って言ってきたんだって。理由はよくわからないんだけど』

「ふうん」

『ワイドショーのプロデューサーが昔ドラマやってた人だから、わたし知り合いなんだけど、困り果ててるのよ。あそこの番組は、ベテランと新人のお天気キャスターが一日おきに交替で出るんだけど、今朝は仕方ないからベテランのほうの人に続けて出てもらったんだって。新人の子は評判よかったから、突然降りられたら番組に新鮮味がなくなって視聴率下がるって』

「ふうん」

よしみは、それと自分がどう関係があるのだろう、と思った。芸能事務所に所属するタレントキャスターという職種が最近増えてきて、局の正式なニュースではないワイドショーやニュースショーでお天気を読んだりレポートをしたりするのは、ほとんどそういう子たちだ。仕事の取り合いは激しいらしいが、身分はフリーだから、ちょっと嫌なことがあるとすぐによそへ行ってしまうことも多いという。

(でも、テレビ業界から放り出されたあたしには、関係ないことだわ……)

よしみがため息をつきかけた時、美帆はこう言った。

『でさ、わたしあなたのこと売り込んどいたから』

「えっ――？」

よしみはびっくりした。

「売り込んだ、って――」

『帝国テレビの桜庭よしみがお姉さんと喧嘩《けんか》して、帝国を辞めるそうです』

「ええっ」

『つきましては、お天気キャスターとしては一年間の経験があるし、明日からでもすぐに使えますよって、ついさっき言っといたから。ええとね、プロデューサーの電話番号教えるから、これからすぐに会いに行きなよ。メモして』

「美帆……」

『どうした？』

　ワイドショーのお天気キャスター？

　あたしが？

「あ、ごめん。番号お願い」

　でも、テレビに出られる。

　またスタジオに、立てるんだ！

　よしみは慌ててメモ用紙を引き寄せた。富士桜テレビのワイドショーの制作の電話番号を教えてもらいながら、よしみは今朝、目玉焼きを食べた時のように、涙が出てくるのだった。

4

「でも、いいのかい」

両手を前で合わせてお辞儀したよしみを、〈もぎたてモーにんぐ〉の杉浦《すぎうら》プロデューサーは見上げた。

「どんな事情があるにせよ、帝国テレビの局アナだった君が、朝のワイドショーのお天気キャスターだぜ?」

「いいんです」

よしみはうなずいた。

「姉の順子とは、ライバルでいたいんです。これ以上、同じ局にはいられません」

富士桜テレビ第二制作部の杉浦のデスクの上には、ピンチヒッター役として立候補してきた各芸能プロダクション所属のタレントキャスターの女の子たちの芸歴プロフィールが、何十枚も重ねられていた。美帆から電話をもらってすぐに駆けつけなければ、他の新人のタレントキャスターにこの仕事を取られていたかもしれない。

「外で大きくなって、いずれニュースキャスターとして姉に挑戦したいんです。これは、その第一歩です。ぜひやらせてください」

もう一度お辞儀すると、人選に困っていたらしい杉浦はそれ以上疑いもせず
「そうか。不利になってもフリーでやろうって覚悟があるなら、うちでやってもらおうか」

「はい」

「よし」

頭のてっぺんが薄い杉浦龍太郎《りゅうたろう》は、デスクから立ち上がった。

「うちのスタッフに紹介しよう。来なさい」

「はい！」


杉浦に続いて、よしみは富士桜テレビの第一局舎の廊下に出る。四十過ぎの杉浦はジーンズにセーターにサングラスという格好だ。民放テレビ局のプロデューサーは、役員と一緒の会議でもない限り、ネクタイなどしないのだった。

「不利になってもフリー、か。はっはっはっ」

長身の杉浦は大声で笑いながら曲がりくねった廊下をどかどかと歩く。脇に避《よ》けて挨拶《あいさつ》する若いスタッフたちに「はよーす！」と手を上げて答える。民放のプロデュー

サーは、視聴率のいい番組を作ってスポンサーから少しでも多くお金を獲《と》るのが仕事だから、常に態度は景気がよくなければいけなかった。たとえどんなに視聴率が落ち込んでも自分だけは景気のいい振りをしなければいけないので、胃に穴が空《あ》いて入院する者があとを絶たない。

「はっはっはっ、石井ちゃん〈スレイヤー・マキ〉数字どう？　スポンサー怒ってる。そりゃいかんなー、はっはっはっ」

すれ違うたびに立ち話しながら行くので、ちっとも前へ進まないのだった。横に立ってもじもじしていると、若いＡＤたちが「おい、あれ桜庭よしみじゃねえか？」「何でうちの廊下歩いてるんだ？」と囁きながら通り過ぎていく。

やっとたどり着いた制作オフィスでディレクターを紹介され、またよしみはぺこぺことお辞儀をした。今日からフリーで仕事をもらうのだから、愛想よくしなくては。

「それじゃ明日は先輩の山梨涼子の仕事を見学、君の初本番はあさっての朝だ。天気の資料が気象協会から届くのは午前三時半、お天気コーナーの台本打ち合わせが五時からだから、君は四時半までに来てくれればいい。要領はわかってると思うけど」

「はい、頑張《がんば》ります」

「経験者が採《と》れてよかったよ。ど素人の新人にお天気しゃべらすのは大変でね」

ディレクターはため息をついた。

「新人は可愛いけどなぁ、寒冷前線と停滞前線の区別もつかないんだ」

「うむ。新しいタレントキャスターはあちこちのプロダクションから売り込みに来るが、まともに天気の解説ができるように教育するには実習含めて三カ月はかかるからな」

　杉浦もうなずいた。

「桜庭ちゃんが来てくれるのは、正直助かるんだ」

杉浦は、早くもよしみを桜庭ちゃんと呼ぶのだった。でもそれは、使える仲間だと認めてくれた証《あかし》だろう。

「杉浦さん、うちって最近、新人のお天気キャスターが居つきませんねえ」

「そうだなあ。この頃の若い子は、そんなに根性ないかなあ」

「今朝《けさ》辞めたあの子だって、教育終わってさあこれからって時だったじゃないですか」

「あのう」

よしみは、杉浦の机の上に山のように積まれていた売り込みの書類を思い出して言った。

「杉浦さん、わたしの前の人、どうして――」

辞めちゃったんですか、とよしみは訊《き》こうとした。よしみはさっき、あんなにたくさんの売り込みが来ているのにびっくりしたのだ。フリーのタレントキャスターたちの仕事の取り合いは激しいとは聞いていたけれど、その激しさは帝国テレビで正社員の局アナだったよしみの想像を超えているようだった。ワイドショーのお天気コーナーに出るだけでもかなり大変らしい。

（美帆は『理由も言わずに辞めてしまった』って言ってたけど――でもお天気キャスターは、ニュースキャスターへの第一歩なんだ。お天気コーナーで原稿を正確に読む能力や表現力や、時間通りにきちっと終わらせる力を試されて、『使える』と判断された子だけが報道の現場へレポーターとして出してもらえるんだ。お天気のレギュラーをどんなに大変でもやりとげるのがニュースキャスターへの道だって、その前任の子だってキャスターを目指すなら知っていたはずなのに――）

前任の子は、なぜ突然に辞めてしまったのだろう？

だがよしみが質問しかけた時、横から遮るように茶卓に載ったお茶が出てきた。

「はあい、どうぞ」

にっこり笑って、よしみよりもだいぶ年上の女性スタッフが、お盆に載せた茶を三つ出してくれた。

「おう、涼子ちゃん」

女性スタッフに、ディレクターがよしみを紹介してくれた。

「今度、涼子ちゃんと日替わりでお天気をやる桜庭ちゃんだ。仲よくしてくれ」

「あら」

涼子ちゃんと呼ばれた女性スタッフは、大きな目をくりくり動かしてびっくりして見せた。くりくりはしているけど、年は二十代の終わりくらいだろう。

「まあ。桜庭よしみさんね。帝国テレビはどうなさったの？」

「フリーに挑戦して、外からお姉ちゃんを抜くんだそうだ。教えてやってくれよ、涼子ちゃん。お天気では君のほうがずうっと先輩だから」

杉浦が肩をたたいた。

「まあ、凄いチャレンジ精神ねえ」

また大きな目をくりくりさせた。

「さ、桜庭よしみです。どうぞよろしく」

お辞儀しながら、よしみはその女性が今朝画面に出ていた〈もぎたてモーにんぐ〉のお天気キャスターだと気づいた。

「山梨涼子です。よろしく。何でも訊いてね」

山梨涼子は、背はそれほど高くなく、ピンクのミニのスーツにピンクのパンプスを履いていた。白いブラウスの胸には細いゴールドのネックレス。何年前か知らないが、女子大生時代には合コンなんかで凄くもてただろう。可愛いタイプだ。

「こちらこそ、よろしくお願いします」

よしみは頭を下げながら、そうか、これからはあたしもこの制作オフィスでみんなにお茶を淹れなくちゃと思った。帝国テレビの局アナだった頃は、アルバイトの子がよしみにお茶を淹れてくれたけれど、これからの自分はここの局で使ってもらうフリーの身分なのだ。

「じゃあ俺は取材があるから」

「俺も会議だ」

杉浦プロデューサーとディレクターは、手を振ってオフィスを出ていった。朝のワイドショーは明け方から放映時間の午前中までが勝負だから、午後遅い時間になると出演者もスタッフも誰もいなかった。

「あのう、杉浦さん」

山梨涼子が杉浦を廊下まで追いかけていき、「今夜はクライアントの接待あるんですか?」と訊いた。

(あの人も、フリーなのか——けっこう気をつかうんだな)

でも、時間は自由になるはずだ。

よしみは、そのあとで先輩の山梨涼子に仕事の内容を説明してもらった。

（これはいいわ）

よしみは思った。朝のワイドショーのお天気コーナーで、涼子と一日交替で天気予報の解説をする。週に三日、局に出ればいい計算だ。収入は減るけれど、一年ほとんど休みなしで一日中、帝国テレビの報道局に詰めていた頃に比べれば、遙かに自由だ。

（仕事中に誰かの悲鳴が突然聞こえてくるなんて事態も、ずっと少なくなるにちがいないわ）

参考に、これまでの台本を何日ぶんかもらう。ど素人の新人なら出番のない日でも涼子の仕事を見学したり局の資料室で気象の勉強をしたりしないといけないだろうが、よしみにはＩＴＶで一年間、早朝のお天気お姉さんをやった経験があった。気象協会から資料が届いて三十分もあれば、自分でその日の天気を話にまとめられる自信があった。

（ようし。これなら明日にでもカメラの前に立てるわ）

よしみは嬉しくなった。

「あとは、早朝出勤にはタクシーがつきますよね」

「よく知ってるのね。職員通用口の脇の配車室で、予約を頼めるわ」

「一応、業界人ですから」

ありがとうございます、と礼を言ってよしみは立ち上がった。出してもらったお茶の茶碗を自分で給湯コーナーへ運んでいったら、「まあ、桜庭さんってちゃんとしてるのね」と山梨涼子に感心された。

職員通用口から局舎のビルを出る。

富士桜テレビは、〈スターロスト・アーク21〉と呼ばれる六本木最大のオフィス・コンプレックスの一番高い高層ビルの中に入っていた。隣は全日本アジア航空ホテル、後ろの小高い丘には大きなコンサートホールがある。コンプレックスの中庭に歩いていくと、ちょうどビルの間に夕日が沈むところだ。

「あーあ」

よしみは伸びをする。

(何て気持ちいいんだろう。昨夜とはえらい違いだわ)

自分にはまだ道がある。帝国テレビの局アナから滑り落ちても、まだ這《は》い上がれる道があるんだ――!

(そうだ。頑張ろう。あたしは、フリーのニュースキャスターになるんだ!)

昨夜の〈熱血ニューズ〉みたいなニュースショーで、いつかニュースを読んでやろう。コメントを言ってやろう。

「そうだ。いい機会だから、勉強して気象予報士の資格を取ってやろう。他の番組へステップアップする時に、きっと役に立つわ」

よしみは自分の思いつきに手をたたき、すぐ地下鉄に乗ると神田へ行って、高校の数学の参考書と国家試験の問題集を買って家に帰った。

プルルルル

プルルルルル

電話が鳴ったのは、よしみがテレビもつけないで微分方程式の例題をノートに解いている真っ最中だった。現代の天気予報は、大気の運動方程式をスーパーコンピュータで解析して予報を出すので、気象予報士の試験には微分や積分の問題が出る。高校の数学をもう一度おさらいしなければならないのだ。

「ふう」

ノートから顔を上げて、よしみは電話に手を伸ばす。髪は後ろにまとめてスウェットの袖をまくり、気合を入れて勉強していた。ライティングデスクの脇には夕食代わりのカップスパゲティが置いてある。

「もうこんな時間か」

つぶやきながら、受話器を取る。

「はい桜庭――」

化粧をおとしたよしみの顔が、次の瞬間ひっくと止まった。

「――」

瞬間、声が出ない。

『――よしみ』

受話器からの声は、懐かしかった。

『よしみか――？　俺だよ』

「克則……」

よしみの指から、鉛筆がぽとりとこぼれた。

5

『よしみ、元気か』

電話の向こうで克則は言った。

『すまなかった、電話しなくて』

「か、克則――」

克則の声だ――

よしみは受話器を握り締めた。

よしみは、克則の声を直《じか》に聞くと、もう微分方程式なんか頭から吹っ飛んで、数日前に最後に食事をした時の彼の台詞が蘇ってくるのだった。

――『でもやっぱり、俺たちは友達でいよう』
『や、やっぱり、他に好きな人がいたのねっ』
『違う、よしみ。俺は今は、君が一番好きだ。生身の女の中では』

『え?』

『生身の女の中では、君が一番好きなんだよ。その気持ちは、あの苗場の頃と少しも変わらない。だけど俺は……』

『どうした、よしみ』

「あ、ううん」

よしみは受話器を耳に当てたまま、ブルブルと頭を振った。

「何でも、ないの。嬉しいわ、電話もらえて」

『すまん』

克則の声は、疲れていた。

『仕事が、立て込んでいるんだ。レギュラーのドラマの他に事務所がクイズ番組のゲストなんか入れてくるし、急に単発で二時間ドラマを頼まれるし――』

電話の向こうに、人の歩く音や声がする。テレビ局の廊下だろうか。

『ちょっと疲れてるんだ』

夜の十時は、リハーサルや収録がこれからピークになろうとする時刻だ。

「ああ、聞いたわ。美帆と共演ですって?」

『そうだ、恋愛物。おれが小型飛行機の整備士で、美帆ちゃんが犬の訓練士。調布の飛行場のそばの道で彼女が泣きながら歩いてくるのを見て、俺は一目惚《ぼ》れするんだ』

「そ、そう」

よしみは、克則と電話がつながったらこう言おうとか、考えていたことがあったはずなのに、ただどきどきするばかりで何も言えなかった。

「──あ、あの、克則」

『うん』


──『よしみ。俺はどうも、その〈空飛ぶ雪女〉に惚れてしまったらしい』

「あのね、克則」

克則、あの雪女はね──

「あのね」

あなたの好きになった、あなたを助けて飛び上がったあの空飛ぶ雪女はね──

『うん』

あたしなのよ。

「あの──」

『どうした』

「いえあの……」

言えたらどんなにいいだろう。

「……あの、美帆はね、あたしの友達だから、仲よくしてね」

でもよしみは、関係ないことを口にしてしまう。

『ああ。確かそう言ってたよな。仲よくやるよ、友達の友達だからな』

「あ、あの――」

〈友達〉だなんて、ひどいよ克則。

「克則」

よしみは言ってしまいたくなった。

あなたの愛してしまった空飛ぶ銀色の雪女は、あたしなのよ。あなたの好きになった雪女は、ここにいるのよ！

「克則、あのね」

『ああすまん、打ち合わせ始まるんだ』

克則の背後で、「橋本さん」と呼ぶ声がした。

「克則、ちょっと待って、大事な――」

大事な話があるの、とよしみは言おうとしたが、

『そう、大事な打ち合わせなんだ。これから美帆ちゃんにつき合ってもらって、徹夜

で本読みして台詞を入れるんだ。急に決まった役だから急がないと』

「克則、待って、あのね、あの時、あなたを助け——」

「え？」

「——あ、いえ、その……」

だがよしみは、声を詰まらせてしまう。

「……あなたのお陰で助かってるわ、美帆。ありがとう」

『ああ。じゃ、またな』

プツ

切れた受話器を、しばらくよしみは握り締めていた。

（——）
はぁ——
ため息をつくよしみ。
言ってしまえばよかったのに。
克則は、変身したあたしを好きになったと、あれだけ真険に言ってくれていたのに
——どうして言えなかったのだろう。
「だって——もし普通の人間じゃないってわかって、それでも本当に結婚してくれる

か、心配だもん……正義の味方やめて専業主婦になれとか言われても、あたし困るもん……」

よしみはスウェットの脚の間に両手をはさみ込んで、うつむいてしまった。

気を取り直して、気象予報士の問題集をやっていると、

プルルルル

また電話が鳴った。

(——克則?)

反射的に受話器を取るよしみ。

だが、

『——はあい桜庭さん? こんばんはー』

聞こえてきたのは、浮かれた女の声だった。

「——はい?」

よしみは首を傾《かし》げた。

『桜庭さんでしょう? あ・た・し』

誰だろう——? 電話の背後には、騒がしいカラオケの音が聞こえる。数瞬考えてから、よしみはようやく思いつく。この年増《としま》のくせに甘えたような声は、あの——

「――山梨さん、ですか？」

『ピンポーン。正解～』

今日の午後、初めて会った先輩お天気キャスターの山梨涼子は、酔っ払っているようだ。

（大丈夫なのかなあ、この人。明日早朝の本番なのに……）

よしみは、自分がＩＴＶで早朝番組に出ていた頃、前の晩は必ず十時までには寝ていた。明け方三時に起きてお化粧をするから、そうしないともたないのだ。寝るのが遅くなって、睡眠不足で化粧ののりが悪くなるくらいはまだいい。遅刻でもしようものなら、番組のお天気コーナーに穴を空けてしまう。そうなったら大変だ。

『それでねえ、桜庭さんにちょっとお願いがあるのう』

涼子の後ろで、中年の男ががらがら声で〈夜霧のハウスマヌカン〉を歌っている。

『明日の朝の本番なんだけどさ、悪いけど替わってくれないかなあ。今うちのプロデューサーと編成局長と、スポンサーの宣伝部のえらい人とみんなで銀座に来てるんだけど、ちょっとまだ帰れそうにないのよ』

「そ、そうなんですか」

『ど新人の子にはこんなこと頼まないけどさ、桜庭さんプロだから――いよっ！　さすが宣伝部長っ、名調子っ！　――お願いしても、だいじょーぶかなー、なんて思ったりして』

「は、はあ。そうですか」

やれやれ、何てことを頼む人だろう。

(でもどうせ、明日は早く出るんだし、いいか……)

明日は涼子の仕事を最初から見学するために、四時半に出社するつもりでいた。帰りがけに局の配車室でタクシーも予約してある。

「いいですよ。ぶっつけですけど、何とかなると思います」

お天気は前に一年やっていたから、気象協会の資料を見ればぶっつけでも何とかしゃべれるだろう。

『本当っ?』

電話の向こうで涼子がぴょんぴょん飛び跳ねるのがわかる。

『嬉しいわぁ、さすが元局アナね。プロよね。じゃあお願いしちゃおうかしら』

あんたもプロなら本番の前の日に飲みになんか行くなよ、とよしみは思ったが、涼子もよしみの力量を信用したから頼ったのだろう。『よかったわあ、桜庭さんが来てくれて』と浮かれたまま電話は切れた。

「しょうがない」

よしみはため息をついて、参考書とノートを閉じるとベッドにひっくり返った。明朝本番に出るのなら、すぐに寝なくてはいけない。スーツは用意してある。目覚まし時計を午前三時にセットした。予約したタクシーが迎えにくるのは、四時だ。

「ま、いいか——仕事しよう」

仕事をして、悩みは忘れよう。忙しくすることが、きっと今のあたしにはいいんだ。

——『友達の友達だからな』

克則の気になる声も、タオルケットをかぶると徐々に消えていった。今日はいろんなことがあって、よしみは疲れていた。

「——かつのりー、むにゃむにゃ……」

よしみは、すぐに寝息を立て始めた。


同じ時刻。富士桜テレビの第三制作部会議室では、テーブルと椅子が隅に片づけられ、来月放映される水無月美帆主演の二時間スペシャルドラマ〈真夜中にこんにちは〉の本読みが始まっていた。

「立ったままやります。半分、立ち稽古《げいこ》です。いいですか?」

初対面の水無月美帆にいきなりそう言われ、橋本克則は軽いショックを受けた。普通、台本を渡された初日には、テーブルに座って出演者が自分の役の台詞を読むことから始める。これを〈本読み〉という。立ち稽古に入るのは、そのあとだ。

「時間がないので、少しでも早く、呼吸合わせたいんです」

「もちろん」

克則は、思わずうなずいていた。

「俺も、そのほうがいい」

橋本克則は、大学を出てからずっと下北沢の小さな劇団で舞台俳優をしていたので、テレビのドラマに出るのはまだこれで四本目だった。これまでの三本の恋愛ドラマではそれぞれ三人の女優と共演をしたが、出演者の初顔合わせの時に最初に挨拶してくるのは相手役の女優のマネージャーで、マネージャーが彼に名刺を渡して「一つよろしく」と言っている間、当の女優は会議室の隅のパイプ椅子で関係なさそうにふんぞり返って煙草なんか吸っているのが常だった。だから克則は、会議室に入るなり美帆本人がつかつかと近づいてきて、「橋本克則さんですね。水無月です」と言った時にはびっくりしてしまった。しかも、年上ではあるものの、芸能界のキャリアではずっと後輩の克則に、美帆は頭を下げたのである。

「助かりました。よろしくお願いします」

まるでこのドラマを作っているプロデューサーのような言葉を、美帆は言うのだった。

「いや」

克則は軽く頭を振って答えた。

「あなたが助かったかどうかは、俺がまともな仕事をし終えたあとにわかることです」

克則はその場で台本を渡され、説明を美帆から直接受けた。二時間ドラマの制作スケジュールはかなり進んでいて、出演者全員による立ち稽古までが全て終わっていた。あとはセットや街頭で撮りに入るばかりだった。ホテルの火事で美帆の元の相手役が怪我をしたのは、このドラマにとって本当に突発的なトラブルだったのだ。

「脇の役者さんたち、みなさん今夜はスケジュールの都合がつかなくて、他の役のところはマネージャーに読んでもらいますけど」

「構わない。俺はテレビ業界では新人だけど、演技では玄人《くろうと》のつもりだから」

「いいわ。では始めましょう」

すでにたくさんのメンバーで制作が進んでいる現場に、克則は飛び入りしてきたのである。早くドラマの内容をつかまなくては。

「わたし妙子《たえこ》と菊雄《きくお》さん――つまり橋本さんが初めて出逢うシーンから行きます。場所は調布の飛行場脇、天気がよくて、道にかげろうが立っていて、向こうから妙子、こちらに菊雄」

「はい。こうかな？　立ち方」

「道のそちら側。そう。目線はこっちです」

片づけた会議室の真ん中で、長いジャンパースカートの美帆は丸めた台本を右手に持って、まるで演出家のように立ち位置の指示をした。

「わかった」

克則は、黒いジャケットをひるがえして道端に見立てた場所に立つ。

「わたしが、こちらから泣きながら歩いていきます」

「俺はここで、コンビニの袋持って、呆気に取られて見ている」

「そう。わたしがあたり構わず泣いているから」

「変だ、という気持ちよりも美しい、という気持ちで、俺は見とれてしまうんだな」

「そうです」

「道にかげろうが立って、美帆さんのほうはソフトフォーカスになるんだろう。画面はメルヘンタッチだな。じゃあ俺は、『何てきれいな人だ』という一目惚れの表情を横顔で見せればいいわけか」

「その通りです。よくわかりますね」

局の制作スタッフや二人のマネージャーも混じえて、夜通しの本読みと立ち稽古が始まった。

6

「あれ？　おかしいなあ」

翌朝、まだ暗いマンション前の路上で、スーツ姿のよしみは首を傾《かし》げていた。

今日のよしみは、アルファキューービックの赤いスーツに、赤のパンプスだ。女の子のお天気キャスターは番組の花だから、ちょっと派手すぎるくらいがいい。これが局の責任を背景にニュースを読む局アナと、社外のお天気キャスターの違うところだ。局アナは深刻な事件を報道する時に派手な服を着ていると顰蹙《ひんしゅく》を買うことがあるが、お天気キャスターは、今朝のようなどんよりした天気の日には逆に思いきり派手な服を着て、これから出勤する人たちの気分を明るくしてあげなくてはならない。カーテンの隙間から夜明け前の空が低く曇っているのを見たよしみは、用意してあった三着の中から一番派手な赤を選んだのだ。

それはいいとして、

「タクシーが、来てないわ。変だなぁ――」

よしみは、高台の住宅街の道の左右をきょろきょろと見回した。夜中に降った雨で路面が濡れて、点滅する赤信号を反射している。まだ四月にならないから、日が昇るのはだいぶ先だ。

「――うう、寒。コート着てくればよかったかなあ」

玄関前からすぐタクシーに乗れると思って、早朝で寒そうだったけれどコートは持たないで出てきたのだ。

「変だなあ、あたしちゃんと予約したつもりだったけどなあ」

昨日、富士桜テレビの局舎を出る時に、職員通用口の脇にある配車室でよしみはタクシーを予約しておいた。テレビ局の仕事では、バスや電車の動き出さない早朝の出勤にはタクシーが使える。出演者が集まらないと大変なことになるから、局の配車係は予約した住所に確実にタクシーが行くよう細心の注意で手配するのが普通だ。

「予約の手違いかなあ。困ったな……」

マンションの玄関で待っていても車が来そうにないので、よしみは仕方なく坂道を降りて、中原街道へ出ていった。しかし、

「あーでも、この明け方じゃ流しのタクシーなんていやしないよ」

よしみは車のさっぱり通らない幹線道路を見渡して、途方に暮れた。

「目蒲線《めかま》が動くの、一時間もあとだし――どうやって六本木まで行こう」

歩いたのでは、もちろん三十分では六本木へ行けないいし、このパンプスじゃそんなに歩けやしない。

「あたしの本番でなけりゃなあ……」

よしみは手首の時計を見て、ため息をついた。

「……しょうがないなあ、飛ぶか」

よしみはどんより曇った空を見上げた。高度一〇〇メートルでも雲に入りそうだ。

「うーん、マッハ0.2くらいでも間に合うかな。でも寒そうだなあ」

よしみはぶちぶち文句を言った。


富士桜テレビの第二スタジオでは、平気な顔で出勤した山梨涼子が、気象協会からの天気図が広げられたデスクの前で化粧直しをしていた。

「おう涼子ちゃん、凄いねえ。昨夜《ゆうべ》遅くまでクライアントと飲んだんだろ?」

通りかかったスタッフに声をかけられると、コンパクトを持ったまま山梨涼子はかっかっかっと笑った。

「まっかしといてくださいよ、あたし鉄の肝臓ですから」

くっくくっく

山梨涼子は、コンパクトの鏡に映った時計の針を見ながら笑った。もうすぐ四時半だ。

くっくっくっく

(この明け方に、流しのタクシーなんかつかまるもんか、くっくっく)

だが次の瞬間、

「おはようございまーす」

その鏡に、鼻を鳴らしながら出勤してきた桜庭よしみが映った。

(な――何?)

びっくりして涼子は振り向いた。

(こいつ……)

信じられない顔で、涼子は赤いスーツのよしみを見た。

「あら」

ほっぺたの赤いよしみは、涼子に気づくと近寄ってきてぺこりとお辞儀した。

「おはようございます、山梨さん、起きられたんですか?」

涼子は慌ててコンパクトを畳んだ。

「あ、あなたいったいどうやっ――いやその、おはよう」

「涼子さぁん、あたしどじっちゃって」

よしみは頭を掻いた。

「タクシーの予約、ちゃんとしてなかったみたいなんです。昨日は採用決まって浮かれてたのかしら」

「そ、そうね。よくあることよ」

よしみは、ぐすっと鼻を鳴らしながら、

「中原街道まで出たら、ちょうど奇跡的に空車のタクシーが走ってて。助かりましたぁ」

「そ、そう。そうだったの。間に合ってよかったわね」

「その代わりタクシー拾えるまで立っていたら、寒くて寒くて」

はっくしゅっ、とよしみはくしゃみをした。

「すいません、くしゃみが出るといけないから、今日の本番は予定通り涼子さんにやっていただいてもいいですか？」

「え？　何のこと？」

涼子はとぼけた。

「えっ。だって、昨夜あたしに電話くださって、今日の本番替わってくれないかって――」

「あら、あたしそんなお願いしたかしら？　ごめんなさいね。昨夜は飲んでたから覚えがないの」

「え――？」

驚くよしみを置いて、涼子は「お天気の打ち合わせ始めましょ」とスタッフに声をかけた。


七時半から、ワイドショーのオンエアが始まった。生放送だ。

久しぶりの本番の空気に、よしみはうきうきしてスタジオを眺めていた。

「というわけで、先日の新宿のホテル大火災は、あるテロ組織による破壊活動だった、という新事実が浮上したわけです」

「うーん怖いですね」

「テロ組織からの犯行声明が、警察に届いたわけですか」

「その通りです」

司会と女性アシスタント、それにゲストコメンテーターの評論家が、取材ＶＴＲを見たあとで話をしている。

よしみは、それを四台あるカメラの後ろで立って見ていた。

「このテロ組織についてですが――」

アシスタントがフリップをテーブルの上に出した。この女性アシスタントもタレントキャスターだ。年はよしみよりも上だが、山梨涼子よりは若い。涼子よりあとに入って、追い越したのかもしれない。

〈そう言えば、涼子さん――二十九にもなってまだお天気読んでいるなんて、変だなあ〉

よしみはふと思った。よしみは、山梨涼子が五年前にお天気キャスターから事件レポーターになった時、死傷者の出たトンネル火災の現場を真っ赤な花柄のセーターでにこにこ笑いながら実況して視聴者から非難を浴び、それ以来お天気コーナーで冷や飯を食わされているという事実を知らなかった。涼子が番組を降ろされずに続いているのは、プロデューサーや編成局長やスポンサーのえらい人が飲みに行く折には必ずついていって、脇でお酌《しゃく》をするからだった。

「――この組織は、〈日本全滅しねしね党〉という極左過激テロ集団で、現体制の日本をこの世から消滅させることが究極の目的だといわれています」

「うーん。怖いですねぇ」

「この〈日本全滅しねしね党〉が、高層ホテルの消火設備をあらかじめ破壊工作で無力化し、その上で火を放ったのだといわれています。〈日本全滅しねしね党〉は犯行声明で、今回のホテル火災は単なるテストに過ぎず、次は同じ手口で〈もっと大きい目標〉を狙う、と宣言しているらしいです」

「うーん。怖いですねぇ」

ワイドショーはトップの事件を報じたあと、芸能ニュースのコーナーになる。

「来月放映される水無月美帆さんのスペシャル二時間ドラマの新しい相手役に、今注目の若手俳優、橋本克則さんが抜擢された話題です」

「橋本克則さんって凄い上《のぼ》り調子ですね。今度はあの水無月美帆さんと共演ですか」

「いやあそれが参りましたよ」

イガグリ頭の芸能レポーターが席に着いて、汗を拭き始めた。

「橋本克則さんといえば、去年のクリスマスに苗場スキー場で骨折した時に、一緒に来ていた女性は誰かという話題で注目されたわけですが、それがですねぇ、わたしの取材ではどうやら、水無月美帆だったのではないかと」

「何と」

「本当ですか」

「スペシャルドラマの相手役だった西村幹久《にしむらみきひさ》が、例のホテルの火事で怪我をしたので急遽《きゅうきょ》、今回の代役が決まったわけなのですが、どうも美帆自身が橋本克則を強く希望したのではないかと見られているのです。現に昨夜から、富士桜テレビの会議室で親密な深夜リハーサルがくり返されておりまして、これは二人が公然と会うために美帆が画策《かくさく》したのではないかと」

「それはそれは」

　司会のテーブルの後ろに美帆と克則の写真パネルが並んで掲げられると、よしみはカメラの陰でプイと横を向いた。

（何よ、芸能レポーターなんて何もわかってないじゃない！）


　スポンサーの食品会社のサラダオイルの生コマ（生放送のコマーシャル）と、テレビショッピングのコーナーが終わると、お天気だ。

「では、〈もぎたてお天気〉です。山梨さん、お願いします」

「はぁい、山梨ですう」

　満面の笑みの山梨涼子が、今日の曇りに続いて明日は大雨になるかもしれない、と天気図のＣＧ画面を指さして説明した。

（何だ、代わり映えしない解説だなあ――気象協会の説明そのまま）

　よしみが涼子のしゃべりを拍子抜けして聞いていると、後ろから誰かがよしみの肩をたたいた。

「桜庭ちゃん」

「はい？」

振り向くと、サングラスを掛けた杉浦プロデューサーが立っていて「ちょっと来ないか」とよしみをスタジオの外へ連れ出した。

「桜庭ちゃん、初仕事もしないうちに何なんだけど」

「はぁ」

「ちょっと話があるんだ」

杉浦は、廊下の隅でよしみに言った。

「〈熱血ニューズ〉、知ってるよな」

「それは――」

もちろん、とよしみはうなずく。知らないはずがない。そのよしみに、杉浦は耳打ちする。

「実は今朝早く判明したんだ。峰悦子《みねえつこ》、おめでただとさ」

「えっ――?」

「〈熱血ニューズ〉で等々力猛志のアシスタントをやってる峰悦子だ。八歳年下の若いディレクターと結婚しているのは君も知っているだろう? どうやら、できちまったらしい」

「そうなんですか――」

「それでな、臨時のアシスタント・キャスターを、急遽、募集するそうだ。推薦してやるから、受けてみろ」

「えっ！」

よしみはのけぞった。

「ね、〈熱血ニューズ〉の、アシスタント・キャスターですかっ？」

思わず大声を出しそうになって、自分で口を塞いだ。２スタの中では生本番中だ。

「――〈熱血ニューズ〉の、アシスタント・キャスター……」

「そうだ。こんなチャンスは、そうそうないぞ」

「で、でもあたし――」

よしみは、杉浦の番組に採用してもらったばかりだ。

でも杉浦は手を振って、

「いい。もし合格したって、悦子の産休は半年先だ。うちの〈もぎたてモーにんぐ〉には半年いてくれればいい」

「す、杉浦さん……」

よしみは、感激したが、何だか怖くなった。まさか、推薦してやる代わりに、一晩つき合えとか、愛人になれとか……。

何しろ杉浦は民放のプロデューサーだ。民放テレビのプロデューサーには、〈性の暴走機関車〉とか〈歩くセクハラ〉とか呼ばれる連中が、ごろごろしている。

よしみが気味悪がったので、杉浦は苦笑した。

「馬鹿。余計なことを考えるな」

よしみは頭をぽんとたたかれてしまった。

「水無月美帆からな、君のことを『よろしく』って頼まれているんだ」

「美帆が――ですか？」


杉浦は、窓がたくさん列になった長い渡り廊下まで出ていって、煙草に火を点《つ》けた。

「美帆にはな」

杉浦は煙を吐いた。

「俺がドラマ作ってた頃に、ずいぶん高視聴率を取らせてもらった。あの子、アイドル出身だって聞いたから、俺は初めは正直、使いたくなかった。アイドルからまともなプロの女優になるのは十人に一人だ。手を焼くだけだろうと思った。でも一緒に仕事をしたら違っていたよ。美帆はプロだった。本物だった」

「はあ」

「桜庭ちゃん、俺は民放テレビのプロデューサーだ。君ら若い子から見たら、腹黒い押し出しだけのおっさんに見えるかもしれないが、これでも恩義というものは忘れない」

杉浦は渡り廊下の窓から、曇った六本木の空を見上げた。サングラスの隙間から、意外に細い目がちらりと見えた。

「プロデューサーになって、もう視聴率の数字でしか番組を見ないけれど、俺は元々、山田太一《やまだたいち》の脚本や大山勝美《おおやまかつみ》の演出に憧れてこの業界に入ったんだ。田宮二郎《たみやじろう》主演の〈白い影〉ってドラマ、知ってるか？　中居正広《なかいまさひろ》のほうじゃないぞ」

「いいえ。知りません」

「そうだろうな。時代が違うものな。馬鹿な質問だよな」

「いえ」

「大山勝美という演出家は、〈白い影〉でクロード・ルルーシュを超えたんだよ。確かに超えた。俺はそう思った。ビデオカメラで撮ったテレビドラマで、あの名画〈男と女〉を超えたんだ。俺はそう思ったから、内定していた大蔵省を蹴って富士桜テレビに入ったんだ。『俺もあんなドラマを作ってやろう』って意気に燃えていた。今じゃ第二制作部で〈芸能人女の子だらけ水泳大会〉なんか作っている俺にも、二十年前にはそういう時代があったんだ。

水無月美帆みたいに、いいドラマを作ろうと一生懸命になる子に会うとな、昔に戻ったような気分にさせてもらえる」

杉浦は笑った。

「いやぁ、いかんな。こんな話をし始めるのは、年の証拠だな」

「いえ」

よしみは頭を振った。

「そんなこと、ありません。杉浦さん」

杉浦は煙草を消すと、

「ま、そういうことだ。桜庭ちゃんはいい友達を持ったな」

「はい」

「〈熱血ニューズ〉の採用面接は、第一制作部の会議室で明日の午後一時からだ。書類は出しておく」

そう言うと、杉浦は廊下を行ってしまった。

「あ、ありがとうございます！」

よしみが頭を下げると、杉浦は後ろ姿で手を振った。


よしみは〈もぎたてモーにんぐ〉の生放送が終わると、すぐに局を飛び出して〈スターロスト・アーク21〉の中にある洋書店に飛び込み、〈TIME〉と〈NEWSWEEK〉の最新号を買い込んで、帰りの地下鉄の中で片っぱしから斜め読みをした。もちろん、局を出る時に配車室で明日の朝のタクシーを予約することも忘れなかった。

(明日はあたしの本番だものな。打ち合わせに遅刻するわけには、いかないわ)

たとえ本番までに間に合っても、打ち合わせに遅刻するということは、公共の電波に乗せて話す内容を十分に検討できないのだから、キャスターとしては失格である。

「大丈夫。ちゃんと朝四時に迎えにきてくれるように頼んだし――今日は気象予報士の勉強はやめて、時事問題をおさらいしよう」

明日の午後は、人生を左右するような面接である。よしみは、夕ごはんはコンビニで買った〝さとうのご飯〟とレトルトカレーをレンジで温めて、食べながら〈NEWSWEEK〉の誌面に片っぱしから線を引いていった。

「アメリカ金融問題、ボスニア内戦、イスラエルの首相暗殺その後……あれ、中国の国家主席は漢字でどう書くんだっけ――」

夜の十時が近づいて、そろそろ寝ようかなと思っていると、
プルルルル
プルルルルル
「あ――」
よしみはスーツにアイロンをかける手を思わず止めて、受話器に手を伸ばした。
「――はい、桜庭です」

プツ

電話は、すぐに切れてしまった。

「あれ、変だなあ」

克則からかもしれないと、飛びついたのに。

「ああ、こうしちゃいられない。支度《したく》しないと」

明日の面接で着ようと選んだ、よしみのワードローブの中で一番高いソニア・リキエルの白いスーツをハンガーに掛け直していると、

プルルルル

電話がまた鳴った。

「はい桜庭です」

プツ

「――あれぇ？」

無言電話だ。

プルルルル

プルルルルル

その晩、気持ち悪いことに無言電話は何十回もしつこく続いた。留守番電話を応答メッセージのみにして寝てしまえばいいのだが、ひょっとして克則からもかかってくるかもしれないと思うと、よしみは受話器をとらずにいられなかった。

プルルル

「はい、桜庭――」

プツ

――『現に昨夜から、富士桜テレビの会議室では親密な深夜リハーサルがくり返されておりまして――』

（克則と美帆、今夜も徹夜で稽古してるのかなぁ……）

無言電話を取ったり切ったり、今朝の芸能コーナーのレポーターの話などを思い出したりしていると、よしみはだんだん不安になって、眠れなくなってしまった。

プルルルル

プルルルルル

プルル——

7

「愛してるよ」

克則は、美帆の華奢《きゃしゃ》な顎を指先で持ち上げて、囁いた。

「愛してる。本当は、初めて会った時から――ええと」

克則が口ごもると、キスの角度に上を向いていた美帆の両目が、ぱちっと開いた。

「『初めて会った時から、俺は君の泣く顔が忘れられなかった。君を泣かしたのが何なのか、ずっとそればっかり考えて、嫉妬《しっと》していたんだ』でしょ?」

「ああ。すまない」

克則は美帆から身体を離すと、頭を掻いた。

「ここんとこの台詞、どうしても入らなくて――」

「少し休憩しようか」

美帆は、会議室の窓のカーテンを開けた。〈スターロスト・アーク21〉の高層ビルの十五階の窓からは、夜明け前の六本木と、東京タワーが雨に煙っていた。

「午前三時半か――俺たちもよく続くな」

自動販売機で買った熱いコーヒーの紙コップを持って、美帆と克則は人気《ひとけ》のない富士桜テレビ第三制作部の廊下に立っていた。美帆のマネージャーがさっきまで稽古に立ち会っていたのだが、とうとう耐えきれずに仮眠室へ引っ込んでしまった。

「外、雨みたいね」

「ああ」

深夜の局の廊下は静かだった。半分照明の落ちた長い廊下では、自動販売機だけがブーンと唸っている。

「ねえ」

美帆が壁にもたれて言った。

「テレビの仕事、面白くない？」

「え」

克則は並んで立つ美帆を見下ろした。

「どうして」

「顔に、書いてある」

美帆は克則の横顔を見上げた。

「さっきの台詞。『俺は、こんな歯の浮いた台詞なんか囁きたくない。俺は役者だ。観客に向かって叫びたいんだ』さっきそんなふうに書いてあった」

「そんな」

「わかるわよ。二晩、一緒に顔つき合わせているんだもの」

「──かなわないな」

「わかるよ。わたしにも。わたしだって、感情思いきり込めて涙流して演技して、でも撮影してるカメラが何も言わないから、むなしくなることがあるもの。これが観客のいる舞台なら、拍手喝采《かっさい》取ってやるのにって」

「──」

「せっかく気持ちを昂《たか》めて、思いきり役に入り込んでも、ビデオ撮影だからワンシーンは長くて十五秒だし、『カット』って言われたあと、この昂まった気持ちどうすればいいのって──これが舞台なら、二時間昂まったままで観客を引っ張っていけるのにって」

　克則は、自分が感じていることを美帆がそのまま言ってしまったので、驚愕した。

「美帆ちゃん──どうしてそんなことわかるんだ」

「わかるわよ。わたしだってそう思ったことあるもの。舞台とテレビと、並行して仕事していた時に」

「そうか……」

「舞台は、いいもの。来てくれるお客さんは、みんな自分の演技を見に来るんだし。いい演技すればすぐに反応してくれるし、笑ったり泣いたりしてくれるし、役者していて面白いもの」

「美帆ちゃん――」

克則は、テレビでのキャリアも芸能界でのランクも美帆のほうが上だけれど、正直言って演技力では舞台で鍛えた自分のほうがずっと上だと思っていた。演技にかける情熱も、アイドル出身の美帆より自分のほうが上だと思っていた。今まで共演した女優たちも実際そうだった。だから、美帆の口から『そんなことはとうにわたしも悩んだ』というようなことを言われて、ショックを受けた。

美帆は紙コップをくるくる回しながら

「テレビって、演技するのはカメラの前だし、カメラは機械だから何も言わないし、見ている人たちだって何気なくテレビつけてるだけかもしれないでしょう？　真剣にわたしたちのこと見ていてくれるのか、わかんない。舞台の仕事で表現力を限界まで引き出して、自分を鍛えたつもりになっても、テレビの仕事に戻ると撮影が細切れだから、どんどん自分がなまっていくような気がしてきちゃって――本当に表現者として自分がするべき仕事はどっちなんだろうって――そんなことで、わたしも悩んだわ。

三年前」

「さ——」

克則はまたショックを受けた。

（三年前に——？）

美帆は、まだ二十歳《はたち》になるかならないかで、今の俺と同じことで悩んでいたというのか？

この華奢な元アイドルの女の子が——？

「ねえ。でもね」

美帆は続ける。

「ある時ね、ファンレターをもらったの」

「ファンレター？」

美帆はうなずいた。

「わたしと同い年のＯＬの子から。その子は失恋して、死ぬほど悲しい気持ちでアパートに帰ってきた時に、何気なくテレビつけたらわたしのドラマの最終回をやってて、わたしが失恋から立ち直るシーンを見て、自分も頑張ってみようって元気が出て、それで手首切るのを思い留《とど》まったんですって」

「——」

「テレビやっていると、そういうこともあるよ。舞台を見に来てくれる演劇好きのお客さんもいいけど、ぜんぜん見るつもりもない人が、外でひどい目に遭って、泣きたい気持ちで部屋に帰ってきてコタツに入ってテレビつけたらわたしたちのドラマが流れていて、それでちょっとだけ元気になるとか——そういうのって、テレビのよさじゃないかな」

「美帆ちゃん——」

美帆は「あーあ」と伸びをして、肩を上下させた。

「今夜はこのへんにしときましょうか」

「いや。まだやれるよ」

「だめよ」

美帆は克則の顔を指さした。

「寝なきゃだめよ、克則さん。ひどい顔よ」

「美帆ちゃん」

「わたし思うんだけど」

美帆はたったたっと三歩離れると、克則を振り返った。

「克則さん、今が正念場だと思うな。このままテレビに出る俳優になるか、舞台に戻っちゃうか。どっちでもあなたの人生だと思うけど——」

「じ――」

克則は三つも年下の美帆から『あなたの人生』なんて言葉を聞かされて、完全に面食らった。

「――でも、わたしは……このままテレビに残ってほしいな。あなた、真面目だから」

美帆はそう言うと、台本を脇にはさんでくるりと行ってしまう。

「み――」

美帆の後ろ姿は、すたすたと行ってしまいながら、伸びをした。

「ああ、眠い」

「――美帆ちゃん」

「今夜までに入れておいてね。歯の浮くような愛の台詞」

「――」

克則は、黒いジャケットの肩を落とし、空になった紙コップを胸の前で握り潰した。

（美帆……）

その頃、よしみは大雨のざーざー降るマンションの玄関で、途方に暮れていた。

「タクシーが、来てないよう！」

よしみは白いスーツのポケットから携帯電話を取り出すと、局の配車室の番号を呼び出した。プッシュしながら腕時計を見ると、午前四時を五分過ぎている。

『はい。富士桜テレビ配車室』

「あ、あのうっ、〈もぎたてモーにんぐ〉の桜庭ですけどっ、お願いしたタクシーが来てないんですけどっ」

『〈もぎたてモーにんぐ〉の桜庭さん――？　おや、おかしいですねぇ』

夜通し詰めている配車係のおじさんが、電話の向こうで首を傾《かし》げた。

『さっき、桜庭さんキャンセルの電話くださいませんでした？　友達の車で送ってもらうからタクシーいらないって』

「そっ――」

よしみは声を詰まらせた。

「そんなこと、あたし言ってません！　電話なんかしていません！」

『おかしいなあ。さっき確かに、女の人の声で電話があったんだけどなあ――』

冗談ではない。今日は初本番なんだぞ。新人お天気キャスターが初日から打ち合わせに遅れるなんて――！

でも、

『代わりの車ですかぁ？　う〜ん、三十分待ってもらえますか』

それじゃ、間に合わない。

『でもねぇ、この大雨ですからねぇ――』

電話を切って、よしみは頭を抱えた。

「あああ。どうしよう！」

思わず自分の着ているソニア・リキエルを見下ろす。

「だめだー、こんな白いスーツ、この大雨の中飛んだら目茶苦茶になるよう」

今日の白いソニアは、帝国テレビ時代にパリへ出張した時、お金をはたいて十八万九千円で買った一番のお気に入りなのだ。

「ああもうっ」

よしみは階段を駆け上がって自分の部屋に取って返すと、クロゼットの前で猛烈な勢いで服を脱ぎ始めた。

「ほんとにもうっ」

下着までみんな脱いでしまい、クロゼットの引き出しからアニエスbの水着を取り出した。スポーツジムやホテルのプールで泳ぐ時に着る、黒のワンピースだ。

「誰なんだ、あたしの名前でタクシーをキャンセルした奴は！　――ああっそうだ、昨日の朝もきっと、あたしが忘れていたのではなくて、そいつがいたずらしたに違いないわっ」

水着を着終わると、ソニアのスーツや靴や、財布や化粧品の入ったハンドバッグをよしみは防水のスポーツバッグに押し込んだ。

「ああ、早くしないと――音速出さないと間に合わなくなるわ」

大事な初本番と、人生を賭けた面接のある日だというのに！

「何でこんな格好で」

スキーに行く時に使う、濡れても染みてこない蛍光ピンクの大きなスポーツバッグを水着姿の肩に掛けると、よしみはベランダのサッシを開けて、助走する。

「何でこんな格好で、空飛ばなきゃならないのよっ」

たたたっ
ぱっ
大雨の中へ舞い上がると、あたり一面真っ白い霧で、何も見えなくなった。

「ひゃー、六本木はどっちだ？」

だいたいの見当をつけて飛んでいくが、まるで滝の中を突っ切っていくみたいだ。

「大丈夫かなあ。変身してないから寒い高高度は飛べないし、都庁ビルにでも衝突しちゃったら大変だわ」

よしみに激突されたら、都庁のほうに穴が空《あ》く。

「とにかく、急げっ」

よしみは雨粒を切り裂いて、山手線の線路と環状六号線道路を飛び越え、都心へと急ぐ。

一方その頃。よしみの飛び越えた環状六号線を、新宿方面へとひた走る暗緑色の大型トラックがあった。

ナンバーをマスキングして消した軍用のような大型トラックは、車のほとんどいない山手通りに入ると、まっすぐ北に向かい始めた。ビルの地平線に、激しい雨で上部を霧の中に隠した白い都庁ビルが見えてくる。

トラックは都庁の裏門のゲート前で停止し、リモコンでゲートの遮断機をオープンさせる。リモコンのコードは正しいものと同じで、遮断機は問題なく上がりきった。

ブォオオッ

トラックは見上げるような都庁高層ビルの足元に侵入していく。

「おおい、止まれ！」

フード付きレインコートを着た警備員が、ライトを振ってトラックを止めた。

「こんな明け方に、何の搬入だ？」

「天誅《てんちゅう》だ」

「何？」

「天誅を、搬入しに来た」

言うと同時に、ＭＰ５マシンピストルを持った腕が運転席の窓から突き出て、

タタタタッ

「う、うぎゃあっ」

警備員を倒すと、トラックは裏門の搬入口へ横づけした。

「突入せよ！」

助手席に座ったリーダーが短く命じると、荷台の幌《ほろ》を蹴飛ばすようにして黒装束の戦闘員十数名がだだっと駆け降り、都庁ビルの中へ突入していく。銃身の短いＭＰ５マシンピストルを手にした戦闘員は全員が顔を黒く塗っており、機械のようにためらいなく守衛室の警備員を撃ち倒した。

タタタタタッ

「うぎゃあーっ」

「Ａ班は中央セキュリティ・コントロール室を制圧、Ｂ班は屋上へ向かえ！　急げ、作戦通りだっ」

「はっ」

「はっ」

訓練されたテロリストたちは、黒い影のように都庁内部へ消えていった。

「こちら〈火を吐く亀〉、〈火を吐く亀〉」

銃をバンドで肩から吊し、通信機を腰から抜き出してリーダーの男はどこかを呼んだ。

「こちら〈火を吐く亀〉。突入に成功した。そちらも始められたし」

『こちら〈空飛ぶ包丁〉。了解、我が班も今から突入します。健闘を祈ります』

「了解。極楽浄土で会おう」


同じ頃。東京郊外の調布飛行場でも、くたびれた鉄柵を踏み倒して同型のトラックが飛行船格納庫に横づけした。

こちらには、警備員はいなかった。同じように黒い戦闘服の男たちは、巨大な格納庫の入口ドアを蹴破って内部へ突入する。

「宿直の職員を拘束しろ。我々も作戦開始だ！」

「はっ」

「はっ」

調布飛行場は、首都のすぐそばに隣接する事業航空専用の飛行場だ。薄暗い格納庫には、外資系フィルムメーカーの宣伝ロゴを船体に染め抜いた全長三〇メートルの軟式飛行船が、四本の係留ロープで床面二メートルに浮きながら固定されていた。

「〈空飛ぶ包丁〉、職員は拘束し、飛行船の始動キイは奪い取りました」

「〈空飛ぶ包丁〉、改造作業は一時間で終わります」
「よしっ」
黒装束のリーダーは、格納庫のエプロン側扉のすぐ内側に停まっている牽引《けんいん》用トラクターの屋根に飛び上がると、数十名の戦闘員たちに檄《げき》を飛ばした。
「みんな聞けっ、今こそ腐りきった日本に天誅を下す時だ。我ら〈日本全滅しねしね党〉の力を、政治家どもは思い知るであろう！」
おーっ
うぉーっ
テロリストたちは、手に手にマシンピストルと拳を突き上げ、気勢を上げた。

テロリストたちが行動を開始したことなど露知らず、富士桜テレビの第二制作部のフロアでは〈もぎたてモーにんぐ〉の打ち合わせが始まろうとしていた。

「おや涼子ちゃん」

ディレクターが、天気図の広げられたデスクで化粧を直している山梨涼子に声をかけた。

「どうしたんだい。今朝はオフだろう？」

コンパクトを見ながら丹念に睫《まつ》毛《げ》を塗り直していた涼子は、にこにこと笑いながら

「いいえぇ。ほら、今日は桜庭さんの初日でしょう？　何かあったらいけないいなと思って」

「うーん、そうだな。いつかも新人が初日から遅刻して、君のお陰で助かったっけな」

「あらぁ」

涼子はコンパクトの中で両目をくりくりさせた。

「そんなことが、ありましたっけぇ？　くっくっく」

涼子は時計を見ながら含み笑いした。

(くっくっく――こんな大雨の明け方に、流しのタクシーなんか絶対つかまるもんか！)

くーっくっくっ
ところが、

「おはようございまーす」

洗い髪を拭きながら、白いスーツの桜庭よしみが制作オフィスへ入ってきた。

(な――何いっ？)

涼子は目を見開いた。

「あ、おはようございます、山梨さん」

「さ、桜庭さん、いったいどうや――いやその、頑張ってね初日」

「はい、頑張ります」

「と、ところでどうして濡れてるの？　頭」

「ああ」

よしみは、照れ臭そうに笑った。

「あたし、初日から遅刻するといけないから、昨夜は局に泊まり込んだんです。女子仮眠室のシャワー使わせてもらいました」

「え、でもあなた昨夜はちゃんと部屋に――」

「え？」

「あ、いえ、何でもないわ」

涼子は慌てて自分の口を塞いだ。


七時半。〈もぎたてモーにんぐ〉の生本番が始まった。

「おはようございます。〈もぎたてモーにんぐ〉司会の浪越《なみこし》シローです」

「アシスタントの碓井《うすい》鮎美《あゆみ》です」

「さぁて、今朝もトップニュースは、近日中に大規模テロを予告している〈日本全滅しねしね党〉の正体についてです。しかし碓井さん、怖いですねえ」

「怖いですねえ」

本番が始まったスタジオのカメラの脇で、よしみは腕時計の針を見た。よしみのお天気コーナーは、あと二十分と四十秒後だ。

（しゃべることと全部頭に入ってるな――季節の話題は『もうすぐ新入学』と『桜開花前線』と――よしよし。大丈夫、あたし素人じゃないもん）

よしみは、自分の出番が来るまで昨日できなかった気象予報士の勉強でもしようと、スタジオの隅に腰掛け、数学の参考書を広げた。

そこへ
「ちょっとちょっと、桜庭さん」

誰かが肩を指でつついた。

「山梨さん？」

振り向くと、今日は出番がないはずなのになぜか出社している山梨涼子が立っていた。

「ちょっと、ごめんね――うぇ」

そばに寄ってきた山梨涼子は何か言いかけたが、よしみの広げている微分方程式のページを見ると急に顔をしかめた。

「さ、桜庭さん、ちょっとそれ、しまってくれる？」

涼子はブラウスの襟《えり》から指を突っ込んで、首筋をぽりぽり掻きながら言った。

「は、はあ」

よしみが参考書をしまうと、涼子は「はあはあ」とようやく普通の顔に戻った。

「ご、ごめんね。桜庭さん、ちょっと頼みがあるのよ」

「何でしょう」

「あのね、ディレクターに頼まれたんだけど、十年前の今日の日付の新聞の縮刷版が、急に要《い》るんだって。あたしもちょっと用があって手が離せないのよ。悪いけど第三資料庫まで行って、取ってきてくださらないかしら？」

「はあ」

よしみは腕時計を見た。自分の出番までは、まだ十七分あった。資料室の往復くらいなら、十分で行ってこられるだろう。

「いいですよ。あたし行ってきます」

「ごめんねぇ、お願い。助かるわあ」

涼子は大げさに感謝して見せた。

「第三資料庫はセルフサービスで係の人はいないけど、新聞の縮刷版ならすぐわかるところにあるから。入口の鍵は、開いていると思うわ」

「はい」

よしみは涼子に第三資料庫の場所を聞くと、早足で廊下へ出て行った。

その後ろ姿が見えなくなると、山梨涼子はそばにいた若い男のＡＤを、

「おい、そこのＡＤちょっと来い」

と呼びつけた。

「は、はい」

ＡＤというのはアシスタント・ディレクターという肩書きで、聞くとかっこいいが、実際は要するにスタジオの使いっ走りであった。若いＡＤは、いつもプロデューサーや編成局長と飲みに行っている山梨涼子に逆らったら、何を言われるかわかったものではないので、緊張して命令に従った。

「何でしょうか、涼子さん」

「いいこと？　あたしさっき第三資料庫に行ったんだけど、鍵をかけてくるのを忘れたの」

涼子は銀行の大金庫で使うような、でかいシリンダー錠を取り出した。

「あんたはすぐに第三資料庫に行って、外からこの鍵をかけておいで」

「えっ」

「嫌だと言うのっ？」

涼子は、くりくりした目でＡＤを睨みつけた。

「い、いいえ。すぐに行ってきます」

ＡＤがスタッフジャンパーをひるがえして廊下へ消えると、涼子は誰にも見られないスタジオの隅で、小さく高笑いした。

「けっけけっけ。完全機密式扉の富士桜テレビ第三資料庫に閉じ込められたら、二度と出てこられるもんか。けーっけけっけけっけ！」

これで今日の本番は、あたしのものだ！

ところが十分もしないうちに、

「お待ちどおさまでしたー」

新聞を拡大コピーした束を持って、よしみがスタジオへ戻ってきた。

(な――何いっ？)

涼子は、また目を見開いた。

「はい、山梨さん、縮刷版のコピー、これでいいですね」

「あ――」

涼子は数秒間声が出せなかったが、慌ててコピーを受け取った。

「あなた、あの中からどう――いやど、どうもありがとう桜庭さん、た、た、助かったわ」

白いスーツのよしみは「どういたしまして」と笑うと、またスタジオの隅の椅子に掛けて、数学の参考書を広げた。

（あいつ――）

涼子は信じられないという表情で、頭を振った。

（あいつ、ダイナマイトでも爆破できない第三資料庫の中から、どうやって……？）


その頃。新宿都庁ビルの地下にある中央セキュリティ・コントロール室では、常駐の監視員が一人残らず縛《しば》り上げられ、作業服を奪い取ってスタッフになりすましたテロリストたちが、巨大な都庁ビル内部の緊急火災消火システムのプログラムを次々に無力化していた。

「〈火を吐く亀〉、庁舎ビル内の熱感知器、煙感知器と通報システムを全て無力化するには、あと三時間かかります」

「〈火を吐く亀〉、全フロアの天井スプリンクラーの電源を切りました。しかしバックアップの内蔵バッテリーで動いてしまいますから、完全に無力化するには屋上の貯水タンクの元栓《もとせん》を止める必要があります」

「うむ。だが今、貯水タンクの元栓を閉めると、断水になって都庁内の奴らに気づかれてしまう。作戦決行の直前に閉めさせよう」

作業員に化けたテロリストのリーダーは、腕時計を見て、携帯無線機を取り上げた。

「屋上B班。こちら〈火を吐く亀〉だ。作戦決行は今から三時間後の正午とする！

きっかり正午に貯水タンクの元栓を閉鎖、タンクに爆薬をセットし途中の二十階に放火して脱出せよ！」

『屋上B班、了解！』

「くわっはっは」

リーダーは高笑いした。

「偽りの繁栄に惰眠《だみん》をむさぼる日本国民め、もうすぐ目に物を見せてやるぞ！　くわっはっはっは！」

8

お天気キャスターとしての初本番をすませると、午後からはいよいよ〈熱血ニューズ〉臨時アシスタント・キャスターの採用面接だ。

（いろいろあったけど、頑張らなくちゃ）

よしみはお昼を食べたあと、富士桜テレビ第一局舎十五階の化粧室で、入念に化粧を直していた。

――『よしみ。俺たちは、友達でいよう』

――『大変です、羽田でハイジャックが発生した模様です！』

――『桜庭ぁ～っ、貴様はクビだーっ！』

（いろいろあったけど――でも、まだ天はあたしを見放していないわ。こうしてニュースキャスターに挑戦できるチャンスがめぐってきたんだもの）

よしみは慎重に口紅を塗り直した。

（〈熱血ニューズ〉っていえば、メジャーだもの。夜十時台のニュースショーのアシスタント・キャスターなんて、普通に局アナをしていてもよほど人気があって引き抜かれないとありつけない大役だわ。頑張らなくちゃ）

そこへ、

「えー理香ちゃんも〈熱血ニューズ〉受けるのー？」

「なっちゃんもー？」

派手なテレビ出演用のスーツを着た二人組が、化粧室に入ってきた。

「あらやだー、久しぶりー」

他にも、第一制作部の会議室へ行く前に化粧を直しておこうという若い女の子たちが、ぞろぞろと入ってきた。富士桜テレビのいろいろな番組で、アシスタントやレポーターをしているタレントキャスターたちだ。

（競争相手か――）

よしみはコンパクトをしまいながら、時間が近づくにつれどんどん廊下にあふれてくる自分のライバルたちを見回した。

（ずいぶん、たくさんいるんだなあ。この中で採用されるのは一人だけかぁ……）

よく見ると、富士桜テレビの正社員の局アナである中山江里《なかやまえり》の姿も見える。

（ひえー、あの人まで受けるのか。こりゃ大変だわ）


その頃、ようやく雨の上がった低い雲の下を、調布飛行場から一隻の飛行船が離陸した。

飛行計画を提出せずに無断で飛び上がった飛行船は、不思議なことに管制塔から咎《とが》められもせず、ゆっくりと都心方向へ船首を向けた。

「管制機関には、ばれていないな？」

全長三〇メートルの軟式飛行船の腹部ゴンドラでは、左側の操縦席から黒装束のリーダーが双眼鏡で小さな管制塔を見やった。

「はっ、管制官たちは薬で眠らせました。あと一時間は大丈夫です」

「よぉし」

リーダーはほくそ笑んだ。

「一時間もあれば、十分だ。この東京をひっくり返してくれるぞ」

飛行船は、高層ビルのてっぺんよりも低い高度で、東京航空管制部のレーダーにも引っかからず、新宿都心の方向へ飛び始めた。

一方、新宿の都庁ビル最上階の屋上では、巨大なタンクの元栓のコックを閉め終わったテロリストのメンバーが、携帯無線機に怒鳴った。

「こちら屋上B班。今、元栓を閉めましたっ」

『ご苦労、タンクに爆薬は仕掛けたか？』

「はっ、計画通り、貯水タンクの底部に仕掛け、無線起爆装置をセットしてあります」

『よろしい。途中の二十階に火を放ち、撤収せよ！』

「了解！」

地下のセキュリティ・コントロール室では、〈火を吐く亀〉と自称するリーダーが、無線機を持ったまま高笑いした。

「諸君、これでこのビルの消火設備は、全て使えない。華麗なるショーの開幕だ。わっはっはっはっは！」

屋上B班のテロリストたちは、黒装束にMP5マシンピストルを携行した姿のままで、非常階段室を駆け下りていった。

「二十階を爆破しろ。自動防火扉は作動しない。たちまちこのビル中に燃え広がるぞ」

黒装束のテロリストは、非常階段室から廊下へ出ると、雨上がりの新宿を見下ろすガラス張りの廊下に小型燃料気化爆弾を設置した。

「おい、お前たちは何者だ？」

あまりにも奇異な服装の男たちに驚き、二十階のフロアの職員が飛んできたが、
「俺たちか？　俺たちは〈日本全滅しねしね党〉だっ」
言うが早いか、テロリストはマシンピストルを乱射した。
タタタタタタッ
タタッ
タタタタッ
「う、うわぁ〜っ」

「では、次のグループの方、お入りください」

百人近くのキャスター志望者が、〈熱血ニューズ〉採用面接会場に集まっていた。

全員が、プロとしてすでにテレビで活躍しているフリーのタレントたちだ。

よしみは三番目のグループに入れられて、面接の行われる会議室の前の廊下に並べられたパイプ椅子で待たされていた。一人ひとり丁寧《ていねい》に見ていたら今日一日で終わらないので、五人ずつのグループ面接だ。

「ねえ、中山さん」

よしみは、たまたま隣に座った中山江里に話しかけた。

「どうして、これ受けるの？　あなた富士桜の正社員の局アナじゃない。お昼のニュ

ースにも出ているのに――」

「あら。それじゃ桜庭さんは、どうしてここにいらっしゃるの？」

「あ、あたしは……ちょっと考えるところあってさ――」

「わたしだって同じよ。お昼のニュースで渡された原稿読んでるだけじゃ、つまらないもん。アナウンサーは、局の作った原稿を正確に読むことだけが仕事だわ。自分はこんなのおかしいとか思っても、ロボットのように局の原稿を読まなくてはならない。そうじゃなくて、わたしは自分の意見を言いたいの。でも番組の中で自分の意見が言えるキャスターになるには、あと十年くらいアナウンス部や報道局で下積みをしなくてはいけないわ」

「でも、もったいないんじゃない？〈熱血〉に出るということは、局を辞めてフリーになるっていうことでしょう？」

〈熱血ニューズ〉は富士桜テレビの正式なニュースでないからこそ、過激な取材や過激なコメントを発信することができるのだった。だから〈熱血〉でしゃべるためには、いったん富士桜の局アナを辞めなくてはならない。

「あら。桜庭さんだって、帝国を辞めてこれ受けに来てるんでしょう？　やっぱりあなただってロボットみたいなアナウンサーが嫌なんでしょう？」

「そ、それはそうなんだけど……」

「生活が多少、不安定になったって、わたしは自分のしたい仕事がしたいわ。自分のしたい仕事をして、世の中の役にも立ちたいわ」

中山江里は、よしみと卒業年度が同じで、帝国テレビの新人アナウンサー採用試験でも一緒に最終選考に残っていた。でも帝国テレビしか受からなかったよしみと違って、江里は帝国も富士桜もＮＨＫも全部受かって、その中から富士桜を選んだのだ。よしみは江里からそうはっきり言われると、返す言葉がなかった。

「次のグループの方、入ってください」

会議室の中では、面接官席のテーブルに着いた等々力猛志《とどろきたけし》と番組プロデューサー、それにチーフディレクターの柄本行人《えもとゆきひと》が、初めの二組の十人の採点表にバツをつけまくっていた。

「ったくもう、ろくなのがおらんな」

等々力はボールペンを振って舌打ちした。

「脚は組み替えるわウインクはしてくるわ、いったい面接を何だと思っているんだ」

「仕方ないですよ、等々力さん」

柄本は二十九歳の若いチーフディレクターだ。ＮＨＫ教育で若者向け深夜番組を作っていたところを、大胆な切り口が認められ等々力の〈事務所二十一世紀〉に引き抜かれた。

「フリーのタレントの子たちは、女の武器は何でも使うんです。仕事を獲《と》るためにはね」

「さっきのグループには穿《は》いてないのまでいたぞ。何だと思ってるんだ、〈熱血ニューズ〉は報道番組だぞっ」

「等々力さんのパフォーマンスが面白いから、〈トゥナイト〉や〈ワンダフル〉や〈料理人の対決番組〉みたいなバラエティだと勘違いしているんですよ」

「うー。俺はだ、みんなにわかりやすくするために、ああやっているんだ。道化を演じているんじゃない」

「峰悦子の代わりを、こんなに短期間で探し出そうってのが無理なんです。悦子さんぐらい切れる女だったら、とっくに外務省で一つの地域を任されてる。ミーハーな民放テレビ局でレポーターなんかしていませんよ」

「うむう――」

「等々力さん」

番組プロデューサーが言った。この四十代の常識のありそうな背広の男だけが〈熱血ニューズ〉制作幹部のうち、ただ一人の富士桜テレビ社員だった。

「この次のグループには、元帝国テレビの桜庭よしみと、うちのアナウンス部の中山江里がいます。この二人には期待できますよ」

「桜庭よしみと言うと、あの桜庭順子の妹か」

「はい、そうです」

「ううむ。順子には昔振られて痛い思いをさせられた。妹は可愛いかな」

「可愛いかどうかは別として、杉浦龍太郎が推薦状を出しています」

　そこへ、桜庭よしみと中山江里を間にはさんで、ミニのスーツを着た五人が「失礼します」と会議室に入ってきた。

「失礼いたします」

「よろしくお願いいたします」

「うむ」

　等々力が、並んだ椅子に掛けた五人を見渡し、こほんと咳払いして早速質問に入った。

「一人ずつ、答えていただこう」

　桜庭よしみと中山江里が、きっと鋭い視線で等々力を見返してくる。等々力は、やはりこの二人のどちらかを採ることになるのかなと思った。

　よし。全ては実力次第だ。お前たちの考えを、わたしに聞かせてみろ。

　等々力は、隣の柄本にうながした。

「テーマを出せ」

「はい」

柄本はうなずき、目の前の五人を見渡して出題をした。

「では、これから出すテーマについて、あなた方の考えを自由に述べてください」

五人の女の子が、真剣にうなずく。

柄本はチェックのシャツの胸ポケットからカードを取り出すと、よくシャッフルして一枚を抜き出した。

「えー、今回のテーマは……『ボランティア活動について、どう思いますか』」

ひくっ
柄本が『ボランティア活動』という言葉を口にした瞬間、真ん中の桜庭よしみがまるで急性のしゃっくりを起こしたように引きつった。

「はいっ」

それと同時に、中山江里が元気よく手を上げた。

「うむ。中山くん」

等々力が指すと、水色のスーツを着た江里は、はきはきと
「はい。ボランティア活動をする人は立派です。わたくしも去年の夏に一度、ＨＩＶ感染者の人たちのための活動に加わりましたが、世のため人のために流す汗は有意義

で、気持ちのよいものです」

「うむ」

等々力はうなずいた。反応の速さ。これはいい。意見もはっきりと言う。

番組プロデューサーも、これは使えそうだなという顔をする。

柄本は腕組みをして見ている。等々力やプロデューサーとは違って、柄本にはボランティアと聞いたとたんに引きつるように――まるで拒否反応を起こすかのように椅子から飛び上がって見せた桜庭よしみに、興味がわいていた。

「桜庭さん」

柄本は、桜庭よしみを指名した。

「桜庭さん、いかがですか？　ボランティア活動について」

するとよしみは、またひくっと引きつった。

「ひくっ――は、はい。あのう、ボランティア活動、ですか……？」

よしみは、凄く嫌なことを無理やり思い出させられたような顔で、訊き返した。

「そうです。ボランティア活動です」

柄本は、うなずいてよしみに答えを求めた。

「ええと――」

桜庭よしみは、斜め上を向いて、何から言おうかしらという顔をした。

等々力は、そのよしみを見て、面白いじゃないかと感じた。桜庭よしみの反応は、こういう面接でボランティアなどというテーマが出された時に普通の女の子が示す反応とは、まるで違っていたからだ。

よしみは、正直、思い出したくなかった。若いチーフディレクターが『ボランティア活動について』と言った瞬間、よしみの頭の中には暴風雨の海岸で子供を拾い上げたり転覆した電車を持ち上げたり墜落しかかったヘリコプターをつかまえたり空から落ちてくる女優を抱き止めたりしている自分と、そのたびに報道局から怒鳴られまくっている自分の姿が浮かんでしまうのだった。

「あのう――」

よしみは、言葉を選んで話し始めようとした。

「――」

しかしその瞬間――

――『貴様はクビだーっ！』

ひくっ

伊武チーフディレクターの怒鳴り声が蘇り、よしみは声が出なくなってしまった。

「ひくっ、あのう、いくらボランティア活動が世のため人のためといったって――」

「うむ」

等々力がうなずいた。


――『お前らのせいであたしはーっ！』


「自分の人生まで犠牲《ぎせい》にして、やることはないと思います」

よしみはきっぱりと言った。

「そんなことは、馬鹿げています。人のために犠牲になって、自分の人生を目茶苦茶にして、それで、誰にも知られなくて、誰にも褒めてもらえないなんて、馬鹿げています。辛いだけです。それは――時々、嬉しい時もあるけれど、そんな時は一瞬で、あとは辛い現実が待ち構えているだけです」

よしみは、本当に思っていることを言った。

「時たま、趣味みたいにボランティアして、ああ有意義だったなんて言う人がいるけど、他人のために生きるって、そんなんじゃないです」

「何てことを言うの、桜庭さん！」

　隣で、自分のことをこき下ろされたと勘違いした中山江里がむきになった。

「桜庭さん、ひどいこと言うのね。あのね、ボランティア活動は、人のために犠牲になることよ。そんなことは当然だわ。誰にも知られないところでいいことをするからこそ尊いのよ。誰かに褒めてほしいなんてそんなこと思ってボランティアしている人なんていやしないわ！」

「何言ってるのよ」

　よしみも、むきになった。

「去年の夏に、テレビの取材がいっぱい入ったＡＩＤＳ撲滅キャンペーンで一日だけ働いたくらいで、ボランティアしたなんて言わないでよ」

「何よ。何がいけないの。テレビの取材がいっぱい入ったのは、社会的に注目されているからだわ。わたしたちがみんなで、何とかしていかなきゃいけない問題だという証拠だわ。あなたは、どこで、どんなボランティアをしてきたというの？　教えてよ」

「言えないわ。言えないけど——毎日しているわ」

「テレビの仕事をしていて、毎日ボランティアできるわけないじゃない」

「毎日しなきゃならないから、せっかく入った帝国テレビを棒に振ったのよっ。あたしは——あたしは、辞めたくなんかなかったのに！」

「あなたの言ってること、わからないわ。とにかくわたしは、誰かに褒めてほしくてボランティアしたんじゃないわ」

「そんなことは、たまに趣味みたいにしてるから言えるのよ。ボランティアするなら、隠れて毎日してごらんよ。テレビに映してもらえるボランティアの人は、幸せだよ。褒めてもらってるのと同じだよ。あたしなんか、あたしなんか——」

よしみは、感情が昂ぶってきて、肩で息をした。

「——あたしなんか、誰にも褒めてもらえないんだ。『よくやった』って、一言ぐらい褒めてほしいのに——褒められたくて何が悪いのよ。褒めてほしいわよ。ボランティアしたら、せめてみんなに、『よしみよくやった』って、褒めてほしいわよ。褒められたいよ。でなきゃ、浮かばれないわようっ」

よしみと江里はいつの間にか立ち上がり、面接官なんか無視してつかみ合い寸前の大喧嘩《おおげんか》を始めた。

「あなたみたいなはみ出したことを言うひねくれ者は、公共の電波に乗せて意見を言う資格はないわっ」

「あんたこそ何が自分の意見よっ、どこにでも書いてあるような当たり障《さわ》りないことばっかり言ったって、世の中は変わっていかないわっ」

ほかの三人のタレントたちは、気勢を殺《そ》がれてぽかんと二人の喧嘩を見上げていた。

その大喧嘩を、等々力と柄本がいいぞいいぞとほくそ笑みながら見ているのに、よしみも江里も気づかなかった。

「何よっ、お姉さんのご威光で帝国に入ったくせに！」

「あんたこそバラエティに出てサルの着ぐるみで踊ってたくせに、何が国際ジャーナリスト志望よっ。へん、ちゃんちゃらおかしいわっ！」

ニュースキャスターを目指すような女の子は、誰でも物凄く競争心が強い。周囲に自分と同じか、自分よりも優れた競争相手の存在を察知すると、こうやって本能的に張り合ってしまうのだ。よしみも江里も、そうだった。だがそれは、ニュースキャスターになるために、なくてはならない資質の一つでもあった。

「よし二人とも、喧嘩はもうやめろ」

等々力が手を上げて、取りなそうとした。

その時——

「とっ、等々力さん！　大変ですっ」

〈熱血ニューズ〉の若いスタッフの一人が、会議室に駆け込んできた。

「大変です！　たった今、新宿の都庁が——！」

チュドーン！

白亜の都庁ビル二十階で突然、窓を全て吹き飛ばす大爆発が起きた。

たちまち赤黒い炎が白い高層ビルを包み込み始める。

「わあっはっはっは！」

地下のセキュリティ・コントロール室で、戦闘服のリーダー〈火を吐く亀〉が、警察の周波数に合わせた無線機のマイクを取った。

「おごれる日本国民よ、よく聞けっ。我々は〈日本全滅しねしね党〉だ！　この都庁ビルは我々が制圧した。これより我々の要求を伝えるっ」

9

「面接は中断だ」

等々力が立ち上がって言った。

「受験者の諸君は、ここで待機したまえ。我々は取材に出る！」

言うが早いか、等々力とチーフディレクターの柄本、それにプロデューサーもそろって立ち上がり、だだだっと面接室を駆け出ていく。

「か、かっこいいい！」

江里が胸の前で両手を握り締めて感激した。

しかしよしみは、その時誰にも聞こえない声を〈受信〉して、うえっという顔をした。

『た、助けてぇーっ』

それは、猛火に追われて都庁ビル最上階へ逃げ上った人々の、悲鳴だった。

「うっ」

よしみは思わず両手で耳を押さえた。

「何てこと――何人いるんだ？」

「え？」

隣で江里が怪訝《けげん》な顔をする。

『我々は〈日本全滅しねしね党〉だっ。我々の要求を伝える。拘留中の全テロリストを釈放し、現金一千億円を用意せよ！　この都庁ビルの火災を消せるのは、我々だけだ！　要求を実行しなければ、逃げ遅れた千人以上の職員が焼け死ぬだろう！』

「――この声は……テロリスト」

「え」

よしみはすっくと立ち上がった。

「どこへ行くの桜庭さん？」

「あたしちょっと失礼する」

たたっ、とよしみは面接室を駆け出ていく。それを江里が追う。

「待って、まだ面接中よ。どこへ行くつもり？」

「あなたまで面接を投げることはないわ。部屋に戻りなさい」

「嫌よ」

早足で局の廊下を急ぐよしみを、江里が追ってくる。

「桜庭さん、何するつもり？　わかったわ、自分も火災現場に駆けつけて、ボランティア活動しようっていうのねっ。とんでもない点数稼ぎだわっ」

「点数稼ぎじゃないって」

「わたしも行く」

「ええっ」

「何よ、あなたにだけ点数稼がせてたまるもんですか」

「江里、ボランティアは点数稼ぐためにやるもんじゃないよ」

「何言ってるの、受験の内申書だってボランティアしたかどうかで点数違う世の中なのよっ。あなただけ火災現場でテレビに映ろうなんて、そうはさせるもんですかっ」

江里とよしみは追いつ抜かれつしながら富士桜テレビの廊下を走っていく。

(困ったわ、これじゃ飛べない)

よしみは、江里を撒《ま》こうと目についた衣装室へ飛び込んだ。

「お待ちっ」

江里が続いて駆け込んでくる。

「こんなところへ飛び込んで、桜庭さん何をするつもりっ」

天井からぎっしり吊されたお姫様や案山子《かかし》やロボットや花嫁やバニーガールの衣装の間を、よしみは逃げていく。

（ああ、変な奴につきまとわれたわ。早く撒いて急がなくちゃ――うっ）

『助けてぇーっ！』

大勢の物凄い悲鳴に、よしみは思わず頭を抱えて膝をつく。

（凄い――急がなくちゃ！）

よしみは衣装室の奥の、外に面した窓へ走る。

「桜庭さん、どこっ」

衣装の森の中でよしみを見失った江里は、あたりを見回しながらハッと気がついた。

「そうだわ。消防士の防火服を持って、現場へ駆けつけるつもりなのねっ」

江里は天井から下がった衣装の中から自分も消防士の防火服を見つけると、ミニスカートの上から急いで身に着け始めた。

「待ってなさい、あなたにだけいい格好させてたまるもんですかっ」

その頃、同じフロアの第四スタジオでは、クイズ番組〈ときめきワールドハウマッチ？〉の収録が行われていた。

「おい、大変だぞ」

スタジオ副調整室に、スタッフの一人が駆け込んできた。

「新宿の都庁ビルが、テロリストに乗っ取られて燃えているらしい」

「何だって？」

ちょうど休憩に入っていたスタジオ内部にも、その知らせは広まった。

ゲスト回答席で、スタッフが持ってきてくれたコーヒーを飲みながらドラマの台本を読んでいた橋本克則も、顔を上げた。

「テロリスト――？」

克則は、つい数日前に桜庭よしみをハイジャック取材のために羽田まで送っていったことを思い出した。

「怖いですねえ、克則さん」

隣の回答席から、克則と同じくゲストで呼ばれていたシンガー・ソングライターの月夜野《つきよの》まりやが言った。

「ええ」

「ところで克則さん、その読んでらっしゃる台本、例の水無月美帆さんと共演のドラマ？」

「よくわかりますね」

「わたし、本業が主婦でしょう？　仕事のない日は、家で子供の相手をしながらワイドショーを見ていますの」

「そうですか」

「ねえ、克則さん」

「はあ」

「不倫とか、興味あります？」

「いえ、別に」

「年上の女は？」

「さあ」

「わたしね、克則さん」

克則よりも五つは年上で、すでに子供がいて〈在宅歌手〉と呼ばれている月夜野まりやは、クイズ番組の回答席で頬杖をつきながらふっとため息を漏らした。

「わたし、時々夢に見ちゃうの。夫と二人で寝ている寝室で、夜中にふいにサイドボードの電話が鳴って――それが昔愛した、忘れたはずの人からの電話で……わたしは『今頃になってこの暮らしを壊すようなことしないで』って、夫が起きないように言うんだけど、でも胸の中では震えるような熱いものが込み上げているの。もしあの頃、わたしがこの人に無理にでもついていっていたら、今頃わたしの人生はどうなっていただろうかって――なぁんて、ただの空想なんだけど」

旦那との生活に飽きてきたのか、最近、不倫の歌ばかり作って歌っている月夜野まりやは、頬杖をついたまま遠い目をするのだった。

「ああ——また恋の嵐がやってこないかしら……わたしにも」

「恋をするのは」

「え」

克則は言った。

「恋をするのは、自由なんじゃないですか？　たとえ結婚をしていても、心に決めた人がいても——」

「そう？　そう思う？」

「胸の中の気持ちが、勝手に恋をしてしまうんだから、そんな自分を無節操だとか不倫だとか責めても、仕方がないですよ。自分自身がすでにそうなんだから。そういう自分として、生きてゆくしかないですよ」

「そう——そうよねぇ」

「俺だって……」

「え？」

「あ。いや」

克則は頭を振った。

「克則さん、今度のドラマの仕事、いつクランクアップするの？」

「さあ——」

「来月のわたしの新曲発表会、よかったらいらっしゃらない？　主人にも紹介するわ」

「それはどうも」

克則は、またドラマの台本に目を落とした。

愛してる。本当は、初めて逢った時から――

――『克則さん、今が正念場だと思うな』

明け方に美帆と抱き合いながら囁いた台詞を、克則は何度も目で追った。

愛してる。本当は――

――『寝なきゃだめよ。ひどい顔よ』

「ふう」

克則は頭を振って、ため息をついた。

「はーいみなさん、それでは後半の録《と》りいきまーす」

台本を丸めて持ったＡＤが、スタジオの中を大声で告げて回った。

「いかん。俺は何を考えてる」

と、克則がため息をついたりしている間にも、都庁ビルは燃えているのだった。

あまりの劫火に、なす術《すべ》もなく見上げる数十台の化学消防車の間をすり抜け、都庁の警備員に化けた〈火を吐く亀〉率いるテロリストたち十数名は都庁を脱出し、新宿御苑の森の中に着陸した飛行船のゴンドラに乗り移った。都庁ビルを焼き焦がす煙が凄まじく、低空を飛んでいた宣伝用の飛行船が公園に緊急着陸をしても、怪しんで駆けつけるパトカーはいなかった。

「ご苦労」

リーダーを先頭に、警備員の制服を脱ぎ捨てた黒装束の男たちは誰にも邪魔されず、整然と乗船した。

「ご苦労様です」

もう一人のリーダー〈空飛ぶ包丁〉が、握手で迎えた。

「〈火を吐く亀〉、屋上のタンクを爆破するリモコン起爆装置は準備できています」

「よし」

黒装束のリーダーは、うなずいた。

〈火を吐く亀〉というのは、この〈日本全滅しねしね党〉幹部リーダーの、コードネームであった。〈火を吐く亀〉は、大学時代から女の子にもてないのを覚悟で政治活動の道に足を踏み入れ、この日本の政治体制を打倒して新しい理想の国家を作ろうと、誰も見ないのに大きな立て看板を作って大学の正門の前に立てたり、だれも真面目に読まないのに学内でビラを刷ってみんなに配ったりしてきた筋金入りの活動家だった。だが、一生懸命活動すればするほど彼は大学で浮いてしまい、女の子には変な目で見られ、在学中は鉄道研究会やアニメ研究会よりも女の子にもてなかった。〈火を吐く亀〉は、仲間外れにされたのでますます反体制に走り、ついに十年前卒業と同時に秘密テロ組織〈日本全滅しねしね党〉に入党したのだった。

「この日本を、根底からぶち壊して世直しする時がついに来たのだ！」

再び新宿の空へ上昇する飛行船のゴンドラで、〈火を吐く亀〉は集結した部下たちに演説をした。

「諸君、新しい日本は目の前だぞ。俺に諸君の命をくれ！」

おおーっ

テロリストたちが、マシンピストルを持った手を突き上げ、気勢を上げた。

「マイクを貸せ」

〈火を吐く亀〉は、操縦席のメンバーに命じた。

「いよいよ作戦は本番だ。真剣に未来を憂《うれ》えない腑《ふ》抜《ぬ》けどもめ今に見ろ。ふあっはっはっ！」

フュイイイイ

「うっ――」

富士桜テレビ局十五階の非常脱出窓をこじ開けて空に飛び出したよしみは、都庁ビル最上階に追い詰められた千人近い人々の悲鳴とテロリストの無線の怒鳴り声を、超人の聴覚で同時に受信していた。

『きゃあああっ、助けてぇーっ』

『日本政府よ、よく聞けっ！　我々の要求を呑まなければ、あと数分で千人以上が焼け死ぬぞっ』

「急がなくちゃ」

しかしよしみは、大事な面接の真っ最中に脱け出してきたので、絶対に着ている白いスーツを破くわけにはいかなかった。

「亜音速で、急がなくちゃ！」

そのよしみの飛行する真下の首都高速を、等々力たち取材班を乗せた富士桜テレビ中継車が疾走する。

「現場の状況はっ？」

助手席の窓から上半身を乗り出し、等々力が怒鳴る。上空に、物凄い煙が見え始めている。

「火災はだいぶ激しいようです！」

柄本は、先に到着した中継車とヘリからの映像をモニターでチェックしながら叫ぶ。

「まるで火柱みたいに燃えています！」

「何っ」

等々力は車内のモニターを見やった。

「こりゃひどい――この間のように消火設備が破壊工作で無力化されているとしたら、都庁ビルは助からんぞ」

「等々力さん」

インカムをしたまま柄本が言う。

「そういえば、先日の〈大王リージェントホテル〉の火災は、どうして鎮火したんでしょう」

「屋上の貯水タンクが偶然破裂した、といわれているがな」

「僕はちょっと、おかしいと思うんです」

「どういうことだ？」

「あのあと、あの晩の中継映像をチェックしてみたんですよ。精密にね。そうしたら、ちょっとおかしなものが映っていたんです」

「おかしなもの?」

「あとで説明します。ちゃんと映像を見ながら説明しないと、僕がおかしくなったと思われてしまいますから」

そこへ、ネクタイをした番組プロデューサーが、携帯電話片手に割り込んできた。

「等々力さん。中断した面接、どうします」

「受験者はそのまま待機させておいてくれ。取材から戻ったらすぐ再開する」

「わかりました」

プロデューサーは、受験しにきた女の子たちをそのまま待機させておくように、局へ指示をした。

「面接といえば等々力さん、どっちを選びますか?」

柄本が訊く。

「何がだ?」

等々力は燃え盛る都庁の映像を見たまま訊き返す。

「中山江里と桜庭よしみですよ」

「ううむ」

「僕は断然、桜庭よしみですね。はっきり言う、ああいう子が欲しいんですよ。正直で素直な切り口はなかなかいい」

「うむ。そうだな」

「だめですよ！　桜庭はだめです」

プロデューサーがまた割り込んできて、「冗談じゃない」という顔をする。

「いいですか？　いくら〈熱血ニューズ〉でも、マスコミでは『ボランティア活動をする人は立派です、尊いことです』と言わなければいけない。そうしないでさっきの桜庭みたいな発言をすると、視聴者からクレームが殺到してスポンサーが降りてしまうんです。採用するわけにはいきません」

番組が過度に暴走しないよう局から送り込まれている堅いプロデューサーは、「問題にならない」と言うように頭を振った。

「私は、プロデューサーとして中山江里をぜひ採用したい。あの子ならば、安心だ」

「でも、しかし――」

反論しようとする柄本を、等々力が「待て」と止めた。

「いやプロデューサー。わたしも思ったのだが、あの桜庭は、自分の人生が犠牲になるくらい本気でボランティアをしたことがあるのではないか？　あんなにはっきりした意見は、ちょっとやそっとの経験で言えることではないぞ」

「だめです等々力さん、あんな物言いをする娘を、採用するわけにはいかない。〈熱血ニューズ〉のアシスタント・キャスターは、絶対に中山江里で行きます」

「しかし――」

「だめだ柄本くん。桜庭はあんなふうにすぐかっかするところも、ニュースキャスターに向いていないじゃないか」

「すぐかっかするからこそ、〈熱血〉にふさわしいんじゃないですかっ」

柄本とプロデューサーが言い争っている間にも、都庁ビル上層部を包む炎はさらに燃え盛っていた。

「だめだわ、とても近づけない！」

爆発的に広がる物凄い熱エネルギーで、よしみは都庁ビルに接近することもできない。

「こんな熱気の中を突き抜けていくなんて――変身しなくちゃ、無理だわ」

よしみは思わず、空中で自分の白いスーツを見下ろした。

「だ、だめよ！　いくら何でも、大事な面接の最中なのに――！　早く消して、面接会場へ戻らなくちゃいけないのに！」

だがここからでは、激しい熱気と煙にゆらゆら揺らめいて、屋上の貯水タンクをフエンサーで狙うことはできない。もし間違ったら、最上階に逃げ集まった千人近い都庁職員たちを吹き飛ばしてしまう。

「ど――どうすればいいのっ」

よしみの耳に、テロリストの演説のような怒鳴り声がまた聞こえた。

『愚かなる日本政府よ、早く決断しろ。都庁屋上の貯水タンクを爆破して火災を鎮《しず》められるのは、我々だけだっ！　こうしている間にも逃げ惑った職員たちが死んでいくぞっ！』

『きゃあああああっ、助けてぇーっ！』

女子職員たちの悲鳴で、頭がびんびんするようだ。

「どうすれば――」

『わはははははっ、あんな贅沢《ぜいたく》な都庁なんか建てるからいけないのだ。九階から上にはハシゴ車が届かないって、昔スティーヴ・マックイーンも言っていただろう！』

『きゃああああっ、熱いよー！』

『や、焼け死ぬ～！』

『ごほんごほん！』

「くっ――」

よしみは千駄《せんだ》ヶ谷《や》駅上空の空中に停止したまま、唇を噛んでいた。

――『ボランティア活動をする人は立派です』

「ぐすっ」

――『世のためひとのために流す汗は有意義で、気持ちのよいものです』

「ぐすすっ」

よしみはすすり上げた。

「立派で有意義かもしれないけど、あたしの再就職はどうなるのよう」

『ぎゃあああっ、熱い！』

『ごほんごほん、煙いよー！』

『くっ、苦しいよー！』

「ううっ」

――『大丈夫よ、よしみ。あなたはいいことをしているんだもの。あなたが不幸になることなんて、決してないわ』

「ひっく」

よしみは、重力を断ち切って高度二〇〇〇フィートに浮揚しながら、肩を上下させて泣き始めた。

『うわぁああ』

『きゃあああ』

「ひっく」

よしみは、それ以上、悲鳴を聞いたままでそこに浮いていることはできなかった。

「ひっく――美帆……せっかくあたしのために頼んでくれたのに、ごめんね」

涙があふれて、西新宿がよく見えなかった。

「ごめんね美帆。あたしやっぱり、正義の味方の、お人好《ひとよ》しだから」

スーパーガールよしみは、涙をぬぐうと紅蓮《ぐれん》の炎に包まれた都庁ビルを睨みつけた。

『きゃあああっ――』

『うわぁぁぁ――』

ごぉおおおおっ
ぐぉおおおおっ
（悲鳴がか細くなっていく――いけない）

残された時間は、わずかだった。
「イグニス！　行くわ」
ビュンッ
よしみは空中で壁を蹴るような動作をすると、加速した。瞬時に音速を突破する。
ズドンッ
大火災が一瞬かすむような白い閃光とともに、白銀のコスチュームに包まれたスーパーガールが現れた。よしみの十八万九千円の白いソニア・リキエルは衝撃波とともに裂け散って消滅した。しかし、よしみの目には、都庁最上階展望ラウンジでもがき苦しむ千人近い人々の姿しか見えていなかった。
キィイイイインッ
「屋上貯水タンクの水だけじゃ間に合わない。イグニス、スパイラル・クライムをやるわっ」
超音速で燃え盛るビルが近づいてくる。よしみは直前でぐいんっと急旋回に入ると、都庁を包み込むようにその周囲を回り始めた。
ギュルンギュルンギュルンッ
マッハ３でビルの周囲を旋回しながら急上昇するよしみの輝く銀色の姿は、あまりの高速に下で見上げている人々の肉眼には認識できなかった。

ギュルンギュルンギュルンギュルンッ

旋回するよしみに大気は引きずられ、次第に渦を巻き始め、都庁ビルを包み込む巨大な竜巻となっていく。

ビュォオオオオオッ

ブォオオッ

下でビルを取り巻いている消防隊員や機動隊員たちが、呆気に取られて空を見上げる。

「あれは何だ」

「なっ、何だ？」

ビュォオオオオオオッ

「うっ」

「き、危険だ、一時ビル周辺から退避！」

「いったい何が起きているんだ！」

キキキキキッ

西新宿に入ったところで、猛烈な突風にあおられてひっくり返りそうになった等々力たちの中継車はスピンしながら四車線道路の真ん中に停止した。

「うわーっ」

等々力とプロデューサーが折り重なってひっくり返る。

「何事だ――！」

上から物が落ちてくる中継指揮席で、柄本は頭をかばいながらモニターにしがみつく。

「――あ……あれは！」

ブォオオッ、と地表付近の大気を根こそぎ震わせながら、巨大な竜巻が都庁ビルを包み込んでゆく。

「まさか――」

柄本の頭に、数日前のホテル火災、そしてさらに数日前の羽田空港で、空中を振り回される777《トリプルセブン》旅客機の映像がよぎった。

「――まさか。また現れたのか！　おいっ」

柄本は後席の技術スタッフを振りむき、大声で怒鳴った。

「全カメラ！　あの大竜巻の先端を、最大望遠で撮影しろっ」

よしみは大竜巻を引きずって一万フィートへ上昇する。一瞬、真空に近くなった都庁ビルの周囲では、まるでニトロの爆風で油田の火災が吹き飛ばされるように大音響を立てて紅《あか》い炎が消滅した。
ズドーンッ
「まだだ、煙を吸い出さなくちゃ」
よしみは反転急降下する。鉄腕アトムをイメージして右手を突き出し、拳《こぶし》に力を集中すると目に見えない力のフィールドが凝集し、流星のように輝いてよしみの身体を包んだ。
キィイイイイッ
「いやーっ」
ズバッ
よしみは都庁ビルの屋上を真上から突き破り、展望フロアを突き抜け、その下の下の階まで貫通してから水平に飛び、分厚い窓ガラスを超音速の衝撃波で残らず粉砕して外へ飛び出す。
バシャーンッ
凄まじい衝撃波の共鳴で、展望フロアまでの強化窓ガラスは一枚残らず氷砂糖のように粉々に粉砕《ふんさい》され、きらきら光りながら空中に飛び散った。冷たい新鮮な外気が、津波のようにビル内へなだれ込んでいく。

「ようし。とどめだ」

よしみは屋上と同じ高さにぴたりと空中停止すると、焼け焦げた貯水タンクへ向かって両腕を伸ばした。

「フェンサーッ！」

シュバッ

ドカーンッ、という大音響とともに都庁ビル屋上貯水タンクが爆破され、焼け焦げた白い高層ビルを集中豪雨のような水膜が包み込む様子は、赤坂上空にさしかかっていた〈日本全滅しねしね党〉の飛行船ゴンドラからも確認できた。

「〈火を吐く亀〉、大変です。都庁ビルの屋上タンクが爆破されました」

「何っ」

〈火を吐く亀〉は渡された双眼鏡で後部展望窓を見やる。

「ううむ――起爆装置は我々の手にあるのに、どうやって爆破したのだ」

「陸上自衛隊が、短ＳＡＭを発射したのかもしれません」

「うむ。だが今となってはそんなことはどうでもよい」

黒装束の〈火を吐く亀〉は、飛行船の進行方向へ向き直った。

「諸君、我々の真の狙いは仲間の釈放でも現金一千億でもない。そんなものは二流のテロリストのやることとだ。真のテロリストの目標は、国家の転覆である！」

〈火を吐く亀〉はゴンドラにぎっしりと乗ったメンバーたちに、再び演説した。

「諸君、見たまえ、今我々の目の前に永田町の首相官邸がある！　あそこでは総理大臣以下役にも立たない閣僚どもが全員集まり、この緊急事態にいかに自分たちが責任を取らないですむか、面突《つら》き合わせて相談しているはずだ」

飛行船は、五〇〇フィートの低空で、千代田区永田町の首相官邸にまっすぐ向かっていた。官邸がいかにSPを配置して厳重な警備をしていても、まさか対空火器までは備えていないだろう。〈日本全滅しねしね党〉の本当の狙いは、大騒ぎを起こして永田町に緊急閣議を召集させることだったのだ。

「これより我々は首相官邸に空から突入、危機管理能力のない総理以下閣僚どもを残らず地上から抹殺し、日本を無政府状態にしてくれるのだっ。諸君、よいかっ」

おおーっ
戦闘服のテロリストたちは、MP5の弾倉をがちゃがちゃいわせながら気勢を上げた。

「〈火を吐く亀〉、官邸まで一キロ、三十秒で突っ込みます」

「よおしっ、諸君歌え！　我々の歌を！　勝利の凱歌《がいか》を！」

男たちは、決戦を目前に熱くたぎった歌を歌い始めた。

〽黒い黒い
　くーろい世界に
　赤い赤い
　あーかい血を見て生きている
　おれたちゃ悪魔だ　死神だ

　だがテロリストたちは、その調子に乗った大きな歌声が恐ろしいスーパーガールに聞かれているなんて、想像もしていなかったのだった。

「ひ、〈火を吐く亀〉、大変です、後方から何かやってきます！」

「何だとっ」

　キィイイイイッ

「このおっ」

　大火災を消し止め、煙に巻かれかけた一千人の都庁職員を救って役目を果たしたよしみは、怒り狂っていた。

「よくもよくもよくもよくも」

無線の怒鳴り声と同じ声が聞こえてくる銀色の飛行船が、みるみる迫る。あの外資系フィルムメーカーの社名を描き込んだ飛行船に、テロリストのグループが乗り込んでいるのだ。

がしっ

よしみはたちまち追いつくと、飛行船の後部方向舵《だ》を両手でつかまえた。

「ちょっと待てぇっ」

うわーっ

瞬時に前進速度がゼロになり空中に止められた飛行船のゴンドラで、黒装束の男たちが将棋《しょうぎ》倒しになって転がった。

ばたばたばたっ

物理的にあり得ぬ現象に、〈火を吐く亀〉は頭を振って周囲を見回した。

「なっ、何事だっ？」

「〈火を吐く亀〉、お、女の子です。レオタードの女の子が尾翼をつかまえています！」

「馬鹿なことを、言うなっ」

しかし、後部展望窓を一瞥《いちべつ》した〈火を吐く亀〉は絶句した。

「――コ、コスプレのねーちゃんが空を飛んでいる……？」

むかっ
よしみは、さらに怒った。

「お前らーっ」

よしみは飛行船を力いっぱい振り回し始めた。

ぶぃーんっ
うわぁーっ、と悲鳴がわき上がる。

「よくもよくもよくも、あたしの大事な面接をーっ」

『な、何のことだ、うわーっ』

ぶぃいいーんっ
よしみは空中で自分を軸にしながら、全長三〇メートルの飛行船を振り回した。

「よくもよくもよくもよくも、十八万九千円のソニア・リキエルをーっ」

うわあーっ
ミキサーみたいなゴンドラの内部でテロリストの戦闘員たちはなす術もなくぐちゃぐちゃにたたきつけられ、たちまち戦闘能力を失った。

『うわーっ』

『助けてくれぇっ』

だがよしみは、容赦しなかった。

「あれはなあ、あれは――」

よしみは渾身の力を込め、飛行船を空中へ投げ飛ばした。

「――高かったんだーっ！」

ぎゅぃいいいいーんっ

うわぁあーっ！
テロリストたちのわけのわからない悲鳴を引っ張りながら、銀色の飛行船は穴の空《あ》いた風船みたいにすっ飛んでいき、芝公園の東京タワー上部に激突した。
ずがーんっ
ぐしゃ
ぱき
めきめきっ
飛行船は東京タワーの第二展望台のすぐ真下に船首から突っ込み、赤と白に塗り分けられた鉄骨の間でヘリウムガスを噴出してへたり込んだ。
プシュー
タワーのフレームに引っかかってブランコのように揺れるゴンドラの内部では、全身打撲でへろへろになった〈日本全滅しねしね党〉のテロリストたちが悲鳴を上げた。

「た、助けてくれぇー」

「高いよー」

「怖いよー」

はあっ、はあっ、はあっ
頬を煤《すす》で汚したよしみは、赤坂迎賓館《げいひんかん》の上空で銀色コスチュームの肩を上下させた。
「はあ、はあ。ああまた洋服燃やしちゃったわ……」

その頃、富士桜テレビの廊下では、スーツの上から消防士の防火服を着かぶってモモンガの着ぐるみみたいになった中山江里が、防火ホースを引きずって叫んでいた。

「桜庭ーっ、どこに逃げたーっ」


大火災が奇跡のように鎮火し、一面水浸しになった西新宿では、通行が停止されたままの路上に富士桜テレビの中継車が停まっていた。屋根のパラボラが衛星を向き、緊急臨時ニュースを流し始めていた。

「今、わたしは大火災が鎮火したばかりの都庁ビル正面に立っている。テロリストに狙われたこの高層ビルはひとたまりもなく――」

等々力は自らマイクを握って都庁ビルを背にしゃべりまくっていたが、柄本は中継車の車内にこもって、先ほどの超望遠拡大映像を巻き戻していた。

「やはり――思った通りだ……」

柄本行人は、コンピュータに画像補正させてもまだ激しくぶれているストップモーションの超望遠静止画像を、食い入るように見つめた。超音速で天に昇っていったその物体は、わずか千分の一秒しかカメラのフレームに収まっていてくれなかった。

「――これは……」

超アップにした画面には、黒い煙の中に見え隠れしながら、銀色のコスチュームに包まれた女の身体が宙に浮かんでいるのが映っていた。その横顔は、長い髪で半分隠れている。

柄本は、中継に忙しい技術スタッフたちが誰も彼の画面を見ていないことを確かめてから、一人でため息をついた。

「……これは何て――美しい」

第三章　エースはここにいる

「えぇっ⁉」

　桜庭よしみは、柄本チーフディレクターの発したその言葉にのけぞった。

「しょ、勝負って――あの中山江里とあたしとで、勝負……ですか？」

がらんとした会議室に、よしみの声が響いた。

「そうだ。桜庭」

　柄本行人は、うなずいた。

「中山江里と君とで、〈熱血ニューズ〉次期アシスタント・キャスターの座を賭《か》け、〈ミニ特集勝負〉をすることに決まった」

「ミ、〈ミニ特集勝負〉……？」


　富士桜テレビ報道局へよしみが呼ばれたのは、その朝の〈もぎたてモーにんぐ〉のオンエアがすんですぐのことだった。

　前日の〈日本全滅しねしね党〉都庁放火事件のお陰で、〈熱血ニューズ〉アシスタント・キャスター採用面接は、中断されたままになっている。

　お天気コーナーの本番で着ていた、ダナ・キャランのペパーミント・グリーンの春物ミニスーツの上着の裾《すそ》を握り締め、よしみは訊《き》き返した。

「ど、どういうことなんですか？　柄本さん」

「君たち同士で勝負をつけるのさ」

　チーフといっても、柄本は若い。長い髪に縁なし眼鏡、ひょろりとした長身は、まだ三十にならないだろう。ジージャンの胸ポケットからセーラム・ライトを取り出すと、カチッと火を点《つ》けた。

「さっきまでな、ここで激論していたんだよ。中山江里と君と、〈熱血〉のアシスタントにはどちらを採るべきかってね。中山江里を推《お》す局プロデューサー、君を推《お》す俺。結局、結論は出なかった」

　君を推す俺、というところで柄本は伏し目がちにフーッ、と煙を吐いた。先ほどまで会議をしていたというのは本当だろう。人気《ひとけ》のない会議室のテーブルの上には、いくつものあふれ返った灰皿が残っている。

「局プロデューサーは、『放送上の間違いを絶対に起こさぬように』と中山に固執《こしつ》する。『それじゃ番組が面白くならない』と、俺も引かない。議論はずっと平行線」

「は、はぁ……」

　よしみは、細面《ほそおもて》のディレクターを、上目づかいに見る。やり手と噂《うわさ》されるが、脂《あぶら》ぎったところはない。年は橋本克則より、三つくらい上だろうか……。

「桜庭」

「は、はい」

六本木の街を見下ろす壁一面の窓を背に、柄本は続ける。

「さんざん議論した挙げ句《あ く》、我々は『二人を競わせて比べてみよう』ということにした。君たち二人の力量を、実際に〈特集〉を作らせて比較審査する。それが一番いいだろうという線に、落ち着いた」

「〈特集〉……」


その朝、よしみは明け方から出勤していた。

富士桜テレビ・朝のワイドショー〈もぎたてモーにんぐ〉のお天気キャスターとして、隔日出演のローテーションは始まっていた。

番組の進行の中で、お天気コーナーは七時何分何秒から、と決められている。しゃべる予定の『時候のネタ』を頭の中で転がしながら、スタジオの隅で出番を待つ。そんなよしみの横で、ライトを浴びた司会席では前日の〈しねしね党〉事件が話題にされていた。

「昨日の都庁大火災は、恐ろしかったですねえ」

「そうですねシローさん。巨大な建物の火災事件としては、過去に九州のデパートで起きた大火災が多数の死傷者を出して印象的ですが、消防庁の指導でスプリンクラー消火設備が義務づけられるようになってからは、あまり起きていないんですね」

「碓井《うすい》さん、昨日の事件では、極左過激派ゲリラ〈日本全滅しねしね党〉の手によって、スプリンクラーは作動しないようにされていたわけですね？」

「そうなんですよ。消防庁の話によると、あの大火災が自然に消えたというのは、奇跡としか言いようがないそうです」

「怖いですねえ」

「怖いですね」

　よしみの、スーパーガールとしての活動は、少なくともニュースにはされていないようだった。あれだけ派手に飛び回ったのに、『目撃した』という報道もない。

　よしみはホッとするのと同時に、でも自分の活躍のお陰で一千人の人たちが救われたという事実を誰も知らないなんて――と胸の中に物足りなさを感じた。

　いつものことだ。

　誰にも知られずに、いいことをするのが正義の味方、か……。

「『奇跡の自然消火』と呼ばれる瞬間を、もう一度見てみましょう。専門家の分析によりますと、これはあまりに強い火事場風で一種のかまいたち現象が起こり、ビルの周囲が真空状態になると同時に、極端な気圧低下で屋上の貯水タンクが破裂したものと考えられています」

「見ましょう、見ましょう」

「では、VTRをご覧ください」

オンエアをモニターするスタジオの画面が、録画VTRになる。

（……）

よしみは、自分の起こした竜巻で都庁ビルを包む火柱が一瞬で消し飛ぶ様を、台本を持った両腕で胸を抱きしめるようにして眺めた。銀色に輝くコスチュームに包まれ、竜巻を引きずってマッハ3で天空に駆け上がるよしみの姿は、あまりに小さく疾《はや》すぎて、画面に映ってはいなかった。

あの火事は、あたしが消したんだ。

一番のお気に入りの、十八万九千円もしたソニア・リキエルの白いスーツと引き替えに、消したんだ……。

誰も、あたしのことを知らない。今このスタジオの中にいる人たちは、スーパーガールの存在すら知らない。

でも、いいんだ……。

よしみは小さく唇を噛んだ。

あたしが普通の人間じゃないって世間に知れたら――周りのみんなにわかっちゃったら――克則があたしのことをどう思うか、わからないもん……。

――『よしみ。俺はどうも、その空飛ぶ〈銀色の雪女〉に、惚れてしまったらしい』
橋本克則は数日前、よしみの正体も知らずにそう告白した。
でもよしみは、自分がその〈銀色の雪女〉なのだと、告げることはできなかった。
――『俺は惚れた。心から愛してしまった。その人が忘れられない』

そんなこと言ったって……。よしみは思う。

克則は、雪の中で見た幻のようなイメージだけ覚えてるんだもん。あれがあたしだったなんて、想像もしていないんだもん。本当にあたしが『普通の人間じゃない』なんて打ち明けたら……。

現実の世界で、〈雪女〉にまた逢いたいなんて、彼は本気で思っているのだろうか。

よしみは『現実』を見回す。スタジオの中の空間は、現実そのものだ。みんなこの現実の世界で、仕事を持って、生きるために働いている。

スタジオを見下ろす副調整室《サブ》の中には、タイムキーパーとミキサー、スイッチャーの三名が、インカムをつけて収録管制卓に向かっている。タイムキーパーの椅子に手をかけてスタジオを見ているセーター姿の男は、ディレクターだ。さらにその横には長身の中年プロデューサーが立ち、腕組みをしながら全体を見渡している。杉浦龍太郎だ。

　普段がっはっはっと笑う割には、薄いサングラスの杉浦はスタジオのあちこちに配る視線がせわしなく、神経質そうだ。本当は、視聴率と万一の放送事故への責任の重さで、胃にいくつも穴が空《あ》いているのかもしれない。

（あら）

　よしみが見ていると、今日は出番がないはずの山梨涼子がいつものピンクのスーツ姿で副調の窓に現れた。ディレクターと杉浦に紙コップのコーヒーを手渡して笑っている。まるで、昼休みに局の食堂へ回ってくる保険のセールス・レディーみたいな笑顔だ。

　何か、マメだなぁ。涼子さん……と、よしみは感じるが、フリーの身で長く仕事を続けるためには、局の人たちにああして愛想を振り撒かなければいけないのかもしれない。フリーの厳しさを、自分はまだ知らないのだろうか……。

　そんなことを、スタジオの片隅で考えていると、アシスタント《A》・ディレクター《D》の男の子の一人がやってきて『本番がすんだら上の会議室へ行くように』と伝言をくれたのだ。

「桜庭。キャスターとは何か、知っているか」

会議室の窓を背にして、よしみの顔を覗き込み、柄本は訊いた。

「ニュース番組の、司会者です」

「それだけではない。いいか。キャスターとは、起きた事件の背景をつかんでいて、バックグラウンドの豊富な知識もあって、事件を自分の言葉で話すことのできるジャーナリストのことを言うんだ。しかもテレビ放送には放送法の厳しい制約もある。キャスターになれるかどうか、君たちの資質を試すには、番組で流す〈特集〉の一本を自らの取材で作らせてみるのが一番いいんだ」

「で、でも柄本さん。あたし現場のレポートはたくさんしましたけれど、まだ自分で取材して〈特集〉を作るなんて――」

「細かいノウハウは、俺が教えてやる。君はつたなくても、君にしかないセンスを見せてやればいいんだ」

「はぁ……」

センスを見せろ、はいいけれど――あいつとまた争うのかぁ……。

――『桜庭さん、ひどいこと言うのね。あのね、ボランティア活動は、人のために犠牲になることよ。そんなことは当然だわ。誰にも知られないところでいいことするからこそ尊いのよ。誰かに褒めてほしいなんてそんなこと思ってボランティアしている人なんていやしないわ！』

何か、苦手だなぁ。


「桜庭」

「は、はい」

「取材経験がないのは、ここの局アナの中山江里も一緒だ。だが向こうには局プロデューサーがバックについて、今頃同じように題材選びから始めている。君も負けるな」

「は、はぁ」

「やってみる気はあるか？」

「自信は……ないですけど」


桜庭よしみと中山江里に〈特集〉を作らせて勝負させる、というのは、制作会議で負けそうになった柄本の苦肉の策だった。


「だいたい、ボランティアをして、褒めてほしいなんて言う奴は、公共の電波に乗せて物を言う資格はない。世の中を何だと思ってるんだ。あの桜庭よしみという奴は」

「いえプロデューサー。桜庭は案外世の中を、よく知っているのかもしれませんよ」

「だめだよだめ。次期アシスタントは、さっきから言っているように中山江里でいく」

午前中の制作会議での、局プロデューサーと柄本の主張は、どこまでも嚙み合わなかった。

二十九歳の柄本行人は、NHK教育の深夜番組で大ヒットを飛ばした実績から、〈熱血ニューズ〉を制作する等々力猛志の〈事務所二十一世紀〉へヘッドハントされてきた、若手のチーフディレクターだ。

柄本の武器は、『何かやりそうな奴』を群衆の中から嗅ぎ分けて見つけ出すという、独特の嗅覚だった。昨日の面接会場で、柄本は桜庭よしみとどちらかといえば自分を売り込むのが下手そうな女の子から、『何かやりそう』な匂いを嗅ぎ取ったのだ。

「ボランティア活動について、どう思いますか?」と質問したとたんに、ひくっとのけぞった顔の表情は、忘れがたかった。

「よろしいですかプロデューサー。〈熱血〉は等々力さんの個性で、F1層〈女性二十～三十四歳〉の視聴率がいい。これを堅持するためには新鮮な切り口と、女性受けするキャラが必要です。中山は話す内容が当たり前すぎ、気位が高そうに見えるから不利です」

「いいや柄本くん。我々のお客は視聴者ではなくスポンサーだ。桜庭が変なことを口走り、それが元でスポンサーが怒って降りたらどうするのだ? たちまち数億の損になるんだぞ。その点、中山江里なら局として安心だ」

対立するプロデューサーと柄本は、黙って議論を聞いている等々力に意見を求めた。

「等々力さん、この青年に何とか言ってやってくださいませんかね」

「等々力さん、あなたはどう思うんです。あんな優等生の局アナでいいんですかっ」

「まあ待て。二人とも」

等々力猛志は、いつものバリトンで二人を制して立ち上がった。

「いいか。このわたしが、舞台俳優出身とはいえ、なぜ番組であんなパフォーマンスをするのか、その理由がわかるか？」

等々力は、制作会議のスタッフたちを見回して言った。〈熱血ニューズ〉は、〈事務所二十一世紀〉から来た外部スタッフと、富士桜テレビ報道局員との混成チームで作っている番組だ。仲間割れは避けなくてはならない。

「わたしは、単に道化《どうけ》を演じているのではない。政治や経済を、茶の間に引き寄せるためにやっているのだ。『あんなに軽薄な役者出身の等々力だって、政治や経済を真っ向からしゃべっている。なら俺だって、わたしだって』と、視聴者が思ってくれればいいんだ。そのためのガッツポーズだ」

「ならば、隣のアシスタントまで面白い必要はありませんな。堅くあるべきです」

「いいえ、等々力さんと波長の合う〈熱血〉モードがぜひ必要です！」

「二人とも落ち着け。いいか。わたしが最も重要視したいのは、我々がアシスタントをどう思うかではない。桜庭と中山、どちらに視聴者が熱い支持をくれるかだ。それに尽きる」

「しかしねぇ、等々力さん。スポンサーが――」

「等々力さん、それならば、いい案があります」

その時、柄本がとっさに思いついて提出したのが『実際に二人に〈特集〉を作らせ、視聴者の反響を見る』というアイディアだった。

視聴率は、取れたほうがもちろんいい。新人アシスタント・キャスターのお陰で視聴率がアップすれば、局としても言うことはない。ただ、たった一度の失言が全てをぶち壊すのが怖いのであった。その点では、局プロデューサーは毎晩、副調整室で冷や汗を掻き続けていると言っても過言ではない。富士桜テレビの上層部の役員たちから、『〈熱血〉で数字を稼ぐのはいいが、絶対に間違いは起こさぬように』と厳しく指示されているらしいプロデューサーは、柄本の提案にもなかなか首を縦に振ろうとしなかった。最後は、等々力が柄本の案を承認する形で、制作会議はようやくお開きになった。

「自信は、ないですけど……やってみます」

しんとした会議室の真ん中で、ようやくよしみがうなずくと、柄本は「よしっ」とばかりに〈ミニ特集勝負〉の段取りについて説明を始めた。

「いいか桜庭。君もニュース番組の〈特集〉とは何か、知っていると思うが――」

ニュース番組の〈特集〉とは、一つの題材について記者が突っ込んで取材をし、成果をVTRにまとめて視聴者に届ける、報道レポートだ。普通は一時間の番組の後半、ヘッドラインとスポーツが一通りすんだあとに、十五分程度をかけて放映される。ただし今回は、新人の女の子二人に腕試しでやらせるので、長い時間の枠は取れない。視聴者に判定を仰ぐ〈勝負〉なら、一人の持ち時間は三分から五分というところだろう。そこで、ルールは決められた。

桜庭・中山の双方が自由に題材を選び、自らが報道記者となって、一週間の期間をかけ三分間の取材VTRを制作する。機材やスタッフは、局の物を借りて使って構わない。一週間後の〈熱血ニューズ〉の中で、二人の〈ミニ特集〉をオンエアする。三分間のVTRのあとで、取材した本人が街角などに立ち、二分間の締めくくりをしゃべって終わるという形で、合計で五分間のプログラムだ。

「視聴者からの反響と、瞬間視聴率とで『勝負』が決まる。勝った一人が、その場で次期アシスタント・キャスターに採用決定だ」

「は、はい」

　その場で採用決定、などという言葉を聞くと、昨日の〈しねしね党〉との戦いで少し疲れ気味だったよしみにも、興奮が蘇ってきた。あの、夜十時からの〈熱血ニューズ〉のスタジオ……。あの等々力猛志の隣に、自分が座れるかもしれないのだ。

「が、頑張ってみます」

「ようし、やる気を出してきたな。では〈ミニ特集〉の題材だが」

「はい」

「最近の社会問題や事件、様々な事柄から君らしい題材を選び、君らしい視点で切り取って三分にまとめなければいけない。題材選びから、すでに勝負は始まっているんだ」

「はい」

　柄本は、しかし『たとえ視聴率と反響で勝っても、スポンサーからのクレームが一件でも上がったら負け』というプロデューサーから出された条件があることは、よしみには言わなかった。代わりに、よしみの顔を睨みつけるようにして、気合を入れた。

「中山江里も、すでに局プロデューサーと組んで、独自のネタを決めているだろう。我々もネタで負けるわけにはいかない」

「はい」

「そこで、俺がスクープ性のある、とっておきのネタを用意した。誰もが『あっ』と驚く素晴らしい〈特集〉になるだろう。君は俺を信じて、このネタを追ってくれるか？」

「は、はい。やらせていただきます」

柄本の気合につられるように、よしみの声も大きくなった。

「ぜひ、柄本さんのネタをやらせてください」

「うむ。では、たった今から君が追うスクープのネタは、これだっ」

柄本は、懐から取り出した一枚の拡大写真を、会議室のテーブルにばしっと気合を込めて置いた。

「これだ。〈謎のスーパーガール〉だ！」

がたたっ
「どうした桜庭？　つまずいたのか」

「あ。いえ、その……」

よしみは思わず、ポケットから出したハンカチでおでこを拭きながら、テーブルに広げられた超望遠らしい拡大写真のプリントを覗き込んだ。

「な、〈謎のスーパーガール〉、ですか……？」

「そうだ」

柄本は、真剣な眼差しでうなずいた。

1

「まいったなぁ……」

よしみは、ため息をついた。

柄本と二人の会議室を出てから、『どうしたらいいんだろう』と廊下の天井を見上げ、しばらく歩いた。気がつくと、窓がたくさん列になった渡り廊下に来ていた。

午後の六本木の街が、目の下に広がっている。廊下の向こう側は、八階の社員食堂だ。つい先週まで在籍していた帝国テレビとは違い、富士桜テレビ新社屋の食堂の階は、見晴らしがいい。昼食をすませた社員や外部スタッフたちが、よしみの背後を通り過ぎていく。

そういえば、お昼はまだだったが……。

（でも食欲なんか、ないよ）

――『これだ。〈謎のスーパーガール〉だ！』

よしみは、つい数分前の会議室でのやり取りを、頭の中にプレイバックしていた。

いったい自分は――どうしたらいいんだろう。

「な、〈謎のスーパーガール〉ですか……?」

超望遠の拡大写真が目の前に置かれた時、思わずよしみは腰を抜かしかけた。だが柄本はのけぞるよしみに、大真面目で「そうだ」とうなずいたのだ。

「そうだ。〈謎のスーパーガール〉だ。桜庭」

柄本は、これをよく見ろとばかりに、拡大写真の『宙に浮く銀色コスチュームの女』を指さした。ロケットの打ち上げを追った望遠写真みたいにぶれてはいるが、その小さな姿は確かに〈女〉だ。螺旋《らせん》状の竜巻を従え、音速を超える疾さで宙天に駆け昇る自分の姿が、見上げるアングルで一コマだけ捉えられている。激しく流れるフレームの背景は、燃える都庁ビルだ。やはり、目撃していた報道関係者がいたのか……。

「昨日の、都庁の大火災だ。あれを消したのは、実はこの〈彼女〉だったんだ。自然発生のかまいたち現象じゃなかった。どうだ、凄いスクープだろう?」

「は、はあ……そうですね」

「こっちは、さらに拡大したものだ」

柄本は、会議テーブルにアタッシェケースを開くと、もう一枚の大判プリントを出してばさっと広げた。今度は銀色の小さな姿が、フレームいっぱいに拡大されている。

よしみは思わず「うぇ」とのけぞりかけたが、飛翔するスーパーガールは、ひるがえる長い髪で顔が半分隠されている。

「残念だ。顔が写っていない。実に残念だ」柄本は、本当に残念そうに腕組みをすると、頭を振った。

「このかすかに覗く横顔からでも、〈彼女〉が相当な美人だとわかるのに。惜しい……。きっと〈彼女〉の正面からの素顔は――そうだな、この世のものとも思えない、ため息が出るような美しさだろう」

ぽりぽり
「どうした桜庭、どこか痒《かゆ》いのか？」

「あ。いえ、その……そうですね。残念ですね」

写真の顔は、はっきりと識別できない。よしみは胸を撫で下ろす。だが柄本は、アタッシェケースの中からさらに何枚もの写真の束《たば》を取り出した。

ばさばさっ
な、何だ、まだあるのか。

「実はな桜庭。今年になってから、『奇跡的に犠牲者の出なかった大事故や重大事件』という事例が、たくさん起きているんだ。〈彼女〉が現れて活躍したのは、昨日の都庁の一件だけとは思えない。俺は、どこかに何か映っていないかと、ここ三カ月の報道ＶＴＲの映像を隅から隅まで調べてみた。そうしたら」

「そ、そうしたら……？」

「重大事件のたびにどこかから現れ、人々を救っては去っていく〈謎のスーパーガール〉――美しき正義の味方の存在を、俺は確信した。これを見てくれ。重大事件の現場上空には、必ず〈彼女〉の姿があるんだ。調べたらもう、出てくるわ出てくるわ」

　柄本は息を弾ませるようにして、超拡大の画像のプリントを次々に見せた。

「見ろ、宙に舞うこの華麗な姿」

げっ、とよしみは心の中でのけぞった。〈大王リージェントホテル〉の火災現場だ。あたしったら酔っ払って煤《すす》だらけ……。このあと路上で吐いたんだ……。

「見ろ、ロングヘアに半分隠された、憂いを秘めたこの横顔」

げー、すっぴんで出動した時だよ。よかった、顔写ってなくて……。

「見ろ、セクシーなこのボディーラインを」

ぎゃー、ロケ弁の食べすぎでお腹ふくれてる時だ、恥ずかしー……。

「こら、何をぶつぶつつぶやいているんだ？」

「えっ。あ、な、何でもありません」

「いいか。とにかく君は、今日から俺の収集した資料を元に、〈彼女〉を追跡するんだ。

〈謎のスーパーガール〉の活躍を、全国の視聴者に知らせるのだ」

「そ、そんなこと言ったって……」

　よしみは唾を呑み込む。

「ス、スーパーガールを追うなんて、ＵＦＯを追いかけるようなものじゃないですか」

「中山江里に、負けたいのか？」

「え、いえ……」

　柄本は、会議室の真ん中で目を伏せるよしみに、ぐいと身を乗り出して強調した。

「いいか桜庭。〈熱血〉でアシスタント席に座るということは、ひょっとしたら君は十年後には自分の番組を持つことになるかもしれない、ということなんだ。この取材は、そのための第一歩なんだぞ。だがもしこのチャンスを逃せば、君はワイドショーのお天気お姉さんで終わってしまうかもしれない！」

「は、はい……」

「わかったら、今日から〈彼女〉を追うんだ」

　柄本はよしみを睨んで「いいな」と了承を求めた。本来は物静かなチーフディレクターの縁なし眼鏡の目は、まるで何かに憑《っ》かれたようだった。

「あ、あのう。柄本さん」
　二、三歩後ずさって、よしみは頼んだ。

「す、すみません。やっぱり少し、考えさせてください」

こともあろうに、『〈謎のスーパーガール〉を取材で追え』だって……？

「困ったなぁ……」

渡り廊下の窓から外を眺めてつぶやいていると、遅い昼食をすませた撮影スタッフらしき一団が、食堂のほうから渡り廊下へ出てきた。「撮りのスケジュールが押しちゃって、大変ですね」「土壇場で主演男優が替わったからなぁ」男たちが歩きながら話している。

ドラマ制作の人たちか……。

ジーンズにセーター姿の男たちは、「一時はどうなるかと思いましたよ」「でも、キャッチアップできそうじゃないか」笑いながら渡り廊下を通る。これから撮影のスタジオへ戻るのだろうか。

その時。よしみの背後の男たちの一群の中に、聞き覚えのある足音を感じた。

（え……⁉︎）

振り向くと、ジーンズに黒いシャツを着た長身が、よしみを見つけて白い歯を見せた。

「おう、よしみじゃないか」

「か、克則……」

よしみは、かすれた声を出した。

黒いシャツの上に、ラフにジャケットを羽織った姿が、夢のように近づいてくる。よしみは胸の前で手を合わせ、息を吸い込んだまま固まってしまった。いったい、顔を見るのは何日ぶりだろう。

橋本克則は、数人の若い撮影スタッフたちと笑いながら歩いていたが、「すまん。先に行ってくれ」と断ると、よしみの前に立ち止まった。すでに現場には溶け込んでいるのだろう。ＡＤや裏方の青年たちと一緒に定食を食べたりするところは、劇団出身の克則らしかった。

「元気か」

「うん」

彼を見上げて、よしみはこっくりとうなずいた。

「富士桜のワイドショーに出るようになったんだって？　美帆ちゃんから聞いたよ」

「う、うん。そうなの」

「そうか。でも帝国の局アナをあっさり辞めちまうなんて、凄い勇気だな」

克則は、よしみがフリーにならざるを得なかった理由を知らない。

「そ、そんなこと、ないよ……。前から考えていたの。フリーで、報道のキャスターを目指そうって」

「フリーでキャスターか。凄いな。よしみは〈女・等々力猛志〉みたいになるのかな？」

克則は笑った。でも目のあたりが、寝不足なのか少し赤い。

「撮影、大変？」

「ああ。美帆ちゃんにしごかれてる。歯の浮くような台詞でも、ちゃんと入れろって」

「そ、そう」

「スケジュール通りに撮り上げないとな。俺、来週からロスだから、頑張らないと」

「ロスって……？」

「秋に公開の映画、日米合作になることに決まったんだ。だから半分以上、ハリウッド。行ったら秋まで帰れないかもしれないな。美帆ちゃんに言われたよ。挨拶くらい、英語でできるようにしておけって」

「そ、そうなの。頑張ってね」

「ああ、よしみもな。君なら立派なキャスターになれるって、美帆ちゃんも言ってた」

「……」

「そうだ。報道っていえば——昨日の都庁の大火災は、大変だったたな。一人も死者が出なくてよかった。最上階に閉じ込められた人たちは、苦しかっただろうな」

克則は、よしみの肩の向こうへ視線を上げ、八階の窓越しに遠い目をした。

「俺も――雪山で死ぬような目に遭っているからな。そういう人たちの苦しさって、わかる気がするんだ」

「……」

　よしみは、何かを思い出すような克則の視線を、何も言えずに見上げた。

「本当に――あの時〈彼女〉が来てくれなかったら、俺は……」

　すると急に、二十六歳の克則の両目は、廊下ですれ違う好きな女の子を思いを込めて見つめる中学生の男の子みたいになった。

「……〈彼女〉が来てくれなかったら、俺は今頃、ここにはいない」

　克則は、前髪の下の目を伏せると、ため息をついて頭を振った。

　思い出しているんだ。

　雪の中を飛んだ、あの時のあたしを……。

（克則……）

　だが克則は、ふいに我に返ったように目をしばたたくと、頭を掻いた。

「いかん、いかん。今は仕事のことを考えないと」

「克則……」

「午後もスタジオで撮りなんだ。早く行って、台詞を入れとかないとな。また美帆ちゃんに怒られるよ」

じゃあな、と片手を上げると、橋本克則は広い背を見せて行ってしまう。

「あ、あの。克則」

「ん」

よしみは、振り向いた克則のシルエットに、一歩踏み出しかける。

「克則。あ、あの、あのね……」

「——ん？」

でも、見返してくる彼の目の色を見ると、よしみは言葉に詰まってしまう。さっきの恋する中学生の男の子の目ではない。二十六歳の、プロの俳優の目に戻っている。

「あの……」

あの時の〈銀色の雪女〉は、あたしなのよ。

あなたを抱き上げて飛んだ〈雪女〉は……。

「あの」

唇が震えた。

だが、

「あの頑張ってね。撮影」

よしみは、そう言うだけが精いっぱいだった。

「ああ」

克則は笑ってうなずいた。

「美帆ちゃんと、きっといいドラマにするよ」

克則の背中が廊下の向こうへ見えなくなると、よしみは窓に額をつけて「はぁ」と大きくため息をついた。

あの時の〈雪女〉の正体があたしだって、彼に知らせるチャンスだったのに……。

でも、やっぱり言えない。

打ち明ける勇気が、ないよ。

「どうした、よしみ？」

ふいに後ろから声をかけられ、よしみはびっくりして振り返った。

「み、美帆……」

食堂にドラマのスタッフや俳優たちがいたなら、当然、彼女もいるはずだった。思いつく余裕もなかった。

「よしみ」

水無月美帆は、両手に丸めた台本を持ち、淡いブルーのカーディガンを肩に掛けてよしみの顔を覗き込んだ。

「よしみ。彼と話せた？」

「う、うん。今」

「邪魔しないようにって、向こうで見ていたの」

美帆は微笑して、丸めた台本で食堂の出口を指した。手の中の台本は、何十回も読み返して書き込みをしたのか、ぼろぼろになっている。

「そうなの……。気がつかなかった。ありがと」

「しょぼんとして、どうした？」

「あのさ……」

「うん」

うつむくよしみには、なぜか同い年の美帆が、遙かにお姉さんのような感じがした。

「言えなくてさ……。彼に、あたしのこと」

「スーパーガールだってこと？」

訊かれて、うなずくよしみ。

「でもよしみ。あなたがスーパーガールだっていうことを打ち明けなくちゃ、ここ何日かの苦労を、彼にわかってもらえないいんじゃない？」

「そうなんだけどさ……」

「早く打ち明けて、相談に乗ってもらえば？　きっと彼、励ましてくれるわ」

「そうかなぁ」

よしみは、自信なさそうに親友の女優の顔を見上げた。たとえ徹夜で疲れていても、顔にまったく出ないのが美帆の凄いところだ。

「あのさ、美帆ぉ……。どこの世界にさ、音速の三倍で空が飛べて、三キロ先の囁き声まで聞こえちゃうような半分宇宙人の普通でない女を、お嫁さんにしようなんて考える男がいると思う？」

「わからないわよ。言ってみなくちゃ」

「だって……」

「よしみが辛い時に、一番支えになってくれるのが、恋人でしょう。一番辛いことを、彼に打ち明けられなくて、どうするの。そんな状態では、『彼がいる』とは言えないわ」

美帆は、凄く正しくて、強いことを言う。

アイドルから身を起こして、今は高視聴率を稼ぐ第一線の女優。いつも前をしっかりと見て、この子はまるで風の中に立つ雌鹿《めじか》のようだ。

「何か、打ち明けてしまったら壊れそうでさ……。彼、ひいいちゃうかもしれないし……言わずにすむなら、それでもいいかな、なんて思うの。都合の悪いことを隠し通して、結婚しちゃう子なんていっぱいいるじゃない」

「彼と結婚したい？」

自信なさげに、うなずくよしみ。

「だけどよしみ。隠し通すって言ったって、『ありのままの自分』でいられないまま一緒に暮らすなんて、辛いだけだよ。新居に入っても、スーパーガールだってこと隠して暮らすの？　自分の家なのにホッとできないなんて、辛いよ。それじゃ幸せになれないよ」

美帆は、うつむくよしみをしっかりと見据えて言った。

「言っちゃいなよ、よしみ。『あたしはスーパーガールだ』って。彼、ひいちゃうどころか、きっとあなたの一生の支えになってくれるかもしれないわ」

「ひいちゃったら、どうするの。おしまいだよ」

よしみは、思わず「ひっく」とすすり上げた。

「あたし、普通の女じゃないもん。結婚するって言ったって、親戚みんなに反対されて、お姑《しゅうと》にいじめられるのは、最初から見えてるよう」

「結果を恐れていたら、何も進まないよ」

「打ち明ける勇気なんてないよ。あたし――あたしもうこの先、まともな恋なんてできないのかな……」

「スーパーガールのあなたは、素敵よ。よしみ」

美帆は、小さくすすり上げるよしみの肩に、手を置いた。美帆の背中の向こうを、テレビ局の社員やスタッフたちが、まばらに通り過ぎる。

「それとも——あきらめる？」

「え」

よしみの顔を、覗き込む美帆。

「克則さんを——あきらめる？　よしみ」

「え……」

一瞬、美帆が真顔でそう訊いた気がして、よしみはまばたきをして親友の顔を見た。

でも美帆は、すぐに目をそらした。

「もう時間だから行くけど——よしみ、明日ランチしようか。もう少しゆっくり、話を聞いてあげられると思うの」

「い、いいの？」

「明日は——朝に最後のスタジオ撮りしたら、午後から調布《ちょうふ》の飛行場でロケだから……昼休みくらいは、取れると思う。白金《しろかね》にしようか。〈ブルーポイント〉」

「う、うん……」

2

「克則……」

西小山《にしこやま》の部屋に戻ったよしみは、フローリングの床に座り込むと、サイドボードの上に伏せてあった写真立てを持ち上げた。

ガラステーブルの上に、かたんと置く。

白く輝く斜面。クリスマスの雪山のよしみと克則は、とっくに放映の終わったドラマの中の恋人たちのようだ。

雪焼けした、白い歯の克則。そして彼に背中から抱かれて笑っているのは、早朝のお天気お姉さんから報道局レポーターへの転出が決まり、司会をしていたクイズ・バラエティーも好視聴率と、全てが順調だった頃のよしみだ。

「何だかなぁ……。この世の苦労なんか何も知りませんっていうような、甘い顔で笑っているなぁ、あたし」

まさかこのあと、自分が『地球の平和を護るボランティア』をすることになろうとは。

よしみは、左の手首にはめられた、一点の曇りもない銀色のリングを見つめた。

――『他人のために自分を犠牲にするその勇気。それは宇宙で最も尊いものなのです』

「イグニス……辛いよう」

よしみは唇を噛み、目を伏せた。

「いつまで、あたしは正義の味方をしなくちゃいけないのよう」

リングは何も答えない。

ぐすっ、とよしみはすすり上げた。

――『だけどよしみ。隠し通すって言ったって、「ありのままの自分」でいられないまま一緒に暮らすなんて、辛いだけだよ』

「だめだよ……。ありのままのあたしなんて、見せられないよ。こんな、一人で落ち込んでみっともなく泣いているあたしなんて」

雪山の笑顔は、まぶしかった。
ぱたん
よしみは写真立てを、テーブルに伏せてしまう。
――『辛い時に、一番支えになってくれるのが、恋人でしょう。一番辛いことを、
彼に打ち明けられなくて、どうするの』
頭の中の美帆の声に、フローリングの床に直《じか》に置いた黒い留守番電話機を見やる。
彼にかけて、打ち明けようか……？
だが
「無理だよう」
よしみは頭を振った。
無理だ。スーパーガールはやめられそうにないし、テレビの仕事も捨てられない。
ニュースキャスターになることは、恋とは違うよしみの夢だ。たとえ恋に破れても、
捨てられない。中学生の頃から、それだけを夢見て頑張ってきたのだ。
「スーパーガールとテレビの仕事と、片手間の主婦業なんて、全部両立するわけない
よ……もしも『普通の女じゃなくても結婚してくれる』って克則が言っても、『スー

パーガールやめられないならテレビの仕事辞めろ』って言われるに、決まってるよう……」

よしみは、ため息をつく。

時計を見た。

一人の夜が、過ぎていく。

今頃、克則と美帆は、遅れているドラマの撮影の真っ最中だろう。どうせ携帯にかけたって、繋がらない。

〈謎のスーパーガール〉を追いかける取材で、中山江里との『勝負』に挑むかどうか。

今朝、「少し考えさせてください」とよしみは頼んだ。チーフディレクターの柄本に約束した返事の刻限は、翌日の正午だ。

「あたしのやったことが、世間に認められるのは嬉しいけど……。でも、スーパーガールの取材をすれば、自分の正体を自分でばらすことになるかもしれないわ」

よしみは、中山江里に負けるのは悔しいけれど、今回の〈熱血〉の話は断ろう、と思った。

取りあえず、テレビの仕事はワイドショーのお天気コーナーがあるし……。テレビに出続けてさえいれば、いずれまたチャンスは、あるはずだ。

「勉強しよう。泣いていたって、仕方がないわ」

よしみは、ぐすっと鼻を鳴らすと、両方のほっぺたを手のひらでぱちぱちとはたいて、気象予報士の国家試験の問題集をテーブルに載せた。

「微分方程式の解き方、思い出しておかないと、次の試験は、来月だから」

今は、目の前のお天気の仕事に全力を尽くそう。ロングヘアを後ろで結ぶと、よしみは辛さを忘れるように、ノートに例題の数式を解き始めた。


翌朝。

よしみは、自分の本番はなかったけれど、局へ出勤した。

フリーで腰を据えてワイドショーに出るなら、昨日の涼子のように現場での顔繋ぎが大事だと思ったのだ。自分の出番のある日にしか顔を出さないのでは、スタッフに仲間意識を持ってもらえない。それに他人の気象解説をそばで見るのも、勉強の一つだ。

(――とは思ったけど、相変わらず月並みな解説だなぁ、涼子さん……)

山梨涼子が、にこにこ笑いながらカメラに向かって温暖前線の説明をするのを、よしみはスタジオの隅で聞きながら思った。もうすぐ三十に手が届くらしい涼子は、しゃべっている知識は正確だが、人に物を伝える〈表現力〉がない。暖かい空気が冷たい空気にのしかかって、と説明する時に、よしみなら『こんなふうにのしかかって』と身ぶりを入れて子供にもわかるように工夫するところだが、涼子はただにこにこ気象知識を棒読みするだけだ。

これじゃなぁ、と思っていると、お天気コーナーが終わってCMが入ったスタジオをまっすぐ横切って、涼子がつかつかつかとやってきた。

「あら桜庭さん。今日は非番じゃなかったの？」

「いえ。早く現場の雰囲気に慣れたいですし、何事も勉強だと思って」

よしみが〈気象予報士国家試験問題集〉を小脇に抱えているのを見ると、涼子は「あぁら勉強家ね」と笑ったが、なぜか首筋を痒《かゆ》そうに掻いた。

「そうだ、ちょうどよかったわ。ちょっと桜庭さんに、お話があるんだけれど」

「はぁ。何でしょうか」

「あたしちょっと、プロデューサーにお茶を淹《い》れてくるから、そのあとでね。ここで待っていてくださる？」

「あ。副調にコーヒーなら、わたしさっき出しておきましたけど」

「え」

「涼子さんを、見習おうと思いまして。わたしもフリーで頑張ると決めたんですから」

「そ、そう」

涼子はピクッと左目を吊り上げるようにしたが、すぐにこぼれるような笑顔に戻った。ふりふりの襟のついた白いブラウスに、ピンクのスーツはメルローズ。よしみは一度も買ったことのない、ピアノの発表会やお見合いの席などでよく見かけるブランドだ。

「ありがとう、桜庭さん。自分の出番の日じゃないのに、悪いわね」

「いえ。このくらい」

「じゃ、ちょっと一緒に来てくれる？」

涼子は先に立ってスタジオを出ると、曲がりくねったテレビ局独特の廊下をずんずん進んで、角にある給湯室へ入った。

湯沸かし器と流し、小さな食器棚があるだけの小部屋には、誰もいなかった。よしみを招き入れると、涼子は天井灯も点けず、後ろ手にぱたんとドアを閉めた。

「桜庭さん。実はあなたに、差し上げたい物があるの」

「な、何でしょうか」

「これよ」

涼子は、バッグの中から白い布に包んだ、尖《とが》った板きれのような物を取り出した。受け取ると、ずっしり重い。

「何ですか」

「開けてみて」

白い布をほどくと、薄明かりの中にもギラリと蒼白い輝き。

「ほ、包丁――？」

確かにそれは、刃渡り二〇センチもある、よく研《と》いだ文化包丁だった。いったいどういうことだろう？　給湯室での〈羊羹《ようかん》切り当番〉を、よしみに引き継げとでも言うのだろうか。でもどうして、バッグの中に包丁なんか入れていたんだ？　涼子さん……。

「桜庭さん」

「は、はい」

包丁から顔を上げると、涼子は目の据わった笑顔でよしみに告げた。

「その包丁で、あたしを刺してちょうだい」

「は？」

「聞こえなかったの」

山梨涼子は、ふいにどすの利《き》いた声に変わると、よしみを睨みつけた。

「その包丁で、あたしを刺せって言ってるんだ。桜庭よしみ！」

3

一時間後。

よしみは、局の第二制作部フロアにある、杉浦龍太郎のデスクの前に立っていた。

「辞めたい？」

「はい……」

「どういうことだ。〈もぎたて〉のお天気キャスターを、今すぐ辞めるっていうのか」

「は、はい」よしみは、杉浦と目を合わせられなくて、下を向いたままうなずいた。「すみません。勝手ですけれど、今すぐ辞めさせてください」

杉浦は、飲んでいた寿司《すし》屋の湯飲み茶碗をデスクに置くと、サングラスの目でよしみを見上げた。

「桜庭ちゃん。〈熱血〉は、決まったのか？」

「いえ……。頑張ったんですけど、そっちのほうはだめになりそうです」

「じゃ、何で〈もぎたて〉を辞めるんだ」

「そ、それは……」

よしみは、うつむいて口ごもった。

「ちょっと――言えません」

「言えないじゃ、困るなぁ。君を新人お天気キャスターとして採用したのは、この俺だ。水無月美帆から『友達だから頼む』って言われたし、君の実力なら十分と判断して、俺は君に決めたんだ。惜しいが君のためと思って、〈熱血〉へ行くことも応援している。だがせめて、半年はうちでやってくれなくちゃ困るのは、わかるだろ」

「は、はい。それは、そうなんですが……」

口ごもりながら、

――『あんたがここにいるってことは、あたしを包丁で刺すのと同じことなんだ！』

よしみの頭には、つい先ほどまでの涼子とのやり取りが反響していた。

――『さぁ刺せ。刺せっ』

まさか、こんなことになるとは――

一時間ほど前。

〈もぎたてモーにんぐ〉のお天気コーナーが終わった直後の給湯室で、先輩お天気キャスターの山梨涼子から包丁を無理やり手渡されたよしみは、驚いてのけぞっていた。

「なっ、何のつもりです。涼子さん⁉」

「うるさいわね桜庭よしみ。いいから、さっさとそれであたしを刺すんだ！」

大きな目をくるくるさせて、スタジオや制作オフィスではいつもにこにこしていた涼子は、よしみを睨みつけて迫った。

「さぁ刺せ。刺せっ」

「そんなこと、できるわけないじゃないですか」

「なら、この番組から出てお行き」

「えぇっ？」

「鈍い子ね」

涼子は、ゴールドのネックレスをしたブラウスの胸をふくらませ、怒鳴った。

「いい。あんたがここにいるってことは、あたしを包丁で刺すのと同じことなんだ！」

包丁で刺すのと同じ……⁉

「ど、どういうことなんです？」

よしみは、押しつけられた包丁を両手で握ったまま、本性を現した化け猫みたいな涼子に訊き返した。

「いったい何を言いたいのか、わからないです」

自分がここにいることが、どうしてこの人を刺しちゃうことになるんだ……？

さっぱり、わからない。だが首を傾げるよしみに、山梨涼子は我慢していたものを吐き出すかのように、まくし立て始めた。

「いいこと、桜庭よしみ。あんたがここに──ううっ」か、痒い、と突然、涼子は首筋を掻きむしると、よしみが小脇に抱えている問題集を「よこせ」とひったくり、まるで検便の袋でもつまむようにして、給湯室の隅へ放り投げた。

「な、何をするんです涼子さん？」

「うるさいっ」

二十九歳の山梨涼子は、年齢にしては可愛らしいピンク系のメイクの両目を吊り上げ、肩ではぁはぁと息をした。

「いいか桜庭よしみ。あたしがどうして気象予報士の資格を取れないか、知ってるか」

「知りません」

そんなこと、わかるわけがない。

「いいか。あ、あたしはなぁっ、気象予報士の資格を取りたくても、高校時代から微分方程式を見ただけで身体中にジンマシンが走るんだ。そういう体質なんだ！　だから、大気の運動方程式の問題が、どうしてもできないんだ。これでもお天気お姉さん八年やっているから、天気図を見れば明日の天気なんてだいたいわかるのに、あのくそいまいましいeとかxとかを目にしたとたん、身体中が痒くなって、答案が書けなくなってしまうんだっ」

「は、はぁ」

「人はみんな言うわよ。『三十路《みそじ》に片足かけて、まだお天気読んでるの?』とか」涼子は腰に両手を当てると、悔しい記憶がたくさん蘇るのか、天井を睨んで歯を食いしばった。

「うるさい。あたしは、N本女子大の英文科出る時に在京キー局の局アナ採用試験にあと一歩のところで残らず落ちて、それでもこの通り可愛いから、タレントプロダクション経由でワイドショーのお天気キャスターになったんだ! 正社員の局アナの子がツンとお高くとまっている脇でプロデューサーやディレクターに愛想言ってお酌して、肝臓をボロボロにしながら、この業界にしがみついてきたんだ。でも、あたしがいくら可愛いからっていっても、毎年毎年、若いバービーみたいな脚をした新人の小娘が入ってくる。それでもあたしは百パーセント毎回飲み会断らずにバーのトイレで〈キャベ2〉胃に流し込みながら三次会までつき合って、『つき合いのいい涼子ちゃん』という評判をもらい、今日の今日までこの番組のお天気キャスターの地位を、護り続けてきたんだ！」

「そ、それは——凄いですね……」

　思わず後ずさるよしみを、涼子は睨みつけた。

「おい桜庭よしみ。あんたはいくつよ？」

「二十三ですけど」

「二十三で、あたしほどでないにしろそのくらい可愛けりゃ、他の局や番組でも、いくらでも使ってくれるだろう？　悪いことは言わないわ。よそへお行き。よそへ」

　涼子は『あっちへ行け』と言わんばかりに、給湯室の出口を指さした。

「で、でもそんな——」

「わかってないわね。いいこと？　この番組には、若いお天気キャスターが居つかない。そのわけがわかる？」

「——え」

「全部あたしが追い出してるからよ」

「え、ええっ？」

「ふん。局アナ崩れのあんたなんかに、あたしのようなタレント・プロダクション出身キャスターの苦労がわかってたまるもんか。フリーの苦労が、わかってたまるもんか！　国民健康保険三割負担で消化器科で肝臓の薬もらって飲みながら仕事をしているあたしの苦労が、わかってたまるもんかっ！」

「あ、あの……」

「いいことっ、桜庭よしみ！」

「は、はい」

「もしもあんたが、この番組のお天気キャスターのメインに座ったら、あたしはもうどこへも行けない。こんな三十路に片足突っ込んだ資格も何もない女を、いくら可愛いからといっても、どこの局や番組が使ってくれるというのよっ？　あんたが来れば、あたしは仕事と居場所をいっぺんに失うんだ。あんたはまだ若いじゃないか。あたしほどじゃないにしろ可愛いじゃないか！　どこかよそへ行ってよ。あたしを追い出して何が面白いのよ、目障《めざわ》りよっ」うううっ、言うだけ言うと、今度は涼子は立ったまま悔し泣きを始めた。

「どいつもこいつも、年だとか若作りだとか、バブル時代の化石だとか、あたしのこと好き勝手に言いやがって……！　畜生、うううううっ」

「じょ――冗談じゃないわ」

呆気に取られていたよしみは、息を吸い込むと、涼子に言い返した。冗談ではない。だからといって、新人をみんないびり出すなんて、ひどいじゃないか。

「涼子さん、ひどいわっ。出て行けだなんて！」

「ううううう。うるさい、あんたが刺さないんなら、あたしが自分で刺して死ぬっ」

涼子はよしみから包丁を奪い返すと、自分の首筋に当てようとした。

うわっ、危ない。

よしみは「やめて」と叫び、涼子から包丁を取り返すと、自分の背中に隠してひん曲げた。プラスチックの下敷きが曲げられて割れるように、包丁はパキンと音を立てて砕け、床に散らばった。

「と、とにかく、やめてくださいこんなこと。わたしだって、この仕事を必死で取って、明日のためにって頑張っているんです。番組を降ろされたくなかったら、努力して実力でキャスターの座を護ったらいいじゃないですか！」

よしみは、泣き崩れる涼子に「わたし、辞めませんから」と宣言すると、つかつかと給湯室を歩み出た。

「まったく、何なのよ。あの人、甘えてるわ。ジンマシンくらい何よ。こっちはやりたくてもまともにレポーターの仕事できなくて、人助けしてるのに怒られて処分されて、おまけに月に三着も、洋服燃やしてなくしちゃってるんだぞ――！」

ぷんぷんしながら、よしみは廊下へ出ると角を曲がり、スタジオへ向かって歩いた。

番組の見学を、続けよう。あんな人に、追い出されてたまるもんか……！

「どうして辞めたいのか、言えないのか？」

杉浦は、デスクの横に立ったままでうつむくよしみの顔を、覗き込んだ。

「桜庭？」

「――」

よしみは、何も答えない。

第二制作部フロアは、午前中のオンエアが終わって、取材や昼食に出るスタッフたちがざわざわとデスクの向こうを通る。杉浦は、よしみの顔を見上げたまま腕組みをする。

「ひょっとして……原因は、山梨か？」

えっ、と顔を上げそうになり、よしみは慌てて「いえ」と頭を振る。

「い、いえ。違います」

「ううむ」

杉浦は眉をひそめると、これまでに就任してすぐ辞めてしまった新人お天気キャスターたちのファイルを、取り出してめくった。

「どうも変なんだな。みんな現場に慣れて、これからっていう時に辞めてしまう。

本番の日にタクシーが来なくて遅刻して、それでオンエアが目茶苦茶になって自信をなくしたり、本番前に給湯室へお茶くみに行ったと思ったら、それきり帰ってこなかったり……。だがそのたびに、山梨がその場にいてリリーフをしてくれたんだ。現場では、山梨涼子への信頼感は高いんだが、あんなに都合よくトラブルの場に居合わせるのも、考えてみればおかしい」

「――」

「なぁ、桜庭ちゃん。もし山梨が原因なのなら、あいつには言わないから……」

「あ。いえ、違います」

よしみは、再び頭を振って否定する。

「本当に、わたし個人の、勝手な都合なんです」

そう言いながら、よしみは『あたしって、やっぱりお人好《ひとよ》しなのかなぁ……』と心の中でつぶやいていた。でも、あの時、廊下で自分の〈聴覚〉が捉えてしまった会話は、頭から消せはしなかった。

再び、一時間前のこと。

スタジオに戻ろうと、早足で廊下の角を曲がったよしみは、ガシャンと何かにぶつかってしまった。よしみに膝で蹴られた金属製の物体は、ひっくり返って廊下に転がった。

「あっ」

こともあろうに、それが車椅子であることに気づいたよしみは、慌てて駆け寄った。

「ご、ごめんなさい。大丈夫ですかっ？」

廊下に投げ出されていたのは、少年だった。よしみと背丈は変わらない。しかし「大丈夫？」と抱き起こすと、その面差《おもざ》しはまだ幼い。おそらく中学生だろう。

「大丈夫です」

さらさらの髪をした少年は、はっきりした口調で答えた。声変わりしてまだ日も浅い、大人の男になりかけの声だ。

「僕も、きょろきょろしながら歩いてたから。僕のほうが悪いんです。ごめんなさい」


あの子が、出てこなきゃなぁ……。

よしみは思う。

いい子だったからなぁ。


「お姉さんこそ、大丈夫ですか？」

車椅子に乗せ直してもらいながら、少年ははっきりした声でよしみに訊いた。十四歳くらいだろうか。セーターとジーンズの身体は、しっかりと骨格があって、肩を貸しながら椅子に座らせる時よしみは『ああこの子って、男の子だな』と感じた。

「わたしは大丈夫よ、全然。ごめんね」

　何となく、苗場へ行った時の橋本克則を、ちらりと思い出した。さらさらの髪の下からこちらを見る目が、似ているような気がした。克則の中学生時代って、ひょっとしたら、こんな感じだったのかな……。

「どこへ行くところ？　よかったら、送ろうか」

　よしみは、頼まれなかったけれど、少年の車椅子のハンドルを取った。

「どこっていうわけじゃないんです。ちょっと、人を捜していて」

「誰を？」

　番組の見学は今日はもういい。突然ぶつかったこの少年を、送ってやろうと思った。

「わたしの知っている人なら、捜すの手伝うわ」

「僕、姉に会う約束なんです」

「お姉さん？」

「はい」

　少年はうなずいた。

「山梨涼子って、いうんですけど」

　げ……？

「どうかしましたか？」

「あ。いいの。何でもない」

よしみは、プルプルと頭を振った。

「りょ、涼子さんなら、わたしもお世話になっているわ。同僚なの、一応……」

「そうですか。僕、山梨淳一といいます。姉が、いつもお世話になりまして」

少年は礼儀正しく、ぺこりとお辞儀をした。

「わたしは、桜庭よしみ。よろしくね」

「あっ、桜庭さんって、ひょっとして姉と交代でお天気に出るようになった人ですか」

「そ、そうよ」

「そうですよね。昨日の〈もぎたて〉、僕、見ました。よしみさんって凄いですね。姉の天気解説よりよしみさんの話のほうが、ずっとわかりやすくて面白かった」

淳一と名乗った少年は、よしみを見上げて笑った。

「僕、ファンになりました。頑張ってください」

「あ、ありがとう」

思わず、よしみは少年と握手してしまう。どうしてあの涼子さんに、こんな年の離れたさわやかな少年の弟が……？　思いながらも、少年の車椅子を廊下の奥へ向け直すと、よしみは角の向こうを指さした。

「涼子さんなら、給湯室のほうで見かけたわ」

押していくのは、ちょっと気が引けた。少年にも、そんな気はないようだった。

「ありがとう」

少年は礼を言うと、みた感じでは健康そうな腕で車輪を回し、キュルキュルと行ってしまう。角の向こうに、見えなくなる。

よしみは何となく立ち去りたくなくて、角のこちら側で耳を澄ませた。

(これは――盗み聞きじゃないのよ、イグニス。あたしを追い出そうとした涼子さんの事情を、知りたいじゃない？　あたしには知る権利があるわ)


本当は、聞かなければよかったかもしれない。

だがよしみは、十五メートル向こうの壁を隔てた会話を、超人の〈聴覚〉でつい立ち聞きしてしまった。


「姉さん、泣いていたのかい？」

給湯室で姉を見つけた淳一が、声をかける。

「どうしたの。何かあった？」

「な、何でもないよ」涼子が、すすり上げながら答える。「淳一、病院のほうは？」と、すぐに元気な声になっていく。

「先生に、外出の許可をもらったから。今日一日、大丈夫だよ」

「そう」

「それより姉さん、仕事のしすぎなんじゃないかって、先生が心配してた。この間、検査した姉さんの肝臓、相当悪いらしいよ」

「なぁに言ってるのよ淳一。姉さんはね、『鉄の肝臓』って言われてんだから。余計な心配するんじゃないよ。かっかっかっかっ」

高笑いする涼子。

「姉さん……」

「さぁて、今日はお給料出たからね。久しぶりの外出だろ。新しいセーター買ってあげようね。それから、うんと美味《おい》しいものでも食べに行こ」

「……」

「何て顔よ」

「……だって」

「心配するなよ淳一。あんたのことは、あたしが絶対護ってやる」

給湯室の中で、涼子が身をかがめて車椅子の少年を抱き締めるのがわかった。

「父さんの会社が潰れて、小さいあんたが無理心中につき合わされかけて……。海の底の車の中から、やっと生きて還ってきたんじゃないか。もうあんな目には遭わせないよ。あんたのことは、どんなことをしてでも、あたしが護ってやる」

「姉さん……」

「淳一には、あたしがいるから。この世に二人きりでも、辛い思いはさせない」

涼子さん――姉弟二人きりだったのか……。

よしみは、廊下の壁にもたれて、目を伏せた。


「それで、これからどうするんだ」

杉浦龍太郎は、デスクの椅子で煙草《タバコ》に火を点けながら訊いた。

「は、はぁ……」

立ったまま、よしみは首を傾げる。

「はぁ？」

龍太郎は、点けかけた煙草をギュッと消した。

「おい、桜庭！」

「はい」

「先の見通しも何もなくて、いきなり『辞めます』なんて言いにきたのかっ⁉」

「あ、あの。いえ……」

「いいか。この業界を嘗《な》めるな。浮ついた軽薄なテレビ局でもな、真剣に仕事している奴はたくさんいるんだ。何に同情したのか知らねえが、俺の番組のコーナーを放り出すなら、それ以上の仕事をやってみせろ。そうしないと、承知しねえぞっ！」

杉浦は、ドンとデスクをたたいた。積み上げられたファイルが、ばさばさっ、と床にこぼれた。

「は、はい……」

「わかったらいいよ。もう行け」

潰れた煙草を灰皿からつまみ上げて、杉浦龍太郎はフロアの出口を指した。

「あ、あのう」

「何だ、桜庭」

「涼子さんのことは……本当に、何でもないんです」

「桜庭」

「はい」

「水無月美帆が——君のことを『友達だ』って言って頼んできた理由が、わかるよ」

若い頃はドラマ作りに燃えていたという中年プロデューサーは、ため息をついた。

「だがな桜庭。プロの世界は、厳しいんだぞ。君が思っているより、世の中は汚ねえことがたくさんある。これからフリーでやっていくなら、驚くようなことにたくさんぶつかるぞ。それだけは、覚えておけ」

「は、はい」

よしみは、ぺこりと頭を下げた。

「ありがとうございました」

4

「それで、〈もぎたて〉を辞めちゃったの？」

「う、うん」

美帆に訊かれて、よしみはコクンとうなずく。

でも、プロデューサーの杉浦に「辞めさせてください」と理由も告げず頼み込んだ時の勢いはなく、よしみは歩道に面したテラス席のテーブルに置かれたカフェオレにも、手をつけないままだ。

「ごめんね、美帆。せっかく紹介してくれたのに……」よしみは、向き合った席の美帆に顔を合わせづらくて、うつむいたまま紙ナプキンを折り返した。

「何か、勢いだけで、とんでもないことしちゃったかな」

「ま、よしみらしいよ」

美帆は、黒いサングラスを掛けたまま笑った。

白金台の緑が、歩道の上を屋根のように覆っている。古くからある〈ブルーポイント〉というオープン・カフェのテラス席だ。

美帆は、約束通りにランチに来てくれた。午前中でスタジオの撮影が全部終わり、午後からはロケだという。束の間の昼休みだ。二人で、九八〇円のサラダ付きパスタランチを頼んだ。

「ねぇ、よしみ」

歩道に面した店だからか、大きめのサングラスを外さない美帆は、まるで白黒映画でランチをするオードリー・ヘプバーンみたいだ。

「やっぱり、挑戦してごらんよ。その〈熱血〉のミニ特集勝負」

「でも、ネタが〈謎のスーパーガール〉なのよ」

よしみは、運ばれてきたペペロンチーノ・スパゲッティーの皿にも、フォークをつけようとしない。

「自分で自分の正体をばらすような取材なんて……。あたし、できないよ」

「うまく正体をばらさないようにして、よしみのこれまでの活躍だけを、クローズアップすればいいじゃない。やり方次第《しだい》よ」よしみの実力ならきっとうまくいくよ、と美帆は励ます。

「よしみの活躍を世の中に認めてもらう、いいチャンスなんじゃゃない？　それに、今度の〈熱血〉を獲《と》らなきゃ、当分テレビの仕事はないんでしょ」

「そ、それは……そうなんだけど」

お天気キャスターになったけれど、すぐに辞めました——なんて履歴書に書いたら、何か問題を起こしたんじゃないかと疑われる。今すぐには、どこのどんな番組のオーディションを受けても、使ってはもらえないだろう。

「どうしよう……」

「よしみ、わたしに約束して。挑戦するって」

「う、う～ん」

「そうしたら、わたしからも杉浦さんに謝っておいてあげる」

「やってみてもいいけど……。自信がないよ」

「どうして」

「だってさ。あたし最近、何をやってもうまくいかないんだもん。仕事も、恋もさ……。全て順調にいっている美帆が、うらやましい」

「わたしは順調じゃないわ。いつも綱渡り。いつも悩みばっかり」

美帆は、サングラスのまま頭を振る。

「どうしてこうなっちゃったんだろうって……。肩の重みを放り捨てて、ただの一人の女としてどこかへ逃げてしまいたい——なんて思うことがあるわ」

「美帆が本気でそんなこと、思うわけないよ。いつか『女優は天職だ』って——普通のOLやるくらいなら、舞台から落ちて死んだほうがましだって、言ってたじゃない」

「表現の仕事は、生きている限りしたいわ。でも……あぁ来年も一年間、事務所のために売れなくちゃいけないのか。次のコンサートツアーのスポンサーも探さなくちゃ、CMの契約も更新してもらえるように頑張らなくちゃって、最近は肩のあたりにプレッシャーばっかり。何も考えずに演技だけしていられたら、どんなにいいだろうって思う」

「ふうん」

よしみは、いつもより濃いめのサングラスをした美帆に「仕事、忙しい？」と訊く。

「今度のドラマは、予定通りに撮り上がりそうだけど。そのあとは休みなしで、新曲プロモーションで全国行くの」

「日本中、回るの？」

「うん。全国四十八カ所のCDショップ回り」

「美帆でも、そんなことするの」

「台の上に立って歌ったりはしないけど、サイン会と握手会をたくさん。最近、ネット配信とか普及してきたでしょう。なかなかお客さんがCDショップまで来て、商品を買ってくれないの。だから歌手も、自分の足で出て歩かないと。CMタイアップだけじゃ、足りないわ」

「そうなんだ。大変だね」

「あ、そうだ」

美帆は、ふいに思い出したように、テーブルの足元から黒い大きな紙袋を取り出した。

「はい、よしみ。これ」

「何？」

「わたしからのプレゼント」

「プレゼントって」

がさっと受け取りながら、よしみは角ばった大きな紙袋に目を丸くする。黒字に白く、ソニア・リキエルと染め抜かれている。

「美帆、これ……」

「燃やしちゃったんでしょ？　ソニアのスーツ。それ、同じやつ」

「み、美帆」

よしみは、驚いて美帆の顔を見る。

「いくら何でも、高いよ」

「いいのよ。わたしからの気持ち」

「気持ち……？」

「それを着て、取材頑張りなよ、よしみ。衣装がいいと、気合が入るよ」

サングラスの美帆は、でもなぜかよしみをまっすぐに見ず、通りの街路樹に顔を向けたままでそう言った。

「頑張って、〈熱血〉の席を獲りなよ」

「う、うん」

よしみは、美帆の横顔を見た。黒いサングラスに、覆いかぶさる街路樹の緑が映り込んでいる。

どうしたんだろう、美帆。

よしみは不思議に感じた。

美帆はこれまで、よしみを精神的にバックアップしてくれてはいたけれど、物をくれたりしたことはなかった。でも、よしみがこのところの出動でだいぶ洋服を燃やしてしまい、困っていることも事実だ。そんな窮状《きゅうじょう》を知っているのも、親友の美帆だけだ。

もし〈熱血〉に出ることになれば、毎晩違うスーツがいる。今の自分に、とても毎晩のレギュラー出演に耐えられるワードローブはない。それ以前の〈特集〉勝負にだって、気合の入る服がいる……。よしみは、ここは美帆の好意を喜んで受けることにした。

「ありがとう美帆。困ってたの」

「どういたしまして」

美帆が笑うと、テラスの椅子で伸びをした。

「ああ、緑がきれいね」

「あたしは、景色をきれいなんて感じている余裕ないよ」

「うん。でもきれいだわ……。哀しいくらい」


二人とも、なぜかスパゲッティーをあまり食べないうちに、ランチの時間は過ぎてしまった。白金通りのテラスの前に富士桜テレビのロゴをつけたロケバスが横づけすると、「美帆さん、お迎えにきました」とドラマ制作のＡＤが走って呼びにきた。

「橋本さんのほうは、もう調布の現場へ行かれています。急いでください」

「そう。ごめんね」

美帆はテーブルから立ち上がり、ショルダーバッグを肩に掛ける。

「美帆、これからロケ？」

「調布の飛行場でなの。今夜は徹夜かな」

「うまくいくといいね、ドラマ」

「うん」

美帆はうなずく。

「きっと、うまくいくわ」

行ってしまう。一人テーブルに、ぽつんと残るよしみ。

そういえば、今日は克則のことを何も話さなかった。

どうして話さなかったんだろう。

これから美帆は、夜中まで彼と差し向かいで演技をするのだろう……。いいなぁ、と思いながら背中を見送っていると、美帆はふいにくるりとこちらを振り返った。ロングスカートにローヒールの大股で、つかつかと戻ってくる。

「ねぇ、よしみ。言い忘れてたけど」

「な、何？」

「親友として、一つ忠告させて」

「忠告って……」

「今度の〈特集〉勝負は、たとえ何が起きても、変身していなくなっちゃだめだよ」

「え」

「よしみ一人がいくら頑張っても、どうにもならないことだって世の中にはあるし、逆によしみが出ていかなくても何とかなることだってきっとあるよ。今は、あなたの仕事を最優先させなさい」

「うん……」

よしみがうなずいていると、後ろからＡＤが「美帆さん、時間です」と呼んだ。


午後一時。

富士桜テレビの報道スタジオでは、一人でライトを浴びた中山江里が、〈お昼のＦＴＶニュース〉の原稿を読んでいた。

「――東京タワーに激突した〈日本全滅しねしね党〉の乗っ取った飛行船は、無事警察によって回収されましたが、ゴンドラ内部は無人でした。三十二歳のリーダーを中心とする、〈しねしね党〉のテロリスト一味は、すでに東京タワーの現場から逃走していたものと見られています。警視庁では、都庁放火事件の主犯である一味の行方《ゆくえ》を追って、捜査を続けていく方針です」

ディレクターが「ＯＫ」サインを出して番組が終わると、江里は「お疲れ様」とにこにこ笑いながらスタジオを出て、アナウンス部の自分のデスクには寄らずに、〈熱血ニューズ〉の制作オフィスへ向かった。江里を推薦してくれている局プロデューサーと、〈ミニ特集〉の題材を打ち合わせる予定だ。

「やっぱり、先日の都庁事件で高層ビルに対する火災の恐怖が高まっているからな。ここは手堅く、テーマを『首都の防災態勢』にするのはどうだろう」

「賛成です、プロデューサー」

江里は、はいっと元気よく手を上げるようにして、プロデューサーの提案に賛成した。小さい頃からエスカレーター式の女学院で優等生だった江里は、発言する時に「はいっ」と元気よく手を上げる癖があった。

「都の防災総局と、消防庁と、ついでに古くなった都心の建物の防災設備などを取材するといいと思いますっ」

「うむ、そうだな。どうせ柄本の奴はテーマに奇をてらってくるだろうから、こちらはあくまでオーソドックスに行こう」

「はいっ。では早速、取材に出ます」

「ああ、だが江里くん。君は一つ、大事なことを見落としているぞ」

「何でしょうか」

「スポンサーだよ。〈熱血ニューズ〉のスポンサーには、電力会社が入っている。帝都電力株式会社だ。帝都電力の災害発生時の電力供給態勢についても取材をすれば、受けは間違いないぞ」

「はいっ。賛成です、プロデューサー」

その隣の会議室では、ようやく〈ミニ特集〉の勝負に臨む気持ちを固めたよしみが、柄本に参戦を報告していた。

「よし。勝負に臨む覚悟ができたか」

「は、はい」

「よし、では早速取材に入るぞ桜庭。どうせ局プロデューサーと中山のコンビは、毒にも薬にもならないオーソドックス路線でくるだろうから、こっちは思いっきり面白い〈特集〉を作ってやろうじゃないか」

「はい」

「いいか桜庭。スポンサーなんか気にするなよ。スポンサーの顔色なんか窺っていたら、ろくなニュースなんかできないぞ。自分の信じたままを、思いっきりぶちかませ！」

柄本は眼鏡を光らせて、会議室の真ん中に立つよしみに気合を入れた。

「わかったか、桜庭」

「わかりました」

「よし、ではまず手始めに、〈謎のスーパーガール〉のパワーの凄さを物語る『証拠』を取材しに行こう」

「パ、パワーを物語る『証拠』、ですか……？」

「そうだ桜庭」

柄本はうなずいた。

「〈彼女〉のパワーを物語る、一番の『証拠』がある。それは〈日本全滅しねしね党〉の乗っ取った飛行船だ」

「飛行船、ですか」

「そうだ。東京タワーに激突した飛行船は、どう考えても自力でぶつかったのではない。国土交通省航空局の協力を得た警察の分析では、あの軟式飛行船は実に時速六〇〇キロメートルという猛スピードで、第二展望台の下部に激突している。時速六〇〇キロだぞ。どうやって軟式飛行船にそんな速度が出せる？　スーパーガールが思いっきり振り回して投げ飛ばしたのでなければ、あんな運動は不可能だ」

「はぁ……」

「飛行船は、ゴンドラ部分は無事だったようだが、鉄塔に激突した船体はぐちゃぐちゃに潰れて、使用不能のスクラップになってしまった。所有していた調布の飛行船会社は、虎の子の宣伝用飛行船が破壊されたので、『大損害だ』と青筋立てて怒っているそうだ」

「お、怒ってるんですか。やっぱり」

「うむ。経営者の親父《おやじ》が、そりゃもうカンカンになって怒っているそうだ」

「はぁ……」

「だが、一番怒っていたのは、俺は実は〈彼女〉だったんじゃないかと思うんだ」

「は？」

「いいか。俺のこれまでの分析では、スーパーガールは人命救助の際に、器物を壊すという行為をほとんどしていない。羽田のハイジャック事件でも、〈彼女〉は777《トリプルセブン》旅客機を空中で三六〇度振り回したと見られるが、機体はそっと降ろしている。

　だが先日の都庁事件だけは、飛行船を、こう、何か怒りに任せたかのように無茶苦茶に振り回し、力任せに投げ飛ばしている。犯人グループのテロリストを警察に逮捕させる目的ならば、強制着陸させるだけで十分だったはずだが、〈彼女〉はそうしなかった。俺が思うに、きっと〈彼女〉は〈しねしね党〉のやったことが許せなくて、『正義の怒り』に燃えていたのではないだろうか？　だとしたら何と人間的で、素晴らしい正義の味方じゃないか！　君もそう思わないか桜庭──ん、どうした桜庭？　またどこか痒いのか」

「い、いいえ。何でもありません」

「では早速、飛行船の残骸《ざんがい》が格納されている、調布の飛行船会社へ向かおう。経営者が青筋を立ててるくらいの、見事な船体のぶち壊され方をＶＴＲに収め、〈彼女〉のパワーの凄さを視聴者に知らしめるんだ！」

「あ、あのう柄本さん」

　よしみは、嫌そうに柄本の顔を見上げた。

「やっぱり……あたしも行かないとだめですか」

「当たり前だっ。君の〈特集〉だぞ」


ただちに、柄本とよしみを中心とする取材チームの出発が決められた。

最初の取材先は、調布飛行場だ。

ついに〈熱血ニューズ〉のアシスタント・キャスターの座を賭けた、真剣勝負が始まったのだ。柄本はサポートしてくれるだろうが、インタビュー取りもコメントも、全部自分がしなくてはならない。よしみにとっては、初体験の大仕事だ。

よしみは、取材の機材と技術スタッフを乗せたロケバスが仕立てられるわずかな時間を縫って、化粧室へ駆け込むとバッグから携帯を取り出した。

液晶の画面に、キー操作で橋本克則の携帯の番号を選び出す。

ああでも、ドラマの撮影の真っ最中なら、いつものように留守番電話サービスだろうな……。

よしみは思い直し、克則の自宅マンションの電話番号を選んで、発信にした。

(克則が、出なくたっていいんだ……)

よしみはただ、克則の声が聞きたかった。

スーツのミニスカートの下で軽く膝が震えている。

留守録の、応答メッセージだけでもよかった。彼の声を聞いて、これから人生を賭けた闘いに出る自分を、励ましたかったのだ。

(克則。励まして。あなたの声で、あたしを励まして)

プッ

プルル

プルルル――

だが、

(え……?)

繋がった先の音声を聞いて、よしみは耳を疑う。

〜煤《すす》けた花瓶に
咲いてる花さえ
想い出と枯れてゆくの

携帯電話につけた耳に、歌が流れ込んだ。

(何だ、美帆のところにかかっちゃった?)

BGMは今月出たばかりの、美帆の新曲だ。

よしみは、番号を間違えて選んだのかと思った。だが液晶画面に出ている表示をもう一度確認すると、橋本克則の自宅電話番号だ。

間違いじゃ、ない……？

すると

『はい。橋本です』

克則の録音された声が、水無月美帆の新曲にかぶさって、よしみの耳に届いた。ぼそっとした克則の声の後ろに、歌声は華やかに流れる。

〽そう

わたしはただの

女になりたい

ありふれた幸せの中で

『ただ今、ドラマの収録で、忙しくしています。御用の方は、発信音のあとにメッセージを入れてください。それじゃまた』

いつの間に美帆の曲を——

克則は、留守録の応答メッセージにＢＧＭなんかつける人じゃなかったのに……。

ピーッ

よしみは携帯を耳から離し、思わず眺めてしまう。

ピーッ

5

午後一時半。

よしみよりも一足早く、取材用のロケバスを仕立て終わった中山江里は、さっそく局プロデューサーと報道局技術スタッフの助けを借り、〈特集〉の制作にかかっていた。

最初の取材先は、一昨日燃えた都庁だ。白い都庁ビルは、二十階から上半分が真っ黒になって全滅状態だったが、それより下部では通常の業務が再開されていた。

上部半分が黒焦げの都庁ビルを背景に江里はマイクを持ち、〈特集〉の『前振り』を収録すると、すぐに中へ入った。

十五階にある防災総局では、局プロデューサーの東大での先輩だという防災総局長が、面会に応じてくれた。霞が関の総務省から都《と》に出向しているキャリアだという。

「ほう。富士桜テレビの女子アナウンサーというのは、君かね」

「はいっ。中山江里と申します」

長い髪をカチューシャで留め、おでこを出した江里はぺこりとお辞儀する。その横で、局プロデューサーが紹介をする。

「先輩、彼女はもうすぐ〈熱血ニューズ〉のアシスタント・キャスターになるんです」

「ほう。そうか、そうか」

プロデューサーの大学時代の知り合いということで、急なインタビューに応じてくれた四十代前半のキャリア官僚は、西新宿を見下ろす革張りの応接セットに江里を招いた。ポマードの頭が、広い窓ガラスを背景にてかてか光る。

「女性キャスターか。いいなぁ、初めて見るな。才色兼備というやつだな。はっはっは」

「防災総局長、早速ですが……」

黄色いスーツのスカートの膝を気にしてソファに掛けた江里は、おもむろにマイクを向けようとするが、

「まぁコーヒーでも飲みたまえ。はっはっは」

防災総局長は、ソファにふんぞり返って笑った。

外のフロアでは、大火災の後片づけで忙しく事務用機器などを運ぶ職員たちが往来していたが、絨毯《じゅうたん》の敷かれた総局長室の中は、全然関係ないみたいにのんびりしていた。

「先輩。法学部を出て以来ですねぇ」

「そうだな。お前もなかなか、華やかでいいところにいるじゃないか、はっはっは」

「あのう総局長」

世間話を弾ませようとするプロデューサーとキャリア官僚を制して、江里は撮影に入る前の〈事前インタビュー〉に踏み込む。取材対象者を緊張させないため、最初はカメラを入れずにインタビュアーが話を聞くのだ。

「最近、テロ行為による高層建築の火災が続き、きっと一千万都民は不安を感じているのではないかと思うのですが……」

「おう、そうだな」

総局長は、江里にうなずいた。

「一昨日はここも派手にやられちまってなぁ。参った参った。話に聞くと、まだ捕まっていないらしいじゃないか。〈日本全滅しねしね党〉の親玉」

「はい。いつまた、同じような高層建築の火災事件が起きるかわかりません。火災はテロによるものとは限らず、今全都民の目が、火災の防止に向いていることは確かです。ここは都としても、〈防災態勢の総点検〉を視野に入れるべきなのではないでしょうか」

江里は真剣に質問するが、

「そうねぇ。心配だねぇ。はっはっは。ところで中山江里くんといったか。君、出身大学はどこだね」

「は――S心女学院ですが？」

「そうかそうか。いや実は僕はね、国立だったからセンター試験を受けたんだよ。中山くんも受けたことあるかなぁ？　センター試験」

総局長は、ぎょろっとした目で江里を見る。

「い、いえ。わたしは学院内進学でしたので……」

「そうかそうか。いや君、それで僕がいったいね、センター試験の得点何点で東大の文Ⅰに入ったと思う？　ちょっと想像できないかなぁ。はっはっは」

「は――？」

全然関係ない問い返しに、わけがわからず絶句する江里の横で、合いの手を入れるように局プロデューサーが「先輩のことですから、九三〇点くらいですか？」と訊く。

「いやー君。それが古文でしくじっちゃってねぇ、八七六点だったんだよ。たったの」

「えぇっ」

局プロデューサーが、わざとらしく驚いた。

「先輩、一次がたったの八七六点で、文Ⅰに入っちゃったんですか⁉　そりゃあ凄い」

「いやぁ。僕は、ずぼらだからねぇ」

総局長は、にこにこ笑いながら得意そうに頭を掻いた。

「いえいえ。豪快と言うべきですよ」

局プロデューサーが、ポンと手をたたく。

「東大卒業時の、国家公務員Ⅰ種試験の時がまたねぇ。これまたできが悪くってねぇ」

「そんな、またまたご謙遜《けんそん》を」

防災総局長と局プロデューサーが肩をたたき合って笑い始めたので、江里は「あのう、ちょっと失礼します」と席を立った。

「どこへ行くんだね、江里くん」

「ちょっとトイレへ」

「そうか。はっはっは」

フロアの廊下へ出ると、江里は背中でばたんとドアを閉め、「はあ」と息をついた。

「何なのよ、あの人たち。東大生と合コンすると、すぐ『自分はいかに低い点数で東大に入ったか』って自慢を始めるって聞いたけど……。四十過ぎてもまだやってるのかしら」

民放テレビ局から女子アナが取材に来たので、嬉しくなって自慢話を始めたのだろうか。しかしせっかく〈特集〉の取材に来たのに、あのおじさん官僚の自慢話をこれから延々と聞かされるのだろうか？

冗談じゃないわ——江里は思った。こうしている間にも、あのくそ目立ちたがり屋の桜庭よしみは、柄本ディレクターと組んで独自のネタを追い始めているはずだ。

上のほうで、名目だけ局長とか言ってる人じゃなくて——もっと現場で防災の問題点を鋭く指摘してくれる人はいないかしら……。

そう思いながら混み合う廊下を見回していると、紺色の制服を着た体育会系の感じがする三十歳くらいの男が、壁の消火栓を点検している。

男は、警察官のような制服だが、警官ではない。江里につき添ってきた撮影スタッフが廊下で手持ちぶさたに煙草をふかしているのを見つけると、つかつかと寄って「君たち、ここは禁煙だぞ」と注意した。

（消防庁の人——！）

しめた。何か聞けるかもしれない。

江里は、スタッフに煙草を消させている男にすかさず駆け寄ると、「〈熱血ニューズ〉ですが、何をされているんですか」と声をかけた。

「見ての通り、私は消防庁の検査官だ。建物の消火設備が基準に合致して適正かどうか、こうして安全検査をしているんだ」

男は答えた。よく日焼けして、逞しい。現場にも出動する消防官なのだろう。

「テロリスト一味が無力化してしまったものを、ちゃんと元通りに復旧できるかどうか、検査しないといけない——こら、そんなところに吸殻《すいがら》を放るんじゃない。向こうの喫煙所まで捨てに行け」

「あの、都内の全てのビルは、こうやって消防庁の検査を受けるわけなのですか？」

「その通り。消防法で決められているんだ。火災センサー、報知器、スプリンクラーと消火栓の設備。全ての項目で合格し、『適』のマークを交付されなくては、ホテルもデパートも営業できない」

消防官の男は、厳しい目で点検用のクリップボードをペンでたたいた。チェック項目は、百以上にも上るらしい。

「では、お訊きしたいのですが……。現在の都内で『防災上不安のある施設』といったら、どんなものがあるでしょう？」

「君たちは、テレビか？」

「はい」

「う〜む。じゃ、ちょっと取材してみてくれんかな」江里の袖の腕章を見た男は、少し声を低めて告げた。「ここだけの話だが……。さんざん指導して検査には合格しているんだが、どうも臭くてやばそうな建物が銀座にあるんだ」

「や、やばそうな建物が銀座に——ですか？」

同じ頃。

東京の郊外にある調布飛行場では、小型飛行機の使用事業会社の格納庫を借りきって、FTV二時間スペシャルドラマ〈真夜中にこんにちは〉のロケが行われていた。

「よーい、はい」

演出を担当するディレクターの合図で、演技がスタートする。

油に汚れたつなぎ姿で、単発機ビーチクラフト・ボナンザの主翼の下にもぐり込んでいる克則の後ろから、ジャンパースカート姿の美帆がそっと近づいていく。

静かな格納庫の空間に、美帆の小さい足音。

真剣に、ランディング・ギアの整備をしている克則。役名は、菊雄《きくお》というあまり垢《あか》抜《ぬ》けない名前の整備士だ。菊雄の背中から、妙子《たえこ》という役名の美帆が、声をかける。

妙子は菊雄よりも二つ年下だが、ずっと世の中に慣れている犬の訓練士、という設定だ。初めの脚本では、大企業で秘書をしているOLという設定だったが、『好きなことに打ち込んでいる女性がいい』という美帆の提案で変更になった。

「あいて」

声をかけられて驚いた菊雄が、ボナンザの主翼に頭をぶつけてスパナを取り落とす。

チャリン

「はい」

妙子は、落ちたスパナを拾い、自分の頭をさする菊雄に差し出す。

「た、妙子さん……どうしてここへ」

菊雄の顔は、驚いて嬉しいのと、『困った』という感情が半々だ。実は数日前、初めて声をかけた時に、『調布の飛行場で小型機のパイロットをしているんだ』と言ってしまったのだ。『素敵ね』と妙子には言われたが、実際は菊雄は、整備士だった。

橋本克則が演じる、格好はいいがあまり女の子に慣れていない技術屋の青年が面食らっている表情を、格納庫のもう一方から二台のＶＴＲカメラが捉えている。演出、照明、録音、全てのスタッフが息を殺し、演技を見守っている。本番だ。

「飛行機に乗せてもらおうと思って来たんだけれど……だめね」

美帆は、エンジン・カウリングを外されたボナンザを見て言う。

「今、ちょっとこいつ整備してるんだ。だからこんな格好で――」

「じゃ、いつなら乗せてもらえる？」

「いつって、その……」

「五、六年先？」

「五、六年って……」

「でも、資格を取らなくちゃ、飛べないんでしょう？」克則の顔を、見上げて見つめる美帆。「菊雄さん、整備士なんでしょう。整備士の資格でも、少しは飛べるの？」

「ご、ごめん……」

克則演じる菊雄は、うなだれる。

「嘘をつく気はなかったんだ。でも信じてくれ。半分は、本気だった」

「？」

「金をためて、事業用操縦士のライセンスを取るつもりなんだ。だから、『いつかは』って――そんな気持ちで、あの時、君に……」

唇を噛む克則。ここは立ち稽古の時、美帆から何度もやり直しを要求されたシーンだ。克則は渾身《こんしん》の演技で、悔しそうな青年を演じる。

「寂しそうだった君を励ましたくって、つい言ってしまったんだ。整備士じゃ、女の子をわくわくさせてやることなんか何もできそうにないし……」

そんな克則を、真剣な眼差しで見上げる美帆。

「馬鹿ね」

「え？」

「わたしが、あなたにそんな類《たぐい》の格好よさなんて求めてると思った――？」

「カット」

ディレクターが合図すると、全てのスタッフが「カット」「はい、カット」と作業を中断する。

三十代のディレクターは、主演の二人が立つ場所へ歩み寄ると、演技の注文をする。

「美帆ちゃん、今の『馬鹿ね』だけど。目がもう『好きよ』って言ってしまってるよ。もっとちょっとこう、じらせないかな。このあと二人は、いったん喧嘩をするんだし」

「だって、この時点で、すでにわたしはこの人を好きなのよ」美帆は、前に立った克則の広い胸を、人差し指でちょんとつつく。「好きなんだから、目で『好きよ』って言ったっていいじゃない？　むしろ、そうするべきだと思う」

「う〜ん。橋本くん、君はどう思う？」

「え。あ――俺は……」

結局、美帆の意見が通って、撮影は次のシーンへ進む。菊雄と妙子が誤解から喧嘩してしまうシーンは、スタジオですでに撮り終えているので、今度はシーン・ナンバーを飛ばして数日後の仲直りする場面だ。

「愛してるよ」

機体の前に立ち、美帆を見つめて克則は囁く。

見上げて見つめ返す美帆。

「愛してる。本当は、初めて会った時から……」

深夜の会議室で稽古していた、〈歯の浮くような愛の台詞〉だ。しかし克則に不自然さはなく、真に迫った口調に撮影しているディレクターやスタッフたちも『見事な演技だな』とうなずき合う。

「俺は君の泣く顔が忘れられなかった。君を泣かしたのが何なのか、ずっとそればっかり考えて、嫉妬《しっと》していたんだ」

「菊雄さん……」

美帆は、口づけの形に目を閉じる。

「……昔のことなんて、もう忘れたわ」

「カット」

「はい、カット」

「今のシーン、ＯＫだ」

「今のシーン、ＯＫです！」

ディレクターの『ＯＫ』をＡＤが大声で伝えると、格納庫内のスタッフ全員がぱちぱちと拍手をした。

だが、まだ撮らなくてはならないシーンはたくさん残っている。ドラマ撮影では、カメラを移動させるとそのたびに照明のセッティングをやり直さなくてはならないので、同じアングルで撮れるシーンをまとめて撮影してしまう。撮りきって初めて、別のアングルのシーンに進むのだ。だからキスそのものより、キスしたあとのシーンが先に来たりもする。

「カメラの位置を変えて、次はシーンナンバー＃65『キスしたあとの菊雄と妙子』です。キスシーンはそのあとで、アップで撮ります」

　予定表を読み上げるＡＤの声に従って、技術スタッフたちがセッティングのため一斉に動き出す。ディレクターは、横の女性スクリプターと台本のチェック作業に入る。菊雄がどちらの手に工具を持っていたか、美帆はキスされる前に右足を出していたか左足を出していたか、全てを細かく記録して、シーンが『繋がる』ようにするのだ。

　この間、俳優は作業の邪魔にならない撮影場所の隅で、次のシーンの台詞や登場人物の感情を反芻《はんすう》しておくのが常だ。撮影は、ドラマで放映されるシーンの順番通りには進まない。喧嘩もしていないのに仲直りしたり、キスしていないのにキスのあとの興奮を演じたりと、俳優たちにとっては『感情の入れ替え』が一番難しい。

「菊雄さん、ちょっと」

　美帆は克則を役名で呼ぶと、黒く汚したつなぎの袖をつまんだ。「キスしたあとの演技、どうしても一カ所納得できないわ」と言うと、もう片方の手に台本を持って、格納庫の隅へ引っ張っていく。

「ど、どこかな」

　一番難しいと感じていたシーンを演じきったので、半ば放心していた克則は、戸惑いを隠せない顔で美帆に続いた。この撮影が始まってから、引っ張り回されっ放しだ。

「いいから、ちょっと」

「わ、わかった」

美帆と克則は、格納庫の片隅に行って向き合うと、次のシーンの演技のおさらいを始めようとする。だがそこへ、プロデューサーの許可を得た各局ワイドショーの取材班が「美帆さん」「美帆さん、ちょっとすみません」と押し入るようにやってくると、レポーターが群れをなして二人にマイクを向けた。

「美帆さん、今回は代役に、橋本さんを自ら指名されたそうですが——？」

克則は『邪魔されたくないな』という顔をするが、美帆は苛立たしい気持ちも表情には出さない。向けられたマイクに、はっきりした笑顔で答える。

「プロの俳優として、信頼できる橋本さんをわたしが指名しました」

「橋本さんは、来週からハリウッドでの合作映画撮影に入られるわけですが、美帆さんからは何かアドバイスをされましたか？」

「いいえ。わたしから彼にアドバイスすることなんて、何もありません。ただ食べ物に気をつけて、頑張ってほしいと応援しました」

「橋本さん。お相手をされていて、美帆さんはどんな女性ですか？」

「やはり『お嫁さんにしたい女優№1』ですか」

「あ。いや、その……」

「橋本さん。ハリウッドではあのマイクル・フォーサイスとの共演も予定されているそうですが、何か抱負は？」

「ああ。それは、あの……」

撮影現場の喧騒は、休みなく続いていく。

6

「ねえ、これどうかな」

銀座の老舗《しにせ》・黒木屋《くろきや》デパート本店は、戦後すぐに建てられたという七階建ての古いビルだったが、屋上に招き猫の形をした巨大宣伝ネオンが載っているので、和光やソニービルと並んで有名な建物だ。

午後になって仕事の終わった山梨涼子は、弟の淳一の車椅子を押し、黒木屋デパート四階にある紳士服売り場でセーターを選んでいた。

売り場は混み合っていた。

「ねぇ。ほら、似合うよ淳一」

「少し高いんじゃない？　姉さん」

「気にするなよ、こら」

涼子は笑って支払いをすませ、白いセーターを包んでもらった。

「ねえ淳一、覚えてるかなぁ」

涼子は懐かしそうに、古いデパートの売り場のフロアを見回した。

「ほら。あたしが中学三年の時、母さんと淳一と三人でここへ〈ルノアール展〉を見に来てさ、七階の展望食堂であんみつ食べたじゃない」

「覚えてないよ。僕、赤ん坊だったもの」


山梨涼子と淳一は、年の離れた姉弟だ。

淳一は幼い頃、両親の無理心中に巻き込まれ、車ごと海に沈められそうになってから、もう何年もリハビリの生活を続けている。でも、『このまま一生歩けないかもしれない』などという弱音《よわね》は涼子に言ったことがない。本当は、「僕なんかもう歩けやしないいんだ！」と不安のあまり病室で暴れたこともある。でも、自分のために頑張って働いている姉にはそういうところは見せたくなくて、二人で会うときには努《つと》めて明るく振る舞い、冗談も言った。

両親の経営する会社が倒産した時、姉の涼子は大学のサークルの旅行に出かけていて、東京にいなかった。当時はアルバイトもしたことのない、『箱入りお嬢様』だった涼子は、しかし海底の車の中からただ一人助かった淳一を養うため、卒業するとすぐにタレント・プロダクションへ登録したのだった。アナウンサー志望だった姉は、東京のキー局がだめでも、地方のテレビ局の採用試験を受けまくれば、どこかで局アナになれたかもしれない。でもそれでは重傷を負った淳一の面倒が見られないと、涼子はあえて不安定なフリーの道を選んだ。

両親の財産は何も残らなかった。仕事と収入を維持するため、野生の母狐みたいに死に物狂いになっている姉を見ると、淳一はそのたびに『僕もしっかりしなくっちゃ』と幼い胸を奮い立たせてきた。

でも、涼子に押されて外が見えるエレベーターに乗った時、デパートには場違いな中年男が不機嫌そうにふかす煙草の煙に姉が迷惑そうな顔をしても、淳一には姉のために男を注意することすらできなかった。

僕は、この腕で姉さんを護ってやることはできないんだ——そう感じると、十四歳の淳一は姉から顔を背けて、小さく唇を噛んだ。

くたびれたコートの中年男は、煙草を振りながら途中の階で降りていったが、淳一はなかなか笑顔を取り戻せなかった。

「ねぇ、今の人、お酒臭かったよ。何だろうね」

「う、うん」

チン

七階のドアが開く。

「さ、淳一。あんみつ行こうよ。あんみつ」

「うん……」

涼子は、淳一の車椅子を押し出す。

ざわざわと華やいだ空気は、二つの催し物会場と、展望大食堂だ。

古い建物なので、買い物客の通れるスペースは狭い。涼子は「ちょっとすみません、すみません」と声をかけながら椅子を押していく。


その黒木屋デパートの地下二階。

「黒木社長。早速お訊きしたいのですが」

昔の防空壕ってこうじゃなかったろうかと思えるような、コンクリートの洞窟のような地下売り場のバックヤードで、中山江里がマイクを手にインタビューを始めていた。

江里の前に立つのは、笑ったような細い目に蝶ネクタイを締めた、小柄な初老の男だ。このデパートの前身である〈黒木屋呉服店〉を元禄《げんろく》時代に創業した一族の末裔《まつえい》、黒木渉《わたる》社長（59）である。

「このデパートは、消防庁から『スプリンクラーがついていない』と指摘されたそうですが……？」

「いえいえ」

蝶ネクタイの初老の男は、「心外だ」とばかりに頭を振る。黒木社長本人は、パンプスの江里から見下ろせてしまう背丈だが、ＶＴＲカメラのフレームに入らない背後に、屈強な大柄のボディガードを二人も立たせている。

あそこの経営者は、名うてのケチだからな……。

職務に忠実そうな検査官は、困った顔で江里にそう告げた。ついさっきのことだ。

都庁の廊下で偶然、消防検査官から情報を得た中山江里は、検査官が『臭い』と指摘した建物――この黒木屋デパート本店ビルを取材しようと、銀座へ飛んできたのだった。局プロデューサーは「次は帝都電力の本社へ行こう。あそこの常務は東大の先輩なんだ」と言ったが、またセンター試験の点数を自慢されてはたまらないので、江里はプロデューサーを拝み倒し、こちらへ回ったのだった。

「年代を経たとはいえ、我が黒木屋デパート本店の防火態勢は、万全です。ほら、スプリンクラーだって、指導に従ってちゃんとつけました」黒木社長は、コンクリート剝き出しの天井にぽつぽつと設置された消火シャワーの噴出口を指さして説明する。

「火災が起きた時は、センサーが働いてあそこから水が出るわけです。手続き通り消防の検査も受け、ちゃんと合格しています。従業員の訓練だってしています」

「なるほど。古い建物でも、最新のシステムは取り入れているわけですね？」

「そうです、そうです」

「このような古い建物に、たとえばスプリンクラーのような埋め込み式の消火システムを後付けする場合、一番困難なのはどういうことでしょう?」

「古い古いと、ちょっと失礼ですなあなたは」

「あっ。これはすみません」江里はぺこりと頭を下げて、「年代を経た、と放送では言い換えさせていただきます。それで社長、今の質問についてはいかがでしょうか」

「そうですねぇ。強《し》いて言えば設備の配管をするのに物凄く金がかかるのに、都から補助金がちょっとしか出ないことですな」

バックヤードでは、仕入れ先から搬入された食品類が、台車に載せられて運ばれていく。冷凍庫へ向かうものもあれば、そのまま食品売り場の従業員の手によって売り場の陳列に出されるものもある。

この時
もしもチーフディレクターの柄本がこの取材につき添っていれば、黒木社長が「従業員の訓練だってしています」と口にした瞬間、背後で台車を押す従業員が怪訝《けげん》そうな顔でこちらを盗み見たのに気づいたはずだ。ジャンパー姿の幾人かの従業員が社長の縞のスーツの背中に嫌悪《けんお》のこもった視線を投げ、ボディガードに睨まれたとたんにあっちを向いて通り過ぎるところも、見逃さなかっただろう。だが、江里とは別の視点で取材現場を見ることができたはずの局プロデューサーは、「ちょっとワインでも見るか」と食品売り場の中へ買い物に行ってしまっていた。

「この奥に、防火設備のコントロール室がありますから。ご案内しましょう」

蝶ネクタイの男は、笑みを崩さずに江里と撮影スタッフを手招きする。

地下二階のトンネルのような通路を奥へと進むと、突き当たりにテレビモニターと管制卓を設置した小部屋があり、たくさんのランプを前に係員が監視についている。一応、設備は真新しいようだ。

「どうです。素晴らしいでしょう。消防庁の検査官も、この防火コントロール室の設備には感心していたんですよ」

「はぁ。そうですか……」

江里の目からは、このデパートの設備に問題があるようには見えなかった。あの消防庁の検査官は、でたらめを言ったのだろうか……？

「確かに、素晴らしい設備のようですね」

「そうでしょう。そうでしょう」

社長は、ほっほっと得意げに笑った。

江里は、黒木社長が常にボディガードを連れているらしいのが気になったのだが、首を傾げている間に次の取材先へ向かう時刻になってしまう。

仕方なく社長に礼を言い、撮影クルーを引き連れて帰ろうとすると、何か不思議なものを見た気がした。地下二階のトンネル通路は、防火コントロール室で終わっているのではなかった。左へ折れ曲がって、さらに奥へと続いているのだ。曲がった先のトンネルには照明もなく、真っ暗な洞窟のようだ。何だろう？　国会議事堂の地下などには、戦争中の地下道がまだ残っているという話も聞くが……。

うぅうう……

（――え？）

江里は、曲がったトンネルの奥から、低い人間のうめき声のようなものを聞いた気がして足を止めた。

うぅううぅぅ……

「あ、あのう社長。あの奥は――？」

江里が指さそうとすると、黒いスーツを着た大柄なボディガード二名が、さっと曲がり角に立ち塞がってトンネルの奥を隠してしまった。

（あぁ、奥ね。〈特別人材開発室〉ですよ）

「〈特別人材開発室〉――？」

「そうです。特に有能なベテラン社員の諸君がこの奥で缶詰になって、我が黒木屋デパートの未来のため汗を流してくれているのですよ。いや何、大したことじゃありません」

「今何か、声のようなものが聞こえましたが」

「そりゃ空調の唸りでしょう。気のせいですな」

目の細い男は、ふっほっほと笑った。


七階。

食堂へ向かう淳一と涼子は、二つの大きな催し物会場の間を通り抜けた。

通路の右側が〈豪華婚礼衣装大受注会〉、左側が〈アマゾン大秘宝展〉だ。婚礼衣装の展示会は畳を敷いた明るい会場だが、アマゾン秘宝展のほうは人工樹木で壁のように暗く覆われ、中から水の流れる音と、野生の鳥の鳴き声が聞こえてくる。

「へぇー、アマゾンの大秘宝と怪魚の世界だって。何か凄いね。帰りに見ようか」

「う、うん」

催し物会場の間を通り抜けると、展望大食堂だ。

料理のサンプルを並べた昔風の入口の手前には〈豪華婚礼衣装大受注会〉の目玉商品なのか、雪のような白無垢《しろむく》の打ち掛けがガラスの中に立てて展示され、まるで白熊の毛皮のようにライトを浴びている。下のほうに寿マークの値札がついている。

「わあ。この打ち掛け、五千万円だって。凄いねえ」涼子は足を止めると、漆塗りの掛け具に広げて展示された花嫁衣装を、まぶしそうに見上げた。

「凄いなぁ……」

淳一は、「凄い、凄い」とくり返す姉の声を背中に聞きながら、ライトを跳ね返している白無垢から顔を背けてしまう。

「……」


江里の取材チームは、黒木屋デパートの業者搬入口からロケバスに乗り込むと、次の取材先である帝都電力東京本社へ向かうことになった。

「わたし、もうちょっとこのデパート、取材してみたいなぁ」

石造りの巨大な建物を見上げて江里がつぶやくと、ロケバスに合流してきた局プロデューサーが「とんでもない」と頭を振った。

「江里くん。やる気があるのはいいことだが、たった三分間の特集では、デパートのことまで扱えないぞ。都庁防災総局長の談話と、これから行く帝都電力の災害対応態勢について触れたら、それで三分間いっぱいじゃないか」

「それはそうですけど……。でもそれで視聴者は面白いでしょうか」

「面白い？　江里くん、視聴者に媚《こび》売って受けるのは、等々力さん一人に任せておけばいいんだ。アシスタント・キャスターはね、何と言ってもスポンサーや監督官庁の受けだよ。いいかね。もしテレビに出ている〈熱血〉のアシスタント・キャスターが自分たちの飲み会にやってきて、お酌をしてくれたりしたらどうだ？　スポンサー企業の経営陣やキャリア官僚たちはみんな感激してくれるぞ。そういうところが大事なんだ」

「は、はぁ……。でも今回の〈ミニ特集勝負〉は、視聴者の評判で勝敗を決めるのでは」

「視聴者の評判がどうであろうと、スポンサーからのクレームが一件でもついたらだめ、ということになっている。『あの桜庭というのは気に食わん、中山江里なら安心できる』と言われたらそれまでだ。スポンサーのお声というのは、大きいんだよ」

「はぁ」

「江里くん。君も今から、スポンサーや官庁の幹部たちに顔を売っておくんだ。そうすれば将来、悪いことはないぞ」

局プロデューサーはそう言うと、地下の売り場で買ってきたらしい紙袋を、ごそごそと開けた。ボルドー産ワインの深い赤色のボトルに、リボンがつけられている。

「これ、君から帝都の常務に『ぜひお見知りおきを』って渡すんだ。常務の好物でね」

「は、はぁ」

「やぁ、さすがは黒木屋デパートだよ。シャトー・ジスクールの八八年がちゃんとあるんだもんなぁ。凄く高かったけどな。はっはっは」

局プロデューサーの手配で、電力会社の役員との面会時間は決められていた。帝都電力は〈熱血ニューズ〉の有力スポンサーだから、遅れるわけにはいかない。

撮影機材を積み込み終わったロケバスは、プロデューサーの指示で業者搬入口から出発した。屋上に巨大招き猫を載せた古い建物から離れ、銀座の晴海《はるみ》通りへ出ていく。

「しかしなぁ。『チーズの味見が有料だ』ってのには驚いたな」

プロデューサーは頭を掻いた。

「有料――？　食品売り場の味見がですか」

「そうなんだ。ワインの売り場の横に切って並べてあるから、無料の味見かと思ってつい手を出して食べたら、『買わないなら一切れ百円』だとさ。ここの社長は名うてのケチだって業界では評判らしいが、しっかりしているよ」


デパート店内。

その中年男は、黒木屋デパート六階の役員フロア入り口までやってきたが、売り場フロアから通じる廊下に制服の警備員が立っていたので入れず、横の階段を下りていった。

さっき展望エレベーターの中で、山梨涼子に煙たがられた中年男だ。

男は、華やかな老舗デパートに似つかわしくないよれよれのコート姿で、下まで見通せる階段をぐるぐると下りていく。当てもなく歩いているようにも見えたが、不案内に周囲を見回すことはない。どこに何があるのかは、知り尽くしたような足取りだ。

男は火のついた煙草をくわえていた。酒も飲んでいるようだったが、薄暗い階段を行き来する買い物客はなく、怪しいと見咎められることはなかった。そのまま二階と三階の間にある踊り場にあるトイレに、歩み入った。

古いタイルの張られたトイレの中は、ぴかぴかに掃除されていた。

「――畜生……」

男は煙を吐き、つぶやいた。このデパートが、トイレの清掃に外部業者を雇っていないことを彼は知っていた。黒木屋デパートのトイレ掃除は、販売成績の悪い従業員が毎日集められ、閉店したあとの時間に罰《ばっ》として無給でやらされるのだった。

「……畜生」

男は、かつて自分がこのトイレの床タイルを何度も何度も歯を食いしばって磨《みが》いた体験を、思い出していた。若い頃は、まだそんな罰則をやらされるのも『デパートマンとしての修行だ』と信じていた。黒木社長が、毎朝の朝礼で全従業員にそう言い聞かせていたからだ。人間が大成するためには辛い便所掃除が必要なのだと言った。この愛の鞭《むち》をありがたいと思え、とすら社長は発言した。

今はもう、信じていない。

あれは単に、清掃費用と残業手当をケチっていただけだ。自分は、この古いトイレのタイルのように、会社のために身をすり減らして三十年間懸命に働いた。会社のために自分を犠牲にして頑張れば、必ずいいことがあると聞かされていたからだ。それが修行を積むことだ、先輩たちもみんなそうして大きくなったのだと聞かされていた。

「俺は——努力したんだ……。だが会社は、何をしてくれた？　さんざん滅私奉公《めっしほうこう》させた挙げ句『給料が高くなった五十歳以上は、非効率だからもういらない』だと⁉」

男は誰もいないトイレの真ん中で、つぶやきながら歯を食いしばった。その横顔は、やつれて汚れてさえいなければ品のいい老舗デパートの従業員に見えたかもしれない。しかし苛酷な境遇は、男の風貌《ふうぼう》をすっかり変えてしまっていた。

「黒木社長……忘れねえぞ。俺は忘れねえぞ。あの地下の〈特別人材開発室〉で貴様から受けたあの仕打ちを……！　人格を破壊されるような、あの——」

男は低く唇をわななかせ、アルコールの影響かかすかに震える手で、コートのポケットから銀色に光る何かを取りだした。長さ十五センチあまりの、飛び出し式ナイフだった。デパートでは買い物客のボディーチェックなどしないから、簡単に持ち込めるのだ。

だがあの社長は、自分に恨みを持つ者が近寄れないよう、身辺警護にだけは金をかけていた。

「く、くそう」

男は、震える手でナイフを握り締めた。昔の部下などに見つからぬよう注意して、店内を二時間もうろついてみたが、ついに襲いかかるチャンスは得られなかった。惨めな疲れが、肩の上に折り重なるばかりだった。

「くそっ、黒木め……。リストラされて一カ月、貴様を倒そうと舞い戻ってみたが……。やっぱり俺のような一般人に人殺しなんか無理だった。貴様のように冷酷には、なれねえや……」

男は舌打ちをして、ナイフを洗面台の屑籠《くずかご》へざくっと放り込んだ。

「疲れた」男は大きくため息をつくと、くわえていた煙草を洗面台で消した。「復讐なんか、もうやめだ。気分が暗くなるだけだ。帰って寝て、明日は職安へ行こう」

男はもう一度「はぁ」とため息をつき、消した吸殻を洗面台の屑籠へ放ると、重たい足を引きずるようにしてトイレを出ていった。

7

調布飛行場。

やっと取材チームの準備が整い、六本木を出発したよしみと柄本は『スーパーガールが投げ飛ばした』飛行船の残骸を取材するため、飛行場の構内にある小さな使用事業航空会社の格納庫を訪れていた。

「まったく、乗っ取られても機体が戻ればまた使えるけど、見てくれよ。これじゃスクラップだよ」

タコのように頭の禿げ上がった五十代の社長が、格納庫の床面に陸《おか》に上がったクラゲみたいに広げられた軟式飛行船の残骸を指さす。外資系フィルムメーカーのロゴが描かれていたはずの特殊繊維製の銀色の気嚢《きのう》はびりびりに破け、かろうじて原形を留めているのはゴンドラ部分だけだ。

「もう使い物にならねえよ。スクラップだよ」

「は、はぁ」

社長は「ひどい。まったくひどい」と連発する。タコのような頭が真っ赤になっている。

「ひ、ひどいですねぇ」

「ひどいだろ。ひどいぶっ壊れ方だろ？」

うなずくよしみ。


「あんたたちの話の通りに、もし本当にそんなスーパーガールとかがいて、こいつを投げ飛ばしてぶっ壊したんなら、損害賠償を請求してやるよ」

「ス、スーパーガールに損害賠償ですか？」

「当然だろ。壊したのはそいつなんだから」

「は、はぁ。そうですか……」

よしみはマイクを持った手で思わず汗を拭く。

「でも、スーパーガールは正義のためにやったわけですから……」

「正義⁉　正義って何だよ」社長はよしみを睨みつけた。「〈正義の味方〉だか何だか知らないけど、スーパーガールって警察でも自衛隊でもない、ただの物好きのボランティアみたいなものなんだろう？　人に迷惑かけてどうするつもりなんだよ。あたり構わずぶっ壊して、どうやって賠償するつもりなんだよ。

ほら、よくいるじゃないか。ボランティアとか世のため人のためとか言いながら、結局は自分たちの満足のために活動してる、わけのわからん連中が」

「……」

「やだねぇ。ああいう連中がきっと、一歩間違うと宗教テロ団体に走るんだ。『殺してやるのが善行だ』とかほざいてさ。テロリストも、自己満足の〈正義の味方〉も、結局みんな中身は同類だよ。似た者同士で抗争するんなら、一般市民に迷惑のかからないところでやってほしいよな。なぁ、あんたもそう思うだろ」

「はぁ……」

「どうした、桜庭？」

取材先に事前インタビューなんか必要ない、いきなりぶつかって〈生の本音《ほんね》〉を引きずり出せと指導したのは柄本だった。だが、お陰でよしみは何の心の準備もないままに、飛行船会社の社長の話にうなずかなくてはならなかった。

格納庫の外でうなだれているよしみを見つけると、柄本は「どうしたんだ？」と声をかけてきた。

「柄本さん。スーパーガール――正義の味方って、世の中から見るとただの物好きの自己満足のボランティアなんでしょうか……」

「そうだな。俺もあんなにひどく言われるとは思わなかったが」柄本は腕組みをした。

その背中の向こうを、プロペラの二つついた小型機が飛び立っていく。蜜蜂のような爆音が遠ざかるのを待ち、若手チーフディレクターは格納庫を振り返る。「凄く迷惑そうだったなぁ、あの社長。正義の味方を宗教テロ団体と一緒にしてたもんな」

「あたし——スーパーガールの活躍を、世の中の人たちに知ってほしいと思ってこの取材に取りかかったつもりなんですけど……」

「出端《でばな》をくじかれたか」

「は、はい」

「ま、確かにな。正義の味方といったって、警察でも自衛隊でもない。まったく何の権限もない、法的にはただの一般人のやじ馬みたいなのが突然、事件の現場に乱入してきて、人命救助のためとはいえ強大なパワーを解放するんだからな。財産を破損させられた人たちにとっては、そりゃ迷惑以外の何物でもないかもしれない」

「……」

「警察に任せておいたって、そのうち解決したかもしれない事件を、どうして派手に掻き回してくれたんだ……！　そう言いたい立場の人たちもいるさ。ん、どうした桜庭？　そんなにしょげることはないだろ」

「何だか、あのスーパーガールが……その、可哀想な感じがして」

「だが、〈彼女〉のお陰で命を救われた人がこの世にたくさんいる。それもまた事実だ。〈彼女〉がいなくては助からなかった人が、たくさんいる。たとえスーパーガールの存在に気づかなくても、助かった命は現にたくさんある。俺は、可哀想だなんて思わない」

「でも」

　よしみは、電源の切れたインタビュー用マイクのスポンジを、指でつついた。

「助けられた人たちは――こういう〈特集〉を通して自分たちを救ったスーパーガールの存在を知らされたら、感謝してくれるでしょうか？」

「それはわからないな。人間は、三日も経てば恩なんか忘れるもんだしな」柄本はシャツの胸ポケットからセーラム・ライトを取り出すと、カチッと火を点けた。「それに、この世で他人の感謝なんか期待していたら、いつも裏切られてぼろぼろになってしまうよ」

「スーパーガールは……それで報われるんでしょうか」よしみは、小型機やヘリが離発着を繰り返す滑走路を見やりながらつぶやいた。「命がけで戦っても、誰にも知られず、感謝もされないとしたら……」

「何を言っているんだ桜庭。報われるとか、感謝だとか。〈彼女〉はきっと、そんな低次元のことなんか気にもしていないさ。何せスーパーガールだからな。超人だからな。俺たちのような一般人とは、できが違うさ」

「超人だって、感情はあるでしょう。たとえばみんなに感謝されたり、『よくやった』

って褒められたら、きっと『次の事件も頑張ろう』って思ってくれるんじゃないですか」

「君は、面白いことを言うな。桜庭」

柄本は、煙を吐き出しながら笑った。

「まるでスーパーガールの気持ちに立っているようじゃないか。なかなかいいぞ、その取材姿勢」

「だって――」

「さて、機材の積み込みがすんだらな、次の取材は羽田だ。トイレをすませておけよ」

柄本は背中を向ける。

「羽田、ですか?」

「そうだ。先週のハイジャック事件で振り回されたという、777旅客機が羽田の格納庫で修理を受けている。窓だのドアだのぶっ壊されて航空会社は迷惑がっているようだが、〈彼女〉のパワーの凄さは立証できるぞ」

よしみは、小さな管制塔の下にある洗面所で鏡に向かうと、ため息をついた。

「はぁ……。でもあたし、今は『背水の陣』だもんなぁ。頑張らないと」

この特集を成功させ、中山江里に勝って〈熱血〉のアシスタント・キャスター席を得なくては、テレビ界にいる場所がなくなってしまう。鏡を見ながら、よしみは自分に言い聞かせる。

「頑張れ。負けちゃだめだ」

でも、次の取材に備えて化粧を直そうとマスカラを睫毛に近づけたら、その目から涙が一粒、ぽろりとこぼれた。

「ぐすっ……。でもひどいよ……ただの物好きだなんて」こらえていたけれど、一人になると涙が出てしまう。さっきの飛行船会社の社長の声が、耳に蘇ってしまう。


――『人に迷惑かけてどうするつもりなんだ』

ひどいよ。人を助けるために戦ったのに、迷惑だなんて……。

でも、いいんだ。

ぐすっ、とよしみはすすり上げる。

いつものことじゃないか。こんな悔しさは。涙は出るだけ出ちゃえば、あたしはまた立ち直れる。泣くだけ泣いちゃえばいいんだ……。

よしみは、誰もいない女子トイレの鏡の前で、しばらく唇を噛み締め、頬に涙が流れるに任せた。いくら化粧を直しても、泣いてしまったらだめになってしまう。だからここで泣くだけ泣いてしまおうと思った。しかし涙は、なかなか止まらなかった。

今朝からだけでも、いろんなことがあったのだ。

洗面所を出ると、小さな管制塔の横は消防庁のランプと格納庫だった。赤と白に塗り分けられた大型ヘリの機体が、ローターを停めて駐機している、オレンジ色の出動服を着けたレスキュー隊の隊員らしい男たちが列を組み、よしみの横を「わっせ、わっせ」と声をかけながら走り抜けて行く。この飛行場は、東京都の防災基地にもなっているのだ。

ロードワークの隊列が通り過ぎると、その向こうにも格納庫がある。

古い体育館のような、カマボコ形の建物だ。入口の扉の前に銀色のレフ板を並べ、撮影隊のスタッフが休んでいるのが見えた。よしみの取材チームではない。大型の移動式照明灯の横に、ロケバスが何台も停まっている。映画かドラマの撮影のようだ。

「そうか」

よしみは、気づいた。

「ここでロケだって、美帆が……」

ランチの席で、美帆はこれから調布の飛行場でロケだと言っていた。取材でここへ来るのが決まった時、どうして思い出さなかったのだろう。

この中に、相手役の橋本克則もいるかもしれない。よしみは格納庫へ歩み寄った。

撮影は休憩中のようだ。格納庫の入り口扉から中を覗き込もうとすると、ワイドショーの取材班らしき人たちが、機材をガチャガチャいわせながら出てきた。

「美帆ちゃんもいいけれど、橋本克則いいねぇ」

「もうすぐハリウッドかぁ」

「あの二人、何か起こしてくれないかな」

「ははは。水無月美帆はスキャンダル処女だからね」

ワイドショーの取材班が行ってしまうのを見送ると、よしみは格納庫の中へ視線を戻した。

やっぱり、この中に克則がいるんだ……。

——『フリーでキャスターか。凄いな。よしみは〈女・等々力猛志〉みたいになるのかな?』

(顔、見たいなぁ)

よしみは、何とかして元気を取りもどしたかった。克則の顔を見たかった。話はできなくてもいい。彼が真剣に演技に打ち込んでいるところを、遠くからちょっとでも覗ければ、それで自分も元気が出るような気がした。

時計をちらっと見た。柄本のところへは、急いで戻ればいい。落ち込んだ気持ちのままで、取材なんか続けられない。

そっと、足を踏み入れた。体育館の中のように暗い。セットの機材が積み上げられ、目を遮っている。大道具のスタッフが何人も動いているが、報道の腕章を着けたよしみを見咎める者はいない。そのまま撮影現場の中へ入っていく。薄暗い空間の中央には単発の小型機が置かれ、照明を当てられて浮かび上がっている。スタッフがセッティングを調整している。あそこで撮影が行われるのだろう。

積まれた機材の陰から、よしみは撮影現場を見回す。

(いないかなぁ)

克則の声が聞こえないかと、耳を澄ませた。

と、

「わたしって、悪い女」

ふいに〈聴覚〉に声が飛び込んできた。

美帆だ……。

思わず声のしたほうへ目をやると、格納庫の暗がりの向こうに、裏口のドアがある。

小さく長方形に光が射し込んでくる。草の生えた裏庭に、台本を手にした二人が向き合っているのが見えた。

美帆と克則だった。カーディガンを肩に掛けた美帆と、整備士のつなぎ姿の克則――二人とも役の衣装のようだ。その背中には、隣のランプと滑走路がかすかに見えている。

「わたしって悪い女」

克則を見上げ、美帆がつぶやくように繰り返すのがわかった。二人は休憩時間も惜しんで、格納庫の裏庭に出て台詞の練習をしているのだろうか。

どんな台詞なんだろう？　普通の人の耳では聞こえない距離だった。よしみは思わず、その場で〈聴覚〉に気持ちを集中させていた。

「どうして」

克則の口が動いて、問いかけた。前髪で隠れ、彼の目の表情は見えない。

「どうして、君が悪い女なんだ」

代わりに、克則を見つめる美帆の真剣な表情は、はっきりと見えた。

「引っ張り出して、ごめんなさい。台詞の練習したかったんじゃないの。こうしないと、マネージャーもみんなも見ているし」

「え」

「わかっているでしょう、克則さん。わたしが何を言いたいのか」

「……」

「一緒に仕事をするようになって、一週間になるわ。わたし、変わってしまったわ。今までこんな気持ちになったことはなかった。自分を悪い女だと感じたこともなかったわ」

美帆はうつむくと、爪先で小石を蹴った。

「この間からわたし、あなたを見つめているわ。何も言わないで、ただ見つめてる。気持ちを顔に出しているくせに、言葉では伝えない。わざと伝えない。どうしてかっていうと、あなたが親友の彼だから……」

「……」

これ——ドラマの台詞なのかな……。

よしみは首を傾げる。

美帆は続ける。

「思わせぶりにして、あなたから気づいて、言い出してくれるのを待ってる。自分でもずるいのは、わかっているの」

「美帆ちゃん……」

「わたしって、ずるいの」

美帆は頭を振る。唇を噛み締めている。

「親友の彼を好きになってしまった。よしみにも言えない。でもあなたをあきらめられそうにない。言い出せなくて、後ろめたくて、あの子に洋服なんかプレゼントしたり……。わたしって、何やってるんだろうって──自分で自分が嫌になる」

「美帆……」

克則が、乾いた声を出す。

裏口のドアの手前を、スタッフたちが通り過ぎるが、裏庭の二人を台詞の練習中だと思っているのだろう。気にかける素振りを見せる者はない。薄暗い格納庫にトントン、トントンと金鎚《かなづち》の音だけが響く。

だがよしみの耳には、二人のしゃべっている内容が、全て聞こえてしまう。

「でもわたしやっぱり、ずるいことはできない」

ちょ──ちょっと待ってよ。

よしみは、機材の陰で固まってしまった。

ごくっと唾を呑み込んだ。その音を二人に聞かれはしないかと、口を手で押さえる。

い、今、美帆──何て言ったの？

「聞いて克則さん。わたしの今の所属事務所の収入、ほとんどわたしの出演料だし、
突然『結婚します』なんて、とても言えないの。言ったらどれだけの人たちに影響を

与えるか……。仕事だから仕方がないし、仕事は好きだし、そんなことわかっているの。でも、でも時々、重たい荷物を全部投げ出して、誰かの腕に飛び込んでいけたらって……。

やだなぁ。二十三なのに人生に疲れたなんて言い出したら、おかしいかな。でも、今はそんな気持ちなの」

意を決したように、美帆は克則を見上げる。

「克則さん——正直に答えて。よしみとわたしと、どっちが好き？」

ずざっ

見ているよしみの顔から、音を立てて血の気が引いた。

だが、会話を聞かれているとは想像もしていない二人は、向き合ったままだ。

横顔の克則が、息を呑んだように見えた。

「美帆ちゃん。俺は——」

一呼吸して、長身の青年は女優の小作りな横顔を見下ろして言った。

「——俺は、よしみとは友達なんだ」

くらっ

突然よしみは倒れそうになった。眩暈がした。思わず機材につかまって身体を支え

ていた。い、今、克則は何て言ったんだ。『よしみとは友達なんだ』だって……⁉

（ひ——ひどいよ）

よしみは胸を押さえた。せっかく、撮影に打ち込む彼の姿を見て、励ましてもらおうとやってきたのに……！

（ひどい。美帆が克則を好きになってたなんて……！　全然……全然、気づかなかった）

だがよしみが見ているとも気づかず、克則は続けた。

「美帆ちゃん。俺は、よしみのことは友達だと思っている。俺が一番好きなのは——」

美帆を見つめながら、克則はちょっとためらうように口ごもる。

「俺が、一番愛しているのは……」

ひどい。聞きたくない。

よしみが両手で耳を押さえようとした、その時。

ウォオオオオっ
格納庫の壁を打つように、突然大音量のサイレンが鳴り響いた。

（——⁉）

ウォォオオオオオッ

よしみは振り向いた。非常サイレンは、格納庫の壁を震わせて響いてくる。隣のランプからだ。消防庁の格納庫から、大勢の男たちが一斉に飛び出す気配が伝わってきた。同時によしみのスーツの袖の中で、二の腕がざわっと粟立《あわだ》った。

か、火事だぁぁっ――――!

きゃぁぁぁぁっ

克則の声が耳から吹っ飛び、代わりによしみの〈聴覚〉に、遙かな距離を隔てた人々の悲鳴が届いた。どこからだ――!? 大勢の人たちが、パニックになっている。

け、煙よぉっ

ご、ごほんごほんっ

どっちへ逃げたらいいのっ――――!?

大勢の人たちの悲鳴だ。

どこかで、何かが起きたんだ
それは都心の方角だと、感覚が教えていた。

何だ、何が起きたんだ、と叫び合いながら撮影スタッフたちが格納庫の表へ出ていく。サイレンとともに、ヘリのタービン・エンジンの始動するキィイインという排気音が隣のランプから響いてくる。消防庁のヘリが、緊急発進するのだろうか。

「都心で大火事らしいぞ！」

様子を見ようと、裏口にもスタッフが駆け出ていく。大道具係の青年が、「またテロですかねぇ」と克則に声をかける。大型ヘリの爆音が、さらに大きくなる。「あ、ああ」とうなずく克則。

その横を、口をつぐんだ美帆が引き返してくる。騒然とした格納庫は、作業が一時中断されてしまった。

（イグニス――！）

よしみは感覚の教える方角を、振り向いた。袖で機材を引っかけた。積み上げてあったＶＴＲテープの空ケースが、ばらばらっと床に転がった。

「……よしみ？」

気配を感じたのか、ふいに格納庫の向こうから、美帆がこちらを見た。「よしみ⁉」と声を上げるのがわかった。でもよしみは目を合わせるのを避けるように、背中を向けると駆け出した。格納庫を走り出た。

「こら、桜庭！」

格納庫を出たところで、よしみは誰かに横から腕をつかまれた。

「え、柄本さん」

「どこへ行っていた⁉　事件だぞ、出動だっ」

柄本だった。気鋭のチーフディレクターはよしみのスーツの袖をつかむと、消防庁のランプとは逆方向へとぐいぐい引っ張って駆け出した。頭上を、離陸したばかりの赤と白のヘリが風圧をたたきつけながら通り過ぎていく。

「ど、どこへ行くんです？」

「たった今、ヘリをチャーターした」

「ヘリ？」

「〈特集〉の取材は、一時中止だ。銀座でデパートが大火事になったらしい。これから我々は〈熱血ニューズ〉特別取材班として、上空から火災現場をレポートする。レポーターは君だ、桜庭」

「え――えぇっ?」

驚くよしみを引きずって、柄本は飛行船会社の向こう隣にあるヘリ会社のランプへと駆け込んだ。すでに十一人乗りのカワサキＢＫ117が、撮影スタッフを満載し、ローターを回しっ放しで待機していた。

「早く乗れ」

「えっ、でも」

「レポーターが見つかったぞ。待たせたな、離陸してくれ!」

スライディング・ドアのステップに足をかけるのが早いか、柄本は大声で指示をした。ずんぐりした胴体に取材チームと機材を詰め込んだＢＫ117は、タービンの回転を上げると、白い円の描かれたランプを蹴るように飛び上がった。

8

「等々力さん！　大変です」

富士桜テレビ十五階の〈熱血ニュース〉スタッフ・ルームに、リサーチを受け持つ若手の制作スタッフが駆け込んできて叫んだ。

「銀座のデパートで大火災です！」

「何っ」

「現在、消防が出動しています。都庁の時と同じ全力出動、〈レベル4〉です。調布基地のヘリにもたった今、発進命令が出ました」

「でかいのかっ」

「でかいようです！〈日本全滅しねしね党〉の仕業《しわざ》かどうかは、まだわかりません」

「よし。ただちに取材だっ」

等々力は今夜のオンエアで使う資料を放り出すと、立ち上がった。

「一番近い中継車はどこだ」

「ちょうど現場に、取材中の中山江里がいます」

「よし、レポートさせろ。それから局に掛け合え。ただちに〈緊急報道生特番〉だっ」

「はい！」

「これはちょうどいい」

晴海通りを緊急Uターンするロケバスの中で、局からの指示を聞いたプロデューサーが、横Gに顔をしかめながらうなずいた。

「江里くん。この実況中継を、君の番組デビューにするぞ。おい、中継の画はリアルタイムで局へ送れるんだろうな⁉」

「大丈夫ですプロデューサー。この車にも、中継車と同じ機能はあります。画像のチャンネルは一本だけですが」

「構わん、着いたらすぐに中継するぞ！」プロデューサーは技術スタッフたちに指示を出すと、もう一度、中山江里の横顔に念を押した。「いいな？　江里くん」

「は、はいっ」

江里は暴走族のタコ乗りみたいに窓枠の把手につかまりながら、後席でうなずいた。

「で、でもプロデューサー。本当に黒木屋デパートなのですかっ。信じられません」

「ついさっき出てきたばかりだからな。だが火災が燃え広がる時なんて、こんなものだ」

「あれだけの防火設備があるんです。火が出たとしても、燃え広がるはずはありません。黒木屋というのは、誤報ではないのですか」

だが、ロケバスが鳩居堂文具店の店先を通過し、ソニービルの角をタイヤをきしませターンすると、いきなり目の前に黒煙を噴き上げる石造りの建物が現れた。

「あ……！」

その屋上に招き猫のある建物に、江里は息を呑んだ。


「そうです！　今、消防庁の防災ヘリを追いかけて、銀座上空へ急行中です」

ＶＴＲカメラを突き出すために半分開けたスライディング・ドアから、猛烈な風圧が押し寄せてくる。ＢＫ117ヘリの機内、パイロットのすぐ後ろの席でストラップにつかまり身体を支えた柄本は、耳につけたインカムに怒鳴った。

「そうです等々力さん。桜庭も同行しています。中山が現場にいるならちょうどいい。二人に上空と地上から交互に実況させましょう。技量を比べるのにいい機会だ！」

えっ、そんな——

東京上空三〇〇〇フィートの風を顔に受けながら、よしみはどうしようと思った。

きゃぁぁああっ

〈聴覚〉に悲鳴が聞こえている。前方に出現したのはかなり大規模な火災だ。変身して出動しなくてはならないかもしれないのに……。

「桜庭、いいなっ」

柄本が物凄く怖い顔で振り向くと、よしみに念を押した。

「わかっていると思うが、これはまたとないチャンスなんだからな！」

「は――はい……」

どうしよう。

――『いなくなっちゃだめだよ』

ヘリはたちまち新都心を飛び越え、皇居の西側をかすめて銀座へと機首を向ける。

すると前方に、爆撃でもされたかのように、ビル街の一カ所から黒煙の柱が立ち上っているのが見えてきた。まるで黒い棒のようだ。

「ここからでも見えるぞ。凄い火事だっ」

柄本が叫ぶ。

だがよしみの頭には、別の声が蘇る。

――『よしみ。今度の〈特集〉は、たとえ何が起きても、変身していなくなっちゃだめだよ』

――『あなたの仕事を最優先させなさい』

（美帆……）

――『克則さん――正直に答えて。よしみとわたしと、どっちが好き？』

「うぅっ」

よしみはこめかみを押さえる。

リフレインする美帆の声を押しのけ、大勢の悲鳴がわんわんと聞こえてくる。

きゃぁぁああっ

熱いよぅ、どっちへ逃げたらいいのっ

ごほん、ごほんっ

買い物客なのか、女性の声が圧倒的だ。

大変だ……大勢の買い物客が、逃げ惑っている。

火勢の収まりそうな気配はまったくない。


（でも――いくら何でも、今このヘリから飛び降りるわけには……）

よしみは眉をしかめ、ＢＫ117のキャビンを見回した。都心上空の不安定な気流で揺れる中、撮影スタッフたちは機材を手早く組み立て、左右のスライディング・ドアからカメラのレンズを突き出させる。

「こら桜庭っ、何をぼやっとしている。君もインカムを着けろ」

「は、はい」

「全員、実況中継準備！　それから例の〈秘密兵器〉も用意しておけっ」

「了解」

「了解！」

「火の回りが——えらく速いじゃないか⁉」

富士桜テレビ十六階の報道センターに移動し、早速〈緊急報道生特番〉の指揮にかかった等々力は、しかし現場のロケバスから第一報で送られてきた映像に声を詰まらせた。

揺れ動くフレームの中、集結した消防車の赤色回転灯が、まるでお盆の提灯《ちょうちん》行列のように銀座の街路を埋め尽くしている。その頭上に、イカスミのような黒い煙を窓という窓から噴き出している石造りの七階建てデパート。屋上の招き猫が、煙で時々見えなくなるほどだ。

「こ、この燃え方は……」

「等々力さん、午後のワイドショーに割り込みます。オンエア開始三分前です」

「わかった。レポーターの準備は？」

「中山江里、現場到着。実況の位置を取ります」

「音声チェック、ＯＫ」

「画像チェック、ＯＫ。スポンサーの了解が取れました。さらに一分早め、二分後に割り込みます」

「よしわかった」等々力はうなずいたが、現場に到着したカメラの生映像から、目が離せない。

「しかし、この火事――本当に火が出てからたったの二十分なのか……⁉」

黒木屋デパートの最上階では、展望食堂に山梨涼子と淳一が取り残されていた。

火事だ！　と誰かが叫んでからの数分間は、フロアの奥の非常階段が使えたのだが、すぐに煙が充満して通れなくなった。いったい、この急な大火事は何⁉　と憤っている暇もなく、たちまち淳一をおぶって逃げることは不可能になった。車椅子の客を、窓の外に吊して避難させる設備は、このデパートには初めからなかった。あったとしても、手助けしてくれるはずの従業員の姿が見当たらない。周囲はパニックになっていて、誰も助けてくれなかった。

あっという間に、二人は七階の食堂に取り残されてしまった。

「淳一！」

「向こうはもう煙でいっぱいだわ。何も見えない」

通路の様子を見て戻ってきた涼子は、車椅子の淳一に肩を貸し、力を込めて床に立たせた。

「こうなったら、屋上へ避難するしかないわ。調理室の向こうに、階段があるみたいだから」

「姉さん……」

十四歳の少年は、辛そうに姉を見上げる。

「歩いて淳一。支えてあげるから。少しくらいなら歩けるでしょ」

「姉さん……でも僕」

「早くっ」

けほっ、と涼子は充満してきた煙に咳き込む。

「逃げられなかったら、死んじゃうんだよっ」

「スプリンクラーが、まったく働いていないじゃないか⁉ いったいどうなっているんだ、このデパートは」

消防隊の指揮官は、無尽蔵に黒煙を吐き続ける石造りの七階建てを見上げて怒鳴った。

煙の中から自力で逃げ延びた買い物客たちが、正面玄関からどっと吐き出されてくる。女性客が多い。衣服や髪の毛を真っ黒に汚し、ゴホゴホと咳き込んでいる。

続いて買い物客の群れの後ろから、売り物らしい簞笥《たんす》やベッドなどの家具を担いだ従業員たちが、ゲホゲホ言いながら玄関をまろび出てくる。周囲からやじ馬の群衆に注視され、高級そうな家具を必死の形相《ぎょうそう》で担ぐ従業員たちは、まるで博多山笠の神《み》輿《こし》担ぎのようだ。

「こら、お前たち何をしている!?」

指揮官は驚いて怒鳴りつけた。

「何をって――家具を運び出してるんですよ」

煤で顔を真っ黒にした若い男の店員が答える。

「家具だと!?　どういうことだっ。買い物客の避難誘導はどうなっている」

「さぁ」

「さぁ？」

「誰かがやってるんじゃないですか？」

「な、何だと――」

消防隊指揮官は、まさか火の手が上がってすぐに『二階家具売り場の高級婚礼家具を、全従業員で運び出せ』という社長命令が出ていたとは、想像もできなかった。

「お前たちの日頃の避難訓練では、だれが買い物客の誘導に当たることになっているのだ？」

「さぁ……？」

「さぁって――」

絶句しかけたところへ、二名のボディガードを引き連れた蝶ネクタイの社長が、血相を変えて走り寄ってきた。

「消防隊長。隊長はあんたかねっ」

黒木社長は、指揮官をつかまえると叫んだ。

「わしは社長の黒木だ。あんたんとこの隊員を七階へ突入させてくれ！　すぐにだ」

「誰かが、七階に取り残されているんですかっ」

「いや、催事場の〈アマゾン大秘宝展〉の宝石だ。ブルー・ダイヤモンド2カラットだ。すぐに運び出してくれ。あれは高いんだ！　それから展示してある売値五千万円の婚礼衣装白無垢打ち掛けも回収してくれ。あれも高いんだ！」

黒木は息巻くと、横で放水している消防隊員にも「こら」と怒鳴った。

「こら、そんな乱暴に放水するんじゃない、建物に傷がつくじゃないかっ」

「社長、それよりスプリンクラーがまったく作動していないようだが、どういうことなんですか！」

「知らん。きっと〈日本全滅しねしね党〉が無力化したに違いない。これはテロだ。わしは被害者だ！」

「〈しねしね党〉がデパートなんか狙いますか」

「うるさい、それより七階の催事場の宝石を早く運び出してくれ、ありゃ高いんだ」

「断ります。我々は、消火と人命救助のために来ているんだ」

「税金払って、養ってやってるのは誰だ」

「それより社長、買い物客の避難誘導は、誰がやっているんですか？」

指揮官が尋ねると、とたんに蝶ネクタイの社長は細い目を不機嫌そうにあっちへ向け、

「ったく、これだから最近の公僕は役立たずなんだ」とつぶやきながらボディガードを引き連れ、くるりと背を向けてしまう。

「社長⁉」

「うるさい、もう頼まん」

群衆をひとかたまり隔てた路上では、火事場風に髪をなぶられた中山江里が、マイクを握ってカメラに向かう。

「報道センター、こちら銀座の黒木屋デパート前、中山江里です。ご覧ください。物凄い火事です」

江里は熱そうに、顔をしかめる。

「わずか三十分前に出火したと見られる火の手は、このように瞬く間にデパート全体に燃え広がり、現在建物全体が、黒煙を噴き上げている状態です！」

カメラが、真剣な江里の表情をズームする。

富士桜テレビ報道センター。

午後のワイドショーに割り込んで、〈緊急特別熱血ニューズ〉がオンエア開始された。

画面には燃え盛るデパートと、中山江里の髪を振り乱した顔がアップになっている。

『今回のデパート大火災は、消防の説明によると、火元は中央階段二階踊り場の男子トイレ付近と推定されています。火の回りは早く、出火から三十分足らずでこのような状態です』

「中山さん、先日の都庁大火災事件との、関連はどうなのでしょうか」

間もなく産休で第一線から退くというアシスタント・キャスターの峰悦子が、切れ長の鋭い目で画面の江里に訊く。

「この火事も、テロ組織の犯行によるものだという可能性は、考えられますか？」

『いいえ。ここ一連の〈日本全滅しねしね党〉によるテロ事件との関連は、まだはっきりしていません』

「等々力さん」

司会テーブル中央に着席する等々力の耳に、フロア・ディレクターが走ってきて小声で告げる。

「警察の発表です。現在のところ、テロ組織の犯行声明は入ってきていません」

うむ、と等々力はうなずく。

「中山くん。買い物客の避難状況は、どうなのだ？」

「はい」

黒煙を噴き出す建物を背中に、江里はカメラにうなずく。

「現在、消防隊が内部へ入り、取り残された人がいないかどうか、捜索に当たっていますが――あっ、隊員の人が戻ってきました」

銀色の防火服に気密マスクを着けた隊員が、装具をガチャガチャ鳴らして走ってくる。焦げ臭い臭いを撒き散らし、江里の前を駆け抜ける。江里はすかさず、「状況を訊いてみましょう」とマイクを握ったまま隊員を追いかける。群衆を掻き分ける。カメラが揺れながらロングヘアの背中を追う。物凄い数のやじ馬だ。

炎の中から戻った隊員は、指揮官の前に立つと、息を切らしながら報告した。

「はぁっ、はぁっ。隊長。大変です。内部は可燃性ガスが充満し始めています。防火扉は一カ所も閉まっていません。このままでは十分以内に、全館の全フロアで一斉にフラッシュ・オーバー現象が起きる可能性が大です！」

「何っ」指揮官が顔色を変えた。

「わずか十分でフラッシュ・オーバー現象だとっ」

「はい。極めて危険です」

「内部に生存者はっ」

「二階までには見当たりません。それより上の階へは、熱と煙が激しくて上れません」

その時。

あぁっ、あれを──！　とそばにいた隊員が指さした。「七階の窓を見てくれ。展望食堂の窓に、人がいるぞっ」

同時に、指揮官の肩につけた無線に、ザザッと声が入った。

『こちら〈おおとり一号〉。現場上空に到達』

その声に重なるように、赤と白に塗られた大型ヘリＡＳ332シュペル・ピューマが黒煙を突き抜けるように上空に現れ、招き猫の頭部をかすめるような低空旋回に入った。

「〈おおとり一号〉、こちらは現場指揮官だ。最上階の展望食堂に、今人影が見えた。地上からは近づけない。特殊救助隊を屋上へ降下させてくれ！」

『こちらでも人影を確認。ただちに特殊救助隊を降下させ、吊り上げます』

「消防のヘリが、現場上空で旋回に入りました。我々も続きます」

「お願いします」

柄本が頼むと、ＢＫ117はパイロットの操作でぐいと傾き、旋回に入った。火災の熱上昇気流が強いのか、機体はガクガクと揺れ始める。

「よしっ、〈秘密兵器〉を用意しろ！」

　柄本は、中継準備のすんだスタッフたちを振り向いて怒鳴った。

「はいっ」

「はいっ」

「柄本さん、秘密兵器って何ですか？」

「おう桜庭。これだ」

　よしみが訊くと、柄本は黒い大型ケースから出されたバズーカ砲のようなＶＴＲカメラをスタッフから受け取り、その横腹をぱんとたたいた。

「最新鋭の〈超高速超望遠ＶＴＲカメラ〉だ！」

「超高速超望遠ＶＴＲカメラ……？」

「そうだ。これだけの大事件だ。きっとスーパーガールが現れるに違いないぞ。みんな気合を入れろ。スクープを逃すな！」

「了解」

「了解っ」

「桜庭、君もだぞ。この仕事に君の将来がかかっているんだ」

「――は、はい……」

「十分以内に、全フロアにフラッシュ・オーバー現象が起きる。急いでくれ！」

指揮官は無線に指示すると、上空を仰いで「頼むぞ、特殊救助隊」とつぶやいた。

「あのう、フラッシュ・オーバー現象とは何でしょう」

江里が割り込むようにマイクを向けると、ヘリを見上げて拳を握り締めた指揮官は、

「君は知らんのか。フラッシュ・オーバー現象とは、建物内の空間に充満した可燃性ガスがある時一斉に引火し、大爆発を起こすことだっ」

怒った大魔神みたいな形相で説明した。

「充満した可燃性ガスの、大爆発——⁉」

「そうだっ。普通は防火扉がガスの充満をある程度防ぐのだが、それが機能していない。建物の中に人間が残っていれば、吹っ飛ばされてまず生き残れん」

「その大爆発が、わずか十分後に迫っているのですかっ」

「その通りだっ」

「お聞きになりましたか、みなさん」

中山江里はカメラを振り向くと、ごうごうという火事場の騒音の中でマイクを口につけ、叫んだ。

「みなさん。あと十分——いえ、もう八分か九分後に、建物内部の全てを焼き尽くす

〈フラッシュ・オーバー現象〉が起きようとしています。まだ内部に、逃げ遅れた人はいるのでしょうか。七階に取り残されているらしい人影は、救助できるのでしょうかっ」

「使えるじゃないですか、中山江里」

中継の画面を食い入るように見ている等々力の許《もと》へ、またフロア・ディレクターがやってきて囁いた。画面は、髪を振り乱す中山のアップだ。

「うむ。なかなかいい。桜庭よしみは？」

「間もなく、上空の柄本さんのヘリと回線が繋がります。これのあとで振りましょう」

「頼む」

「それから、ちょっとお耳に入れたいんですが」

「何だ？」

「視聴者からのタレ込みが数件来ているのですが……。あのデパートの防火設備についてです」

「何か不具合でもあるのか？」

「信用できるかどうかは、まだわからんのですが……。元従業員と名乗る視聴者が数人、とんでもないことを言ってきています」

「しっかりして。淳一」

涼子は淳一の右肩を担ぎ上げるようにして、展望食堂の厨房から屋上へ出られるはずの階段を上がっていた。『屋上・立入禁止』のプレートがかかっていたから、間違いはないはずだった。しかし三分かかって、十段上るのがやっとだった。

振り向くと、煙突のような階段の下のほうから、黒い煙がむくむくと液体のように盛り上がってくる。二人の足元に迫ってくる。まるで沈む豪華客船の内部にいるみたいだ。

「姉さん……」

「もういいよ」

涼子の顔の横で、淳一がため息をついた。

「何が」

「もういいんだ」

「だから、何がっ」

涼子は怒鳴り返した。

「何がいいって言うのよ」

「もういいんだよ。姉さん一人で、行ってよ」

「柄本さん、十五秒で中継入ります！」

「よし。桜庭来い」

　柄本はうなずくと、インカムを耳に掛けたよしみを手招きして、半分開いたスライディング・ドアを背中に座席に着かせた。

　座る、というより中腰である。半分開け放したドアから、背中に風がびゅうびゅう吹きつける。左手でドアの把手《とって》をつかんで身体を支え、右手でマイクを持つ。背中が半分、外に出ている感じだ。ヘリがデパートを見下ろしながら旋回しているので、手を離したら背中から落ちそうだ。

「柄本さん、落ちそうです」

　ヘリの機体は、激しく上下に揺れる。

「我慢しろ桜庭。その姿勢じゃないと、君の顔とデパートが一緒に映らないんだ」

「どうしてインカムのマイクじゃだめなんです」

「両手でつかまってなんかいたら、必死にレポートしている感じが出ない」

「えっ」

「君は今、報道の対象とだけ闘っているんじゃないんだぞ。いいか、レポーターは『死んでも放さないわ』という形相でマイクを持つものだ！　それが視聴者に届くんだ」

冗談じゃ、ないよ……。

よしみは激しい火事場風にスーツの上着をめくられながら、勘弁してくれと思った。いくらあたしが飛べるからって——それにもし振り落とされて飛んだら、この場で正体を映されちゃうじゃないか。

「え、柄本さん」

「こらえろ桜庭。うまくいけば、スーパーガールが現れたところを実況できるかもしれないぞ！」柄本は、局への中継カメラの操作はスタッフに任せ、自分は黒いバズーカ砲のような〈秘密兵器〉を肩に担いだ。「安心しろ。〈彼女〉がいつ現れても、俺がこいつでシュートしてやる。君は〈彼女〉の姿が見えたら、ただちにその活躍を実況するんだ」

安心しろって——そんなの構えられてたら、出動できないよ。

「あのう、柄本さん」

よしみは後ろから髪をなぶられながら、

「そんなもので映しちゃうのは、あの、迷惑じゃないでしょうか」

「迷惑？」

「そうです」

よしみはうなずく。煤混《すす》じりの熱風を受け、よしみのロングヘアはたちまちぼさぼさになってしまう。万一やむを得ず映されてしまうとしても、あとでテレビを見るはずの橋本克則に、みっともない姿はさらしたくない。

「〈彼女〉が迷惑だと思います。神秘の存在にしておくほうが、いいと思います」

「そんなことがあるか。スーパーガールの輝かしい活躍を、全国に知らしめるんだぞ」

「だって」

よしみは反論する。

「超望遠で撮るなんて、可哀想だわ」

「可哀想？」

「スーパーガールだって、自分の生活を犠牲にして出動してくれているかもしれないじゃないですか。それを、ただの物好きとか、どうせ自己満足だとか、言うに事欠いて『テロリストたちと同類だ』とか言われて、おまけに火事場風で髪の毛ぼさぼさにしてるところなんか超望遠のアップで撮られたら、嫌になると思うわ。きっともう出動する気がなくなっちゃうわ」

「馬鹿なことを言うな」柄本は、大好きなアイドルを馬鹿にされた男子中学生みたいに、目を剝いて言い返した。「君は〈彼女〉の気高さをちっとも理解していない。いいか、あのスーパーガールは正義の味方として、人々を救う崇高な信念を持ってどこかから駆けつけてくるんだ。〈彼女〉は女神なんだ。髪の毛がぼさぼさだから写されるの嫌だわとか、そんな低次元の馬鹿なことを言うわけがない！」

「でもひょっとしたら、普段は普通の女の子で、毎回やむにやまれず出動して、そのたびに報われなくて、一人で傷ついているかもしれないわ。一人で――」

――『友達なんだ』

よしみは唇を噛む。

――『よしみとは、友達なんだ』

そうだよ……。たとえ失恋したって、最後まで自分をきれいに見せたいよ。

あたしは、失恋したスーパーガールだよ……。

「――」

思わず口をつぐんだその時、中継スタッフが「二秒前」の合図を出した。

「よし桜庭、話はあとだ。行けっ」

柄本がよしみの肩をたたき、脇にどいた。よしみに向いたVTRカメラの上で、赤いランプが点灯する。

「キュー！」

オンエアの合図が出た。

仕方ない。仕事だ。中山江里と交互にしゃべらされ、比較される。

よしみは息を吸い込み、カメラの赤ランプを睨むように、視線を上げた。同時にインカムに報道センターからの声が入った。

『現場上空の桜庭よしみさん。そちらから見る状況は、どうですか』

峰悦子の声だ。

「は、はい」

よしみは左手で体を支えながら、うなずいた。

「こちらは銀座の現場上空、桜庭よしみです」

カメラのレンズが目玉のように動き、自分の顔がズームアップされるのがわかる。

「みなさん、わたしのすぐ後ろをご覧ください。現在、黒木屋デパートの火災は、消防の必死の消火活動にもかかわらず――」

よしみは身体をわずかにずらし、背後に見えているはずの燃えるデパートをカメラに入れながら実況しようとした。

その時

「淳一！　しっかりしてっ」

突然、聞き覚えのある声が、よしみの〈聴覚〉に飛び込んできた。

「ね、姉さん。僕を置いて逃げて」

この声も。

「僕を置いて逃げてよ、姉さん」

「何てこと言うの！」

「――」

よしみは絶句した。

聞き間違いではない。

あの二人だ……。

い、い、涼子さんと淳一くんが――あのデパートの中に⁉

「どうした桜庭」

画面の中で、アップになった桜庭よしみが目を見開いて言葉を止めた。

「どうした」

等々力が、思わず身を乗り出す。

「桜庭さん。どうしました。何かありましたか」


「姉さんだけ逃げて。僕これ以上、姉さんの足手まといになりたくないよ」

「余計な口きいてないで、階段を上るのよっ」

「ずっと前から、そう思ってたんだ」

「もうすぐ屋上よ。頑張って這って、上るんだ」

「いいんだ。姉さんだけ逃げて」

「な、何を言ってる」

「だって僕がいたら、姉さんお嫁に行けないよ。無理してテレビで働いて、肝臓悪くして死んじゃうよ！」

「馬鹿なことを言うんじゃない。ごほ、ごほっ」

そうよ。馬鹿なことを言っちゃだめよ……！

「こら桜庭、何をつぶやいている」

柄本が目を剥いて、小声で怒鳴った。

『桜庭さん、どうしました？　桜庭さん』

9

「降ろしてください！」

　思わずマイクを放り出すと、よしみは操縦席のパイロットに叫んでいた。

「あたしを屋上へ降ろしてっ」

「な、何を言っている桜庭。中継中だぞ！」

『桜庭さん、どうしました？　桜庭さん』

「だって――」

「実況するんだ、桜庭！」

　柄本とよしみの言い争いは、そのままカメラに入ってしまう。

「だってあそこの最上階に、二人が――」

「二人って何だ」

「涼子さんと淳一くんが……！　降ろしてくれないなら、ここから飛び降りますっ」

「こらっ、何をする!?」

いきなりヘリのスライディング・ドアから飛び降りようとしたよしみの袖を、柄本が驚いてつかんだ。

「ば、馬鹿なことはやめろ桜庭！」

「だって――！　きゃあっ」


「さ、桜庭さん？　どうしたんですか桜庭さん」

揺れ動く画面の中、レポーターの桜庭よしみが突然、後ろを向いて飛び降りようとしたので、峰悦子は低く冷静な声をうわずらせた。

よしみが「きゃあ」と悲鳴を上げたのは、袖をつかんだ柄本を空中へ引きずり出しそうになったためだが、そんなことは見ている誰にもわからない。

『い、行かせてくださいっ』

『馬鹿なことを言うんじゃない。ここから屋上へ飛び降りるつもりかっ』

『だってあの中に、涼子さんと淳一くんが――！』

必死の声が、モニターに響く。

「知り合いが買い物にでも来ていたのかな」

等々力が画面を見て言う。桜庭よしみは、慌てた柄本とスタッフたちにステップへ引きずり上げられ、取り押さえられている。等々力の耳のイヤフォンに、副調からサブ・ディレクターが『中山に切り替えますか？』と訊いてくるが、三十七歳の敏腕《びんわん》ニュースキャスターは「いや待て」と制止する。

「スタジオのマイクを切って、このまま流せ」

『涼子さんと淳一くんが死んじゃう！　行かせて』

『ここから飛び降りたら、君も死ぬんだぞっ。わかってるのか、頭を冷やせ桜庭！』

必死の形相のよしみがアップになる。

峰悦子が、呆れたように頭を振る。

「だけど、何を考えてるんでしょうね。あの子」

「さぁな……」


銀座路上。

ロケバスからコードを引いて地面に置いたモニター画面に、無謀にもヘリから飛び降りようとする桜庭よしみが映っている。カメラは切られない。『視聴率を取れる』と等々力が判断したのか……。江里は思わずカッとなって、アスファルトを蹴った。

「さ、桜庭めぇっ」

「いくらレポートの実力でわたしにかなわないからって、あんなことして目立とうとするなんて――！」

友達が中に取り残されていると知って、自分の危険も顧《かえり》みず、マイクを放り出して助けに行こうとするレポーター……？

しかも制止されたら、ヘリから飛び降りようとして見せるなんて――くそっ。美味しすぎる。

報道を放り出して人命救助をしようとすれば、視聴者の共感を呼ぶだろう。

わたしにも何か――そうだ。

「そうだわ。いざと言う時は、わたしにもあれがあったわ！」

江里はロケバスを振り向くが、

「江里くん、十秒後にこちらへ振るぞ。立ち位置に戻れ」

「は、はい」

「よし。中山に戻す。軽く実況、そのあとで助かった人たちにコメントを取れ」

等々力の指示に、副調でサブ・ディレクターが『了解です』と応える。今日は柄本が現場に出てしまっているので、スタジオでは細かい指示まで等々力が出さねばならない。

『等々力さん、今の桜庭のオーバーアクション、数字取れましたよ。ネタでやったのか天然なのか、見ただけじゃわからないのがいい』

「うむ」

「だけど使えないわ、あの子」

峰悦子が、冷たく言った。

「現場で取り乱すなんて、レポーター失格よ。〈熱血〉と〈錯乱〉は違うわ」

「う、ううむ」


「は、放してっ」

よしみは暴れたが、本気で柄本たちを跳ね飛ばすわけにはいかない。本来の力を出したら、正体がばれてしまう。

「桜庭、落ち着くんだ。中に誰がいるんだ？」

柄本は、よしみを座席に押さえつけた。

「も、〈もぎたてモーにんぐ〉の山梨涼子さんと、弟の淳一くんです」

「そんなこと、どうしてわかる」

「買い物に来ていたんです。早く助け出さないと」

「気持ちはわかるが、落ち着くんだ桜庭。きっとすぐにスーパーガールが来てくれる」

そんなこと言ったって、あなたが止めてるうちは来れないよ……。

よしみは顔をしかめた。

「ね、姉さん……ごほっ」

（淳一くん……）

〈聴覚〉に届く声が、か細くなっていく。

「ごほっ、ごほっ。姉さん、は、早く逃げて。僕はだめだ。もう息が……」

「あきらめちゃだめよ、淳一！」

「ね、姉さんこそ早く屋上へ……」

「だめよ。生きるのをあきらめちゃだめよ！」


ええい、もう。

よしみは頭を振った。

この際、正体ばらしたって構わないわ！

「柄本さん、放してください。聞いてください。本当のことを言います。あたしは、あたしは本当はス――」

「ああ、ああ、わかる。わかるぞ。今のは、頭が酸《す》っぱくなったんじゃない。君は同僚とその弟を助けたいあまりに、マイクを放り出してしまったんだろう。桜庭、俺の見込んだ通りだ。君はやっぱり〈熱血〉にふさわしいキャスターだぞ！」

柄本は感激したように、よしみの両肩をつかまえて揺さぶった。

「助けたい命を目前にすれば、報道なんかしていられるか……！　だが桜庭、その熱い気持ちをこらえ、あえて報道するんだ。それが真のジャーナリストだ」

「あ、あの」

だから、違うんだってば……！

「柄本さん」パイロットが、耳のレシーバーを押さえながら振り向いた。「これより消防のヘリが、レスキュー隊をワイヤーで屋上へ降下させます。我々の機体の風圧《ダウンウォッシュ》が邪魔になるそうです。退避するか、どこかへ降りろと言ってきています」

「わかった」

柄本は立ち上がると、パイロットの肩越しに左の方を指さした。

「ちょうどあそこに、桜新聞の有楽町本社がある。うちの系列社だ。あの屋上にあるヘリポートへ降ろしてくれ！」

「了解」

『等々力さん。柄本チーフのヘリが、退避を要請されました。これより消防庁のレスキュー隊がヘリで屋上へ降下し、最上階の生存者を吊り上げるそうです』

「わかった」

等々力は副調にうなずいた。

「中山に下から実況させろ。助かった人のコメントはあとだ」

『了解』

「桜庭は使えるのか？」

『大丈夫でしょう。取りあえずすぐ近くが桜新聞の本社ですので、屋上へリポートへ降りられる模様。柄本さんが最新鋭の超望遠ＶＴＲを持っています』

「よしっ、２アングル取れるぞ。二元中継だ。中山は下から、桜庭は真横からレスキュー隊の活躍を捉えろ！」

「大丈夫かしら、あの子」

「やらせるさ」

キィイイインッ
赤と白に塗られたシュペル・ピューマは、双発タービン・エンジンの出力を上げ、古いデパートの屋上へ接近していった。二十五人乗り、四五〇〇キログラムの吊り上げ能力を持つ、消防庁の最新鋭大型防災ヘリコプターだ。

サイド・ドアが開き、いつものオレンジ色の出動服に替えて銀色の耐熱服、そしてエアボトルとマスクを装着した完全装備のレスキュー隊員が、ホイストに吊られて降下し始める。

ビュォオオオッ

しかし、邪魔な報道のヘリコプターを残らず退けても、デパート上空は猛烈な火事場風の乱気流だった。

「くそっ。あの招き猫が邪魔だっ」

嵐の中のミノムシのように、銀色の耐熱服の隊員は翻弄《ほんろう》された。

黒木屋デパートの屋上には、創業以来のシンボル・マスコットである白い巨大招き猫が正月の餅飾りのようにでんと場所を取っているため、ヘリが着陸することはできない。

レスキュー隊の隊員が、最上階の生存者を救助しに行くためには、ワイヤーで吊して降ろすしかなかった。だが隊員が着地できるスペースも、猫の額のように狭かった。

「だめだっ。振り回されて猫のネオンにぶつかる。いったん離れてくれっ」

〈お買い物は黒木屋へ〉と大書された招き猫から、シュペル・ピューマが機体を傾けて退避していく。下部に隊員を吊したままだ。

「どうした、特殊救助隊」

いったん建物から離れるヘリを見上げ、指揮官は無線に怒鳴る。

「どうして屋上から離れるんだ」

『乱気流が予想以上に激しい。招き猫が邪魔で、隊員を降ろせません』

うっ、と指揮官は言葉につまり、時計を見る。

「フラッシュ・オーバー現象まで、もう五分もないぞ！　ほとんど猶予《ゆうよ》はない」

『わかっています。これより再度トライします』

「頼むぞっ」


「レスキュー隊のヘリが、再度近づきます！」

桜新聞の有楽町本社は、燃えるデパートから交差点を隔てて三〇〇メートルしか離れていなかった。屋上へリポートへ着地したＢＫ117から、柄本の率いるスタッフは次々に飛び降りると、風の吹きつける中を撮影ポジションを取るため散った。

「超望遠ＶＴＲ、準備完了」

「よし桜庭、立て。レスキュー隊の活躍をレポートだ！　――おい桜庭⁉」

「すいません、失礼しますっ」

だがよしみは、ヘリポートに降り立つが早いか振り向きもせず、〈亜音速駆け足〉

で出口へ向かった。

ばびゅっ
「さ、桜庭――!?」

飛んできた紙くずが、紙吹雪のように舞う。その向こうによしみの姿は、たちまち風のように消えてしまう。

「脚――速いですね。あの子……」

スタッフの一人が、唖然として見送った。


よしみは、桜新聞社本館外側の壁についた非常階段を駆け下りた。

急がなくては……!

淳一と涼子が、窒息してしまう。


――『僕、ファンになりました。頑張ってください』

「淳一くん、待ってて。頑張るのよっ」

よしみは三階部分の踊り場から、燃え盛るデパートを見上げた。レスキュー隊員を吊したヘリが、再び屋上の招き猫へ接近していく。

『火事場風が強い。さっきより強い！』

ヘリの交信が、よしみの耳に届いた。

『〈おおとり一号〉、隊員の降下は可能かっ？』

『行くしかありません！』

キラッ
よしみの左手首で、銀色のリングが光った。

「えい、面倒だ」

よしみは、非常階段の踊り場から裏通りの路上へ飛び降りた。そのまま走る。晴海《はるみ》通りに出る。群衆を突き抜けて飛ぶように走った。

「変身したいけど――ここじゃだめだ。こんなところで音速を出したら、衝撃波で集まったやじ馬を吹き飛ばしてしまう」


「はぁっ、はぁっ。ぐっ――！」

涼子は淳一を引きずり上げるようにして、煙突のような階段の一番上へたどり着いた。すでにここまで、煙が充満している。

「し、しっかりして淳一」

涼子は、引きずり上げてきた弟のセーターの背中をたたいた。

「死ぬんじゃない。もう少しの辛抱《しんぼう》よ」

早く屋上への出口を開けなくては、二人とも死んでしまう。

空気を吸わなくては……。

「い、今出口を開けるからね！」

涼子は息を止め、最後の力を振り絞って、鉄製の扉の把手をつかんだ。この扉を開ければ――屋上へ出られれば、空気がある。だが把手に手をかけて回そうとした涼子は、「ひっ」と呼吸を止めた。

「か――鍵がかかってる⁉」


「ご覧ください、みなさん。消防庁レスキュー隊のヘリが、決死の救出へ向かいます！」

江里は、首が痛くなるほど頭上を見上げたまま、マイクに叫んでいた。

「屋上から内部へ突入し、最上階に取り残された生存者を救おうというのです。まさに決死の救助活動です」

大型のシュペル・ピューマがボトボトボトと重たい風圧をたたきつけながら、燃え盛るデパートへと接近していく。だが吹き上げる火災の勢いのほうが、ヘリの起こす風圧を遥かに上回っている。吊り下げられた銀色の耐熱服が、振り子のように揺れている。

「し——しかしこれは……まるでサーカスの空中ブランコです。吊り下げられた隊員は、屋上へ降りられるのでしょうかっ」

『すべてを焼き尽くす〈フラッシュ・オーバー現象〉が、あと数分後に迫っています。頑張れ、レスキュー隊！』

「横からの画《え》がほしい。桜庭に切り替えろ」

中山江里の実況を流すモニターを見ながら、等々力が指示した。

『と、等々力さん、それが……桜庭よしみが屋上へリポートから消えたらしいです』

副調でサブ・ディレクターが頭を下げる。

『すみません。柄本さんが画像だけ流します』

「何をやっているんだ、まったく」

「だから言わんことじゃないわ」

そこへ、リサーチを受け持つ若いスタッフが、ＦＡＸの束を手に走り寄ってきた。

音声が入っていないのを確かめ、小声で告げた。

「と、等々力さん。大変です」

「どうした」

「複数の関係者から、さらにタレ込みがありました。どうやら黒木屋デパートの非常用スプリンクラーは、消防署の検査をごまかすためのダミーらしい。配管工事を、まったくしていないという情報があります」

「何っ」

「水が出ないはずですよ。こっちの情報提供者は、地下二階の防火コントロール室は特撮映画で使ったセットを買いたたいたものだと言っています」

「ほ、本当か……」

「よぉしっ。きっとすぐにスーパーガールが現れるぞ。超望遠VTR、デパートの前面を狙って外すな！　上空から窓へ飛び込むところを捉えるんだっ」

新聞社の屋上では、柄本が声を嗄らしながら撮影の指揮を執《と》る。

その声を〈聴覚〉で耳にしたよしみは、人混みの中で思わず「うえっ」と新聞社ビルを振り仰いだ。

「や、やだなぁ……。今、変身して飛び込んだりしたら、アップで映されちゃう」

どうしよう、と悩んだ一瞬の隙に、亜音速駆け足のよしみは燃え盛る七階建ての正面に出てしまった。どちらを向いても、人、人だ。消防士は火と闘い、警察やマスコミ、やじ馬たちはレスキュー隊ヘリの接近を指さして見上げている。

ここで飛び上がって、変身などしたら——いくら音速でもみんなに見られてしまう。

「しょうがない……このまま正面から入ろう！」

「ああっ。吊された隊員が、強風に翻弄され、巨大な招き猫にぶつかりそうです！」

デパート前の路上では、江里が声を張り上げ続けていた。

「レスキュー隊の降下は、成功するのでしょうか！」

その時、上を向いて実況する江里の横を、人垣をハードルみたいに飛び越したよしみがバビュッと通過した。

「あっ。桜庭！」

その姿を目ざとく見つけた江里は、中継中にもかかわらず声を上げた。

よしみの後ろ姿は、警官が制止する隙もなく、デパート正面玄関へ突入していく。

「待て」「待つんだ」という警備の警官の声を無視して、炎の中へと消えてしまう。

「こら桜庭ぁっ」

江里は我慢できないように叫んだ。

「あなた、また火災現場でボランティアして、一人だけ目立とうっていうのね！」

「お、おい江里くん、どこへ行く」

プロデューサーが慌てて止めようとしたが、S心女学院の初等部時代から何でも自分が一番でないと気のすまなかった江里は、キレたようにマイクを放った。

「あなた一人に、いい格好させるもんですか！」

「何をやっているの」

画面の中でマイクを放り出した江里に、峰悦子が怒った。

「中山さんまでつられるなんて……！」

「やむを得ん。スタジオに引き取ろう」

等々力が、副調のサブ・ディレクターに「切り替えろ」と指示を出した。

「新聞社屋上からの超望遠画像を見ながら、こっちで悦子にしゃべらせる。それと、そのタレ込み情報の裏を急いで取れ」

『了解です』

江里は中継車に駆け戻ると、衣装部屋から借りたままの消防士の防火服を取り出して着込んだ。

「こんなこともあろうかと、用意しておいたのよ」

ミニスカートのスーツの上から急いで防火服をかぶり、もこもこに着ぶくれた江里は、燃えるデパートの入り口へ駆け出した。

「あっ、江里くん。江里くん！」

止めるプロデューサーの声も聞こえていない。

「桜庭ぁーっ、待てぇっ！」

警官隊が消防士と勘違いして、中へ通した。

10

調布飛行場。

撮影現場の仮設モニターに、〈緊急特別熱血ニューズ〉がチューニングされている。

消防庁のヘリの出動騒ぎが収まると、スタッフたちは再び次のシーンの準備にかかったが、橋本克則は台本を脇にはさんだまま火災現場の実況に見入っていた。

格納庫の床に置かれたモニターは、本来は撮ったばかりのシーンをリプレイするためのものだが、〈しねしね党〉事件がまた勃発したのかもしれないと、ディレクターが地上波の放送に合わせることを許したのだ。

低い音量のモニターの中で、鋭い目の峰悦子が現在の状況を繰り返し説明している。

「逃げ遅れた人がいるのか……。大丈夫かな」

「よしみ」

「ん」

克則は、隣で何か言いかけた美帆に『どうしたんだ？』と問うような視線を向けた。

「あ――いえ。何でもないわ」

「よしみが、心配か」

「今、あの子、仕事が大変な時だし」

ヘリからの短い実況は、克則も美帆も並んで見ていた。

「うん。さっきのあいつ、凄かったな」

「う――うん、そうね」

「逃げ遅れた人を助けようと、仕事を放り出して――『着陸しないなら飛び降りる』とまで言い張るなんて……。

俺、今まであいつのことを可愛くて一生懸命な子だとは思っていたけれど、ちょっと尊敬したよ」

ふと克則は、テレビ局の渡り廊下で見せたような遠い目をした。

「俺――雪山で雪崩に呑まれかかったことがあるから。ああいう場所で助けを待つ人の気持ちって、わかる気がするんだ」

「……」

美帆は唇を噛むと、肩に掛けたカーディガンの下で台本を抱き締めるようにして、

「ね、克則さん」

「ん？」

「さっきのことだけど……」

　すると克則は、まっすぐに視線を上げる美帆を遮るようにして、「美帆ちゃん」と言った。

「美帆ちゃん。あのさ」

「え」

　克則は、少し言いにくそうにしたが、続けた。

「聞いてくれるかな。たとえば、この世のどこかにさ、空を飛ぶ〈銀色の雪女〉がいて……。俺がその雪女に雪崩の中から助けられたなんて言ったら、君は信じてくれるかな」

「えっ」

「俺は――」

　克則は目を伏せた。

「俺は去年のクリスマス、山で遭難しかけた時――そんな幻みたいな〈彼女〉に出会って、惚れてしまったんだ。さっきも言いかけたけど……俺が本当に好きなのは、実はその〈彼女〉なんだ」

「克則さん」

「笑ってくれてもいいよ。あれはただの、雪の中で見た幻だったのかもしれない。でも今でも、俺は愛している。〈彼女〉を心から愛している。生身の人間であろうとなかろうと――君への、今のこの気持ちと、同じくらいに」

長身の青年は、うつむいてため息をついた。

「いや……。どうしても俺は〈彼女〉が忘れられない。君が徹夜の立ち稽古で見つめてくれた時、思ったさ。幻など忘れて、君を愛そうかって。だけど忘れられないんだ。俺は……」

克則は辛そうに頭を振った。

「……すまない。美帆ちゃん」

「克則さん。その雪女は――」

美帆は言いかけたが、口ごもった。

テレビモニターの小さな声が、向き合って立つ二人の足元で『〈フラッシュ・オーバー現象〉が、わずか数分後に迫っています。取り残された生存者は、絶望なのでしょうか』と告げている。


「うわっ、熱――！」

黒木屋デパート内部。

よしみが駆け込んだ一階正面玄関のロビーは、炎と煙で満たされていた。中央ロビーから吹き抜けで上の階へと伸びている中央階段は、廊下の防火扉がまったく閉まっていないため、巨大な一本の煙突と化していた。

これでは燃え広がるのが、早かったはずだ……。

よしみは顔をしかめた。

どっちへ行けばいい？　煙で何も見えない。

耳を澄ます。声が聞こえない。まさか二人は力尽きたのだろうか……？

いや、

「……じゅ、淳一、ごめんね。こんなところへ連れてきて……」

涼子のかすかな声だ。

「……開かないよ……げほっ。もうだめか……」

上だ！　まだ息がある。よしみは視界ゼロの吹き抜けロビーで頭上を見上げた。暗闇の中でオレンジ色が揺らめいている。まるで頭上はピザを焼く窯《かま》だ。

キラッ

よしみの腕で、リングが光った。

「イグニス、飛ぶわ」

よしみは助走すると床を蹴り、螺旋状の中央階段の真ん中を突き抜けて上昇した。

フュィイイイッ
熱い。耳が痛い。三階から上の空間は、発火寸前の可燃性ガスが上昇して充満し、膨張した気圧で壁という壁を押しつけている。あとわずかでも温度が上がれば、風船をつつくように爆発するだろう。

よしみは七階まで舞い上がると、熱気を掻き分け、そのまま通路を横飛びに飛んだ。

「涼子さん！　淳一くん！　――ごほっ」

スーパーガールでも、叫ぶとむせた。おまけに今日は変身していない。中身は平気でも洋服がたちまち焦げていく。

「もう。どうしてスプリンクラーから水が出ていないのっ？」

よしみは通路の天井についたスプリンクラーの水栓を見つけると、空中に立ち止まって水は出ないかとひねってみた。すると金属製の耐火水栓は、ポロッと取れてしまった。

「な――何よこれ」

よしみは思わず、取れた水栓と天井の表面を交互に見た。よしみの力が強すぎたのではない。取れた跡の表面には水の配管も何もない。

「接着剤で、つけてあるだけ……？」

だが、呆っ気に取られる暇はなかった。

「……うぐぇっ、げほっ、息が……ぐぇっ」


涼子が危ない。

窒息まで数秒の猶予もない。

「方向は——こっちだ！」

よしみは空を蹴ると、横飛びに飛んだ。

ビュッ
「涼子さん、淳一くん、今行くわっ」

空気が熱い。可燃性ガスの一斉爆発が迫っている。ちりちりと焦げるロングヘアをひるがえし、よしみは飛んだ。

二つの催事場の間を抜けた。〈アマゾン大秘宝展〉の会場で、ピラニアの群れが大水槽で泳いでいるのがちらりと見えた。

「ちっくしょう、熱いなぁっ」

やはり変身してくれればよかったか……。目の前に〈展望大食堂〉の看板が現れる。

涼子の声のした方角は、この食堂のさらに奥だ。

「急いで、イグニス！　もうすぐ爆発するわ」

よしみは飛んだ。厨房を突き抜け、〈立入禁止〉の表示があるドアを突き破り、煙突のような階段を飛び上がった。

いた――！

閉まったままの鉄扉《てっぴ》の前に、煤で黒くなったスーツの涼子と、セーターの淳一が倒れていた。意識がない。涼子は右手で鉄扉の把手を握ったまま気を失っている。

「しっかりしてっ」

いけない。窒息しかけている。よしみは涼子の手を把手から外すと、階段の出口を塞いでいる鉄製の扉を、思いきりぶん殴った。

「えいっ」

ぐわっしゃん、と錆《さ》びた鉄扉はひん曲がりながら向こう側へ吹っ飛んだ。空気の出口が開いたので、背中から熱風が噴き上がってよしみの髪を舞い上がらせた。吹っ飛ばされた鉄扉はくるくる回転し、屋上の床面に立つ支柱のような物にぶち当たった。

「さっ、行くわよ――きゃ⁉」

だが二人を抱え上げて飛ぼうとした瞬間、よしみの頭上に煤ぼけた巨大な白いものが覆いかぶさってくると、ぐしゃっ！　と階段の出口を塞いでしまった。

「な、何――⁉」

真っ暗になった。見上げると煤ぼけた白っぽい壁が、新しい天井のように出口を塞いでいる。な、何だこれは。

「ま、招き猫――⁉」

招き猫のお尻だった。よしみが殴って吹っ飛ばした鉄扉が、老朽化した巨大招き猫の底部の支柱を折ってしまったのだ。突っかい棒の一本を失った猫は、傾いて屋上に擱座《かくざ》してしまった。階段の出口は、完全に塞がれた。

「間もなくフラッシュ・オーバー現象が起きる。危険だ、退避しろっ」

消防隊指揮官が、頭上のヘリを仰ぎながら指示をした。同時に「危険だぞ、群衆を建物から離せ！」と付近の警官たちに怒鳴った。

『ここまで来て、助けずに帰れるかっ！』

無線に怒鳴り返す声。ヘリから吊り下げられている、レスキュー隊員だ。

『降ろしてくれ！　もうすぐそこだっ』

『だめだ。屋上の大看板が邪魔で、これ以上近づけない。近づけないんだ』

パイロットが叫び返す。

『畜生、畜生っ。あの邪魔な招き猫を、誰か何とかしてくれ！』

「隊長。内部の温度が限界です。この上昇カーブでは――あと三十秒もちません！」

指揮官の隣で、内部に残したテレメーターの表示を読んだ隊員が叫んだ。

「くそっ。みんな下がれ、下がれ」

「消防隊長！」

そこへ警官の責任者が、走ってきて告げた。

「さっき民間人の女が一人、平服のままで中へ飛び込んで行きおった。それを追いかけてあんたのところの隊員が一人――」

「な、何だと」

「だめです。十秒以内に爆発しますっ！」


「くそっ」

よしみは白い天井に両手を当てると、押し上げようとした。だが重い。重い……。思いきり力を入れれば、ズリッとかすかに動くが、「くっ――変身してないからな……。旅客機振り回した時みたいな力は」

押し出せない。コンクリートのかけらがパラパラと落ちてくるだけだ。

「なんて重いんだ、この招き猫――！」

『〈おおとり一号〉、退避せよ。フラッシュ・オーバーが起きる！　爆発するぞっ』

消防隊指揮官の怒鳴り声が、必死に天井を押すよしみの耳に届いた。

『あと五秒だ！』

「くっ――」

よしみは歯を食いしばり、足元の二人を見る。

可燃性ガスが爆発したら、この二人は――

あと四秒。

「くそぉっ」

その時。

ピチャッ
かすかに水の音が聞こえた。

よしみは振り向いた。階段の下のほうから、何かが水面に跳ねる音がする。

（こ、この音……？）

「爆発するぞ。下がれ、下がれっ」

「江里くん、江里くんっ」

消防隊に押し返されながら、局プロデューサーがデパートを見上げて叫んだ。

「誰か助けてくれ。うちのレポーターが、まだ中にいるんだ！」

「爆発するのかっ」

等々力がモニターに身体を乗り出した。

「この肝心の時に、レポーターが二人とも……」

峰悦子がため息をついた。

『悦子さん、繋いでください。お願いします』

サブ・ディレクターがイヤフォンで懇願した。

「ったく、おちおち子供も生めやしない」

『ご覧ください。あと数秒で〈フラッシュ・オーバー現象〉が起きようとしています』

緊迫した峰悦子の声に、大道具や照明のスタッフたちも手を止め、集まってくる。

「――」

「――」

並んでモニターを見つめる克則と美帆の両脇に、人垣ができていく。

『建物内の全ては、焼き尽くされてしまうのでしょうか。生存者を救い出す手だては、もはや――』

何かが水面で跳ねるピチャッという響きは、轟々《ごうごう》という火災の唸りの中、救いのようによしみの〈聴覚〉に届いていた。

この音は……ピラニア！

よしみの頭に、催事場の大水槽が閃いた。

次の瞬間、よしみは身をひるがえし飛んでいた。真っ暗な階段の空間を急降下。でも、水槽ごと持ってくる時間はとてもない。どうすればいい――!?

「――こ、これだっ」

よしみは食堂の出口の横に白い大きな着物を見つけると、ガラスケースをたたき割って引っ張り出した。そのままピラニアの水槽目がけて飛んでいき、ザブッと水に浸《つ》けた。

「イグニス、間に合わせてっ！」

よしみは飛んだ。再び厨房を突き抜け、煙突のような階段を急上昇。そのまま倒れた二人にのしかかるようにすると、よしみは水を吸った布団《ふとん》のような白無垢を頭の上からかぶった。

同時に、あたりが真っ白くなった。

ズドドォーンッ！

見上げる石造りの七階建ての全ての窓から、真っ白い火柱が一瞬、最大級の仕掛け花火のように噴出した。

うわぁーっ！　と悲鳴を上げ後ずさる群衆。

ストロボが照らしたように、くっきり影ができる街路。その上方を、からくも退避していくヘリコプター。

その光景は、富士桜テレビの二台の中継カメラを通し、全国にオンエアされた。

報道センターで画面に見入る〈熱血ニューズ〉のスタッフたちも、言葉を失っていた。一瞬の沈黙のあとで、峰悦子が我に返ったようにしゃべり始めた。

「み、みなさん。ついに〈フラッシュ・オーバー現象〉が起きてしまいました。凄まじい火焔の噴出です。デパート内の全ての物は……生存者は、やはり――」

だが、

「待て」

等々力が、モニターの画面を指さした。可燃性ガスの爆発は、一瞬の花火のように画面を白く染めたが、すぐに光量を落としていく。

「柄本の画を見ろ。あれは何だっ？」

『だめだ、爆発したっ。最上階の生存者は絶望』

だが報告しかけた上空のヘリは、ふいに声を詰まらせた。

『……い、いや待て。待ってくれ。な、何だあれは⁉』

「何だ」

「何だ、あれは……！」

フラッシュ・オーバー現象が過ぎ去ったあとに、何かが起きていた。

見上げる人々の驚愕の表情が、中継の画面にあふれ返った。実況するレポーターはいなくなっていたが、カメラは人々の視線の先へ斜めにパンをする。頭上を仰ぐ。

驚異の光景がそこにあった。煙を浴びて擱座していた白い猫――〈お買い物は黒木屋へ〉と書かれたデパート屋上の巨大な招き猫が、ズズッ、とかすかに身じろぎをしたのだ。

「う……動いた？」

「猫が動いた……？」

人々の注視の中、巨大招き猫が下から持ち上げられるようにゆっくりと傾ぎ、天を仰いだ。そのまま仰向けに倒れ始めた。

ズズズズッ

「た――倒れるぞっ」

「おっ、おい！」

呆気にとられるスタッフに、我に返った柄本は命じた。

「あの招き猫の基部を撮れ！　最大望遠だっ」

三〇〇メートル離れた屋上へリポートから見るその光景は、まるで特撮映画だった。凄まじい埃を巻き上げながら、白い招き猫はまるでアッパーカットを食らった怪獣のように、デパートの向こう側へひっくり返っていく。たちまち煙の幕の中へ消えてしまう。

一拍おいて、あたりを震わせる地響き。

ズズズズーンンッ
「と、撮れたかっ！」

「だめです柄本さん。煙で何も見えません！」


調布飛行場。

中継を見つめる美帆は、仰向けに押し倒される招き猫の映像に思わず「よしみ……！」と呼びかけそうになり、口に手を当てた。

「？」

克則は怪訝そうな顔をしたが、すぐに現場からの声に、モニターへ視線を戻した。

『ご覧ください、ご覧ください！　屋上の巨大招き猫が、倒れていきます。人のいない向こう側へ、勝手に倒れていきますっ！』

レポーターに代わってマイクを取り、報告するのは撮影カメラマンの声だ。

『いったい、何が起きているのでしょうかっ？　逃げ遅れた最上階の生存者は、どうなったのでしょうか』

画面では、招き猫が埃を上げて倒壊し、屋上から姿を消してしまった。入れ替わりに、上空から消防のヘリが近づいていく。

火災現場の上空から、ヘリが大声で報告する。

『屋上に人が見える。人がいる。二人だ。倒れている。大看板がなくなったので降りられる！　これより降着し救助しますっ』

「りょ、了解した」

消防隊指揮官は、ヘリにうなずいた。だがフラッシュ・オーバー現象が過ぎ、可燃性ガスが燃えて抜け去っても、建物の火勢が衰えたわけではなかった。

「〈おおとり一号〉、収容を急ぐんだ。間もなく屋上も火に包まれるぞ！」

『最上階の生存者は、屋上へ脱出していた模様です。招き猫の奇跡的な倒壊により、これよりヘリがじかに降りて救助するとのことです！』

生存者が救助されるらしい、と聞いて、集まっていたスタッフたちもばらばらと仕事へ戻っていく。

モニターの前で二人きりに戻ると、克則はつぶやくように「美帆ちゃん」と言った。

「美帆ちゃん」

「え」

「ごめん。美帆ちゃん」克則は、モニターを見たまま言った。

「俺、しばらくアメリカの仕事で頭を冷やしてくるよ。自分を、よく見つめ直してみたいんだ」

「克則さん……」

シュッ

中央階段の真ん中を飛んで降りてきたよしみは、煙だらけの一階ロビーに着地した。

「涼子さんたちは助けられたけれど……。あ〜また洋服が」

本人は平気でも、服は火災を浴びてひとたまりもなくボロボロになっていた。ため息をつきながら歩いて正面玄関へ向かうと、足に何かが引っかかった。

「あれ」

　誰かが、床に倒れている。

「え、江里じゃないか」

　一階ロビーの床で、なぜか消防士の防火服を着込んだ中山江里が、気を失って倒れていた。

「おい、こら。大丈夫？」

　助け起こすと、意識はないが呼吸はしている。

「どうしてこいつ、こんなところにいるんだ？」

　よしみは、首を傾げた。自分を追いかけて建物に飛び込んだはいいが、炎の凄さにすぐ卒倒したのだとは、よしみも知らなかった。江里は気を失って一階の床にふせていたため有毒ガスも吸い込まず、フラッシュ・オーバー現象にも生き残れたのだ。

「世話が焼けるなあ。よいしょ」

　抱え起こして玄関から出ていく。すると「消防隊がもう一人救助してきたぞ！」ワッと寄ってくる人々がいた。やじ馬の群れと、先頭にマスコミだ。

「ちょうどいいや――江里に助けられたことにしよう」

　よしみは江里の脇腹を小突いて目を覚まさせると、自分の方が江里に抱えられているように見せかけて足を運んだ。

「うげっ。げほ」

「中山さん、しっかり歩いて」

燃え続けるデパートを背景に、よたよたと歩み出てきた二人を、たちまちカメラを手にした人垣が取り囲んでいく。

11

最低の一日だった——と、よしみは思った。

（……）

銀座のデパート大火災事件から、数時間後。

緊急特番もとうに終了し、騒ぎは収まっていた。だがよしみは、〈熱血ニュース〉の制作オフィスには居所を与えられず、局の八階の渡り廊下で一人、壁にもたれて立ったまま天井を見ていた。

ため息をついた。

どうして、こんなことになってしまったのだろう……。

——『あの一言が致命的だったな、桜庭』

等々力のバリトンの声の宣告が、まだ頭の中に響いている。まるで何もないコンクリートの空間に、石ころが転がって反響しているようだ。

――『致命的だったな』

ぐすっ
よしみはすすり上げた。
六本木を見下ろす廊下の窓は、夕日で紅く染まっている。いつの間に夕方になったのだろう？　あのデパートの火は消えたのだろうか。救急車で運ばれていった二人は、意識を取り戻しただろうか……。
命に別状はないって聞いたけれど……。それにしても、あの店はひどい。

――『報道レポーターの使命は事実を伝えるだけだ』

(……うう っ)
また宣告の声がリフレインしそうになり、よしみは思わず頭を抱えてしまう。
そんなことは、わかってるつもりだけど……。
ついさっきの場面が、目の前に蘇る。

等々力の濃い顔が、目に浮かぶ。

「大事なところでいなくなったのは、〈もぎたてモーにんぐ〉の山梨姉弟を助け出そうとしたためだったと、百歩譲って考慮するとしてもだ」

等々力猛志は、〈熱血ニューズ〉の制作オフィスで、デスクの前によしみを立たせて言い渡した。

「あの一言が致命的だったな、桜庭。仮にも取材対象に向かって、レポーターがあんなことを口走ってはだめだ。いいか。対象がたとえどんな奴――はらわたが煮えくり返るほど憎い奴だったとしても、報道レポーターの使命は事実を伝えるだけだ。時に感情を込めることがあっても、人を非難してはならない。ただ淡々と、伝えなくてはならないのだ」

「は、はい……」

よしみは、ただうなだれてうなずいていた。炎でボロボロに焦げたスーツは、局のロッカールームで着替えられたけれど、心はずっとボロボロのままみたいだった。思えば、調布の格納庫で克則の『友達なんだ』という言葉を聞いてから……。

「桜庭。あんなことを口走る人間には、報道人たる資格がない」

「……」

よしみが黙ってうなだれると、そばで聞いていた局のプロデューサーが扇子をぱたぱたやりながら「ま、当然ですな」とうなずいた。

「人命救助で称賛された中山江里と、この〈バカヤロー女〉じゃ、比較にならないね」

「プロデューサー」

「いや。ははは」

等々力は、扇子を使う局プロデューサーを、不快そうに横目で睨むようにした。〈バカヤロー女〉……。そんなにあの一言は、まずかったのだろうか。

「わかったら、帰れ」

三十七歳のニュースキャスターはよしみに向き直ると、彫りの深い顎《あご》でオフィスの出口を指した。バリトンの声の「帰れ」は、『不採用を決定した』という宣告らしかった。

「あ――ありがとうございました」

よしみは、迷惑をかけた等々力に深々とお辞儀をすると、とぼとぼと階段を下りた。

そしてさっきから三十分も、この渡り廊下の端っこで放心状態を続けているのだった。

何だか足が重く、もう歩く気になれなかった。

うなだれて、じっと手のひらを見た。

よしみの両の手のひらは、石けんで洗っても、まだうっすらと黒かった。

(重かったな……あの招き猫)

――『ば、ばかやろーっ』

「やっぱり、まずかったかなぁ……」

再びため息をつくと、よしみはつい数時間前のこと――燃え盛るデパートから脱出した直後の出来事を、頭の中に反芻した。


「き、君は消防隊員じゃないのか⁉」

数時間前。銀座のデパート前の路上。

よしみと、気がついたばかりの中山江里を取り囲んだ人々は、防火服の中身が女性だとわかると、驚愕して訊いてきた。

「いったい誰なんだ、君は」

「ごほごほ、わ、わたしは〈熱血ニューズ〉のレポーターです。炎に巻かれる人たちを、黙って見ているわけにはいかず……ごほっ」

防煙マスクを取って、咳き込みながら答える江里。その白い顔を、駆けつけたテレビ各局の中継カメラがアップにした。

「レポーター……？」

周囲は一瞬、絶句したが、

「い、いやぁ立派だ」

「それは凄いぞ」

危険だとか無謀だとか、冷静なことを言う記者はいなくて、全員爆発を見物してハイになっていたためか、マスコミの人々は江里を称賛し始めた。

「いざと言う時のために、防火服まで用意しているなんて。凄いレポーターだ」

「なかなか、できることじゃない」

「それに比べて、こっちの腕章巻いたボロボロのレポーターみたいな女は何だ？」

「着のみ着のまま炎の中へ入っていくなんて、無謀極まる奴だ」

「どうせスクープがほしくて、無茶をしたんだろう」

「しょうがない奴だな」

人々の声に、瀕死でフラフラの振りをしながら、よしみはムッとした。な、何よ……。しかし自分が最上階の二人を助けてきたなんて、とても言えはしない。

そこへ、

「ヘリが降りてきたぞ！」

誰かが叫んだ。

すぐそばの交差点に、赤と白に塗られた機体を煤で汚したヘリコプターが緊急着陸してくると、マスコミを先頭にした群衆はワッと移動していく。

ローターを回転させる大型ヘリからは、山梨姉弟が担架に乗せられ降ろされてきた。水に浸けられた白無垢でくるまれた二人は、意識がないようだ。

「この濡らした着物のお陰で、奇跡的に火傷《やけど》を負っていません。しかしガスを吸っていて意識がない」

「よし。早く救急車へ！」

消防隊指揮官が、救急隊員に指示をする。

だがそこへ、遠くで見ていたらしい蝶ネクタイの男が、取り巻きの社員とボディガードを引き連れてたまりかねたように割り込んできた。

「どけっ。どけっ」

黒木社長は、意識を失って横たわる姉と弟の顔には目もくれず、アマゾンの水槽の水で薄緑色にぐっしょり濡れた豪華婚礼衣装に「大丈夫か！」とすがりついた。

「ひどい。五千万の白無垢が……。何てことを」

黒木はつぶやきながら、ちっ、と舌打ちした。

「人間国宝の職人に一年がかりで織らせた、最高級の逸品が――あちっ⁉」思わず商品に取りついた黒木の鼻に、打ち掛けの中に紛れ込んでいたのか、ピラニアが一匹飛び跳ねて嚙みついた。「あちちっ。く、くそ！　まったく何て奴らだ」

「社長、離れてください。救急車が出られない」

黒木社長がそこで発した言葉は、周囲の騒音とヘリのローターの空転するノイズのため、報道陣のマイクには拾われなかった。カメラの映像には、社長が救助された二人の担架にすがりついて「大丈夫か！」とわめいているようにしか見えない。

サイレンを鳴らして、救急車が出ていく。

「おい」黒木は救急車の赤い閃光灯を見送りながら、そばの取り巻き社員に命じた。

「あの二人の住所氏名と家庭環境を、ただちに調べろ」

「はっ。早速お詫びと、賠償交渉ですか」

「お詫びだと。馬鹿者、賠償なんか誰がするか」

「は？」

「あの二人は、うちの大事な五千万の商品を火避けに使って助かったんだぞ。賠償金を支払う必要なんかない。いいか。あいつらから『着物の弁償を免除してもらう代わりに、お金は一切要求しません』という念書を取れ。家庭環境を調べて、使える圧力を全部使え。それでもがたがた言うようなら、いつもの〈回収屋〉を差し向けろ」

「わ、わかりました」

この会話も、救急車のサイレンに紛れて、周囲の報道陣には聞こえなかった。カメラに映った映像も、普通の人の感覚で見れば、社長が幹部社員に『ただちに二人を見舞え』と命じているようにしか見えないだろう。

　だがよしみには、その会話が全て聞こえていた。

「し、しかし。〈回収屋〉を差し向けると言いますのは、ちょっと乱暴なのでは」

「馬鹿野郎っ。あの二人がださくて逃げ遅れやがったお陰で、見ろ、うちの店のイメージがガタ落ちだ。ったく、これ見よがしに気絶しやがって。マスコミにさえばれなければ、着物代五千万も弁償させたいところだ！」

　むかっ。

　よしみは、人垣の向こうに目を剝いた。あの蝶ネクタイの親父が、この欠陥デパートの経営者か……！

　よしみは、スーツの上着のポケットに右手を入れると、瀕死でフラフラの振りをやめて人垣を掻き分けた。蝶ネクタイの社長に、横からぐいと歩み寄った。

「ちょっと待ってよ、社長。これは何よっ⁉」

　よしみの突き出した手には、さっき天井からポロリと取れた、ダミーのスプリンクラーが握り締められていた。

「あの炎の中で――あれをとっさにポケットに入れておいたのは、大した〈記者魂〉だと自分では思ってたんだけどなぁ……」

よしみは、六本木の夕景を見下ろす渡り廊下で、窓ガラスにおでこをつけて「はぁ」と息をついた。

「……あのあとが、まずかったなぁ」

「これは何なのよっ。贋物《にせもの》じゃない⁉」

しかし、ダミーの水栓を握ったよしみは、たちまち社長の取り巻き社員たちに取り押さえられてしまった。

「何だこの女」

「取り押さえろ」

「社長をガードしろっ」

「ちょ、ちょっと放しなさいよ！　いったいこのデパートの防火設備は――うぐっ」

ボディガードらしい屈強の男が、よしみを羽交い締めにして口を押さえた。

「うぐっ。は、放せ。放せ」

ばたばた暴れるよしみ。

マスコミ各社のカメラが、騒ぎに気づいて面白そうに取り囲んだ。

「何だ」

「どうした」

「さっきの無茶なレポーターだ。今度は黒木社長に食ってかかってるぞ」

まずい――――！　よしみは口を押さえられながら唇を噛んだ。衆人環視ではボディガードを投げ飛ばすわけにはいかない。よしみはかろうじて口を覆っている手をどけると、

「何が『念書を取れ』よ。何が弁償よ。防火設備も作らないで、洋服弁償してほしいのはあたしの方だっ。このば、ばかやろーっ！」

蝶ネクタイの社長を大声で罵った。

ひっ、とのけぞる黒木社長と、顔を煤で真っ黒にしたよしみの対峙が、そのまま全国に生中継された。よしみの焦げたスーツの袖の〈ＦＴＶ報道〉の腕章も、しっかりと映されてしまった。

黒焦げでボロボロのよしみが蝶ネクタイの社長に詰め寄り、「ばかやろーっ」と罵《のの》しる場面は、面白いのでテレビ各局の臨時ニュースで何度も流された。


――『このば、ばかやろーっ！』

『えー。この黒木社長に怒鳴っている女性は、富士桜テレビ〈熱血ニューズ〉から派遣された、桜庭よしみレポーターだそうです』

『まったく、何を考えているんでしょうね』

『確かに、黒木社長には今回の大火災に関して、責任があるわけですが……』

『いえいえ。仮にも報道に携わる人間がですね、公共の電波で「ばかやろー!」は論外ですよ。〈熱血ニューズ〉の等々力キャスターは、視聴率を獲るのはお得意のようだが、レポーターの教育はどうしているんでしょうかねぇ』


「ああ……」

よしみは、一時はどのチャンネルに合わせても流されていた自分の怒鳴り声が耳に反響するような気がして、頭を抱えた。

夕暮に向かうテレビ局の渡り廊下は、あんな事件などなかったかのように静かだった。

社員食堂の営業時間には早いので、背中を通り過ぎる人もいない。

自分の居場所は、もうこのテレビ局にはないのかもしれない……。

──『帰れ』

「……仕方ない。帰ろう」

よしみは、グスッとすすり上げると、渡り廊下をのろのろと歩き始めた。

その頃。〈熱血ニューズ〉制作オフィスでは、取材から戻った柄本行人が等々力に訴えていた。

「待ってください等々力さん！　視聴者からのタレ込みによると、黒木屋デパートは防災設備の重大な欠陥を放置していた可能性があるというじゃないですかっ。桜庭を外すというのは、早計です。あいつはどこです？」

「もう帰した」

「呼び戻してください」

「柄本。君は中継をフケられて怒っていたんじゃないのか？」

「この際、それは別にしますよ。いいですか。桜庭《ま》はあの時、山梨姉弟を助けようと建物内部へ飛び込んだ。そこで消火設備の欠陥を目の当たりにして、怒りのあまりに社長に食ってかかったんです。そう考えるなら、確かに未熟ではあるが桜庭は〈熱血〉にふさわしいスピリットを持っていると言えます」

「ううむ……しかしな」

そこへ局プロデューサーが、横から「だめ、だめ」と口を出した。

「だめだよ柄本くん。さっき役員会でね、『全国にFTVの恥を晒《さら》した〈バカヤロー女〉などとんでもない、〈熱血〉の新アシスタント・キャスターには中山江里を採用せよ』と、決議されたばかりだ」

「役員会が何です。あのおっさんたちは『視聴率を稼げる』とわかれば、簡単にひっくり返りますよ」

「しかしだね。黒木屋が防災設備の欠陥を放置していたというタレ込みは、社長に恨みを持つ者の中傷かもしれないだろう？　あの建物は古いが、消防庁の検査には合格しているんだ。確かな証拠のないネタに、飛びつくわけにはいかん」

「じゃあタレ込みの裏が取れればいいんですねっ」柄本は自分のショルダーバッグを引っつかむと、制作オフィスを駆け出ていく。「取材に出ます！」

「決定は、覆らんよ」

いきり立った柄本の背中に、プロデューサーが言う。だが、若いチーフディレクターは出ていってしまう。東大卒だという中年プロデューサーは、肩をすくめる。

「やれやれ。さて、宣伝部で新しい番宣ＣＦの打ち合わせでもするか」

局プロデューサーと入れ替わりに、夜の本番用のＶＴＲのチェックを終えた峰悦子が、普段は見せないメタルフレームの眼鏡姿で戻ってきた。

「等々力さん。これ、今夜の〈特集〉のレジュメです」

悦子は等々力のデスクに資料を置いた。

「ああ。ご苦労」

　等々力はプリントアウトを手に取って眺める。

　年下の夫がいるという三十四歳の女性キャスターは、自分のデスクに戻りながら、

「で、私の後釜《あとがま》は中山江里さんにするんですね」

「ん――？　まあ、その線だろう」

「本当にいいんですか」

「桜庭は使えない、と君も言っていただろ」

「あの二人は、五十歩百歩よ。どっちが来ても、大して変わらないわ」

　悦子はデスクに届けられていた〈The New York Times〉と〈The Washington Post〉の最新版を取り上げると、バサッと広げた。日本の新聞を見るように流し読みする。

「君ほどの女の代わりが、そうそう見つかるなら苦労はしないさ」

「さっきの桜庭さんに言い渡した台詞――私、向こうで聞いていましたけど」

「ん」

「あなたはまるで、自分に言い聞かせてたみたい。感情をぶつけるな。憎い奴でも憎しみを出すな、報道人は淡々と伝えろ」

「おかしいか？」

悦子は、新聞を見たままフフ、と笑った。

「さあ」


「よしみ」

夕暮の風に吹かれ、六本木の繁華街への坂道をとぼとぼ下っていくよしみの背中を、呼び止める声があった。

「待って。よしみ」

「――」

声の主がわかるよしみは、立ち止まりはするが、振り向かない。

水無月美帆だった。撮影が終わったばかりのロングスカート姿で、坂道を駆け降りて追いついてきた。

「よしみ。中継、見ていたわ。大変だったわね」

「――」

「克則さんも、言ってたわ。よしみは立派だって。デパートの経営者を怒鳴っちゃうなんて凄いって」

「やめてよ」

よしみは、再び歩き出す。

「待って」

「――」

「よしみ。お願い説明させて。克則さんは――」

追いかけながら美帆は言いかけるが、先を続けようとしてなぜか口ごもってしまう。

「――か、克則さんはね……」

「克則、克則って」

よしみは立ち止まって振り向くと、物凄い目で美帆を睨んだ。

「やめてよ。人の胸が張り裂けるような名前、耳元で何回も口にしないでよ。もう美帆の彼なんでしょ」

「違うのよ。克則さんは、本当は……」

言いかけて、また口ごもる美帆。

「ほ、本当は……」

「美帆」

視線を下げてしまう美帆を、よしみは赤い目で見返して言った。

「美帆、どうして克則のこと、あたしに言ってくれなかったの。どうして好きになっちゃたって、打ち明けてくれなかったの。あたしたち友達じゃなかったの？　隠して、洋服なんかくれてごまかすなんて、ひどいよ」

「ごまかしたつもりはないわ。洋服は、あなたを可哀想に思って……」

「可哀想？」よしみは、さらに睨んだ。「自分と克則ができてしまって、何も知らないあたしが可哀想に見えたから？　ひどいよ美帆！」

「ち、違うわ」

「そんなことで哀れに思われるなんて……ひどいよ美帆。友達だと思ってたのに、そんなふうに思われていただなんて――」

よしみは唇を嚙み締めて、泣き声をこらえる顔をした。

「違うのよ、よしみ」

「もういい」


早足で地下鉄の駅へ向かおうとするよしみを、美帆は「待って」と追いかけてきた。六本木の通行人が、よしみを必死で追いかける水無月美帆を目撃して、驚いた顔ですれ違う。

「よしみ。克則さんのハリウッド行きが早まったの。ドラマの撮影が今日終わったから、明日にでも出発するって」

「関係ないわ」しかしよしみは、美帆を振り切って階段を下りていく。

「あたしにはもう、関係ないよぅっ」

最後の「関係ないようっ」は、涙声になっていた。
銀色の自動改札機が、よしみを呑み込んだ。

12

よしみは、部屋で眠れずに夜を明かした。

疲れているはずだった。変身もせずに燃えるデパートへ突入し、山梨姉弟を救い、巨大な招き猫を素手でひっくり返したのだ。興奮が覚めれば、疲労が押し寄せて正体もなく眠りこけてもおかしくないはずだった。

でも、仰向けになり目を閉じると、飛行場の格納庫の裏庭で見つめ合う克則と美帆が、まぶたに浮かんでしまうのだ

――『よしみとは友達なんだ』

ひっく

――『美帆ちゃん。俺は、よしみのことは友達だと思ってる。俺が一番好きなのは

　――俺が、一番愛しているのは……』

美帆を見返す克則の横顔が、浮かんでしまう。

目を閉じるのが辛かった。

ひっく
そのたびによしみは、両手で顔を覆って嗚咽をこらえた。でもこらえきれず、「ふぇぇえええん」と泣いてしまう。それを三十分おきに繰り返していると、いつの間にか夜が明けて窓の外が白くなっていた。

西小山の住宅街に小鳥が鳴き始める頃、ようやくうとうととしかけたが、

「――はっ。いけない本番!」

今度は周囲の明るさに、いきなり身体が反応してガバッと跳ね起きてしまう。目覚まし時計が鳴らないと、かえって神経が不安になるのだった。

ベッドの上で、よしみは数秒間、呆然としてから、プルプルと頭を振る。

「何だ……。そうだった、〈もぎたて〉は辞めたんだっけ」

よしみには、起きて出かける用事がなかった。

でも山梨涼子が火事で入院し、杉浦プロデューサーは困っているのではないかと、恐る恐るリモコンを手にしてみる。ベッドに上半身を起こしたまま、ちょうど始まっ

たばかりの朝のワイドショーに目をやると、『今朝からピンチヒッターで登場のフレッシュお天気キャスターを紹介します』司会者がにこにことスタジオの一方を指し示す。カメラが切り替わると、雪のように肌の白い、目鼻立ちのくっきりした女の子が現れて、歯切れのいい声で『おはようございます』とお辞儀をした。自信たっぷりの笑顔。よしみよりも年下だ。

『雪見桂子《ゆきみけいこ》さんです。まだK応大学に在学中の、花の女子大生お天気キャスターです』

『みなさん、こんにちは。雪見桂子です。今日から張りきってやらせていただきます』

『雪見さんは秋田生まれのニューヨーク育ち、今年度の〈ミスK応〉にも選ばれているんですね』

『うーん、才色兼備ですねえ』

プチッ

よしみは下を向いてリモコンでテレビを切ると、「はぁ」とため息をついた。

「テレビ業界か……。あたしの替わりなんて、いくらでもいるんだ」

うつむいていると、部屋の電話が鳴った。

「はい」

受話器を取ると

『ったくもう、よしみ！』

電話の向こうで、いきなり女の低い声がよしみをしかりつけた。

「お、お姉ちゃん……」

よしみはのけぞった。突然の電話をかけてきたのは、帝国テレビで夕方のニュースのキャスターを務める、姉の順子だった。

「ひ、久しぶり、お姉ちゃん」

『久しぶり、じゃないっ』

五つ年上の姉――よしみにはあまり似ていないといわれる桜庭順子は、テレビのオンエアでは決して出さないおっかない声で、よしみを怒鳴りつけた。

『よしみ！　あんたが帝国を追ん出されたあと、ライバル局へ走ったのは別に咎《とが》めないわ。〈熱血〉のアシスタント候補に食い込んだのも、いい根性よ。そこまでは、褒めてやろうと思っていたわ』

「ど、どうも……」

『だけどよしみ、やっぱり悪いことは言わないわ。あんたはもう田舎《いなか》へお帰り』

「えっ……」

『報道、向いてないわよ。あんたには無理よ。あの「バカヤロー」を見ていてあたしは心底恥ずかしい――いや、あたしのことはこの際いい。とにかくよしみ、あんたにはこの業界、向いてないわよ。報道にあんなに感情持ち込んで、あれじゃまるで〈正義の味方〉じゃないの。何考えてるのよ、まったく！』

「すーーすいません」

よしみは思わず、電話の向こうにぺこりと頭を下げていた。やっぱり姉もあの中継を見ていたのか……。〈バカヤロー女〉が実の妹では、顔から火が出る思いだっただろう。順子の完全主義の性格を考えれば、昔みたいに〈忠告〉と称して電話で怒鳴り込んでくるのは、当然と言えば当然だった。

だが姉は、よしみに〈忠告〉どころか、〈命令〉みたいなことを言い始めた。

『とにかく、さっさとその部屋を畳んでお帰り』

「そ、そんなこと……」

『田舎でお見合いしたほうがいいよ、よしみ。あんたみたいなおっとりねぼすけは、いい人を見つけて早く結婚したほうがいい。これは姉としての忠告』

「だ、だけど。いっぺん久留米《くるめ》に帰っちゃったら、もう東京、出てこれないし……」

『悪いこと言わないから、帰りなよ。W大の卒業証書があれば、市役所の臨時職員の口くらいあるわよ。田舎でやり直して、お見合いしてーーもっともあの「バカヤロー」で全国的に有名なんじゃ、ろくな見合い話も来ないかもしれないけど』電話の向こうで一方的にまくし立てると、姉は『ああ』とため息をついた。『よしみ。とにかくもう東京なんかにいないで、さっさとお帰り』

受話器の向こうで、一人で困惑したように頭を振る姉の顔が、浮かぶみたいだった。

「あ、あのお姉ちゃん」

よしみは、やっと口を開いて言い返した。

「あ、あたしは自分のことは、自分で……」だけどどうしても、よしみは姉の〈理路整然たる忠告〉に、うまく言い返すことができない。これはよしみが中一で順子が高二の頃から、そうだった。

「じ、自分で、決めたいから。それにあたし――」

『いいからっ。よしみ、これだけは忠告するわ。もう二度とそのポーッとした顔を、画面に出さないでちょうだい。あんたはテレビに出れば出るほど、良縁が遠のくわよっ。不幸になるわよっ』

そこまで激しく〈忠告〉すると、一方的に電話は切られた。

ガチャッ
「……」

よしみは、ツーッと沈黙する受話器を見つめたまま、すすり上げた。

「ぐすっ……。お、お姉ちゃんの言うことなんか、わかってるよう。あたしだって独身でふらふらしてるより、いい人と結婚して、幸せになりたいよう」

ぐすすっ、とよしみは鼻を鳴らす。

「だけど。だけど……好きな人はいるけど……」

よしみは、涙をためた目で天井を見上げた。そのままどさりとベッドに仰向けになった。またぞろ涙があふれてきて、頭がぼうっとしてきて、何もする気が起きなかった。


部屋のインターフォンが鳴ったのは、その時だった。

こんな朝から、宅配便でも来たのだろうか。

ぐずずっと涙を拭き、ぼさぼさのままの髪を掻き上げながら、壁の受話器を取ると、

「……はい」

『よしみ。わたし』

オートロックの玄関の外から呼んできたのは、美帆の声だった。

「……な、何しに来たのよ」

『お願い。お願いだから、開けて』

パジャマのままでドアを開けると、コート姿の美帆が立っていた。

美帆は、ぼうっと立っているよしみに訴えた。

「よしみ。ごめん。今度のこと、本当に謝るわ」

「別に……もういいよ」

「車を、表に待たせてあるの」

「……車？」

「よしみ。これから成田へ行きなよ」

「成田？」

　何を言い出すんだ、という顔でよしみは訊き返した。

「克則さんがね。今朝十一時の飛行機で、ロスへ発《た》つの。ハリウッドへ行くの」

「だから、何なのよ」

「見送りに行きなよ。よしみ」

「そんなの、美帆が行けばいいじゃない」

「よしみが行きなよ」

「急に――何なのよ」

　問うと、美帆は視線を下げてうつむいた。

「よしみ……まだ間に合うから、追いかけなよ。彼、行っちゃったら半年は帰ってこないよ。見送りに行きなよ」

「もう関係ないよ、あたしには。美帆の彼じゃない。あたしにどうしろって言うの。一緒ににこにこ見送れって言うの？　ひどいじゃない」

「違うわ。あなたに行ってほしいの。一人で」

「一人でって、どうして？」

「どうしてって……」

美帆は、赤い目ですすり上げた。

ひょっとしたら、美帆も寝ていないのだろうか？　よしみはふと思った。徹夜の撮影が続いても、仕事なら平気な顔をしていたのに……。

だが口ごもる美帆に、よしみは言い返す。

「美帆。恋人も友達も仕事も、いっぺんに失ったあたしに、何をしろって言うの？　もういい加減にしてよ」

「よしみ、彼は本当は──」

「ほっといてよ」

「よしみ。克則さんの飛行機、もうすぐ成田を出るわ。ハリウッドへ行ってしまったら、ずっと帰ってこないのよ。見送りに行きなよ」

「余計なお世話よ。行ったたって、また『友達だ』って言われるだけだよ」

すると美帆は、唇を噛み締めてよしみを見た。

「よしみ。ねぇよしみ聞いて」

「──」

「彼に、〈銀色の雪女〉は自分だって、言いなよ。雪山で助けたのは自分だって、告白しなよ」

「――そんなことできないよ」

「『ありのままの自分を好きになってほしい』と、どうして言えないの。スーパーガールのよしみは、強くて、かっこよくて素晴らしいわ。友達として、わたし誇りに思うわ」

「強くなんかないよ。あたしは強くなんかないよっ」よしみの両目から、涙があふれた。美帆にパジャマの背を向けると、よしみは肩を震わせた。「あたしの気持ちなんか、誰にもわかるもんか。あたしの、あたしの寂しさなんて」

「正体を告白しなよ。彼に苦しさを知ってもらいなよ」

「そんな勇気ない。あたしが普通の人間じゃないなんてわかったら、どう思われるかわからないようっ」

よしみは、すすり上げる。

「そんな勇気、ないよぅ……」

「よしみ。彼は――」

だが美帆が肩にかけようとした手を、よしみははねのけてしまう。

「放っといてよ美帆。あたしは身も心もボロボロなのよ。もういいよ……！」

「よしみ」

「放っといてよっ」

三時間後。

成田・新東京国際空港の第二ターミナル。

橋本克則は、ビジネスクラスの青い搭乗券を手に、出発ロビーに歩み入っていた。広い窓ガラスの向こうには、太平洋航空の最新鋭旅客機・ボーイング777が巨大な双発のエンジンを止めたまま、出発準備を急いでいる。

克則は一人で歩いていた。所属事務所のマネージャーは、ドラマの編集作業に立ち会わねばならないため、同行していない。今日は単身での渡航だった。一日も早く映画の準備に没頭したいと、少し無理を言ったのだ。昨夜はほとんど徹夜で旅支度をして、タクシーを飛ばしてたった今空港に着いた。

案内のアナウンスが、ロス行き太平洋航空247便の最終ボーディング時刻を告げている。

搭乗に備えて、ジャケットの胸ポケットの携帯を切ろうとすると、ピルルルッ、と着信音が鳴った。

「――はい」

『わたしです』

「美帆ちゃんか」

『報道陣がいるといけないから、遠くから見送るわ。行ってらっしゃい』

その声に、スーツ姿の克則は振り返った。

出発ロビーを見下ろす、ガラスの回廊のようなところに、黒いサングラスの華奢《きゃしゃ》なシルエットが立っている。携帯を耳に当てたまま見上げると、小さく手を振ってきた。

『よしみも誘ったんだけど……。あの子、来られないって』

「そうか」

克則は、うなずいた。

立ち止まった克則の横を、弦楽器のチェロのケースや釣り道具のケースを抱えた、体格のいい男たちが通り過ぎる。『ロス行きのお客様は、皆様ご登場ください』とアナウンスがうながした。

「よろしく、言っておいてくれ」

『頑張ってね。克則さん』

「ああ。美帆ちゃんもな」

ちーんじゃらじゃら

ちーんじゃらじゃらじゃら

その頃よしみは、西小山駅前商店街のパチンコ店で、パチスロの台に座っていた。

「うー、何なんだー、この真ん中でぐるぐる回っているテレビみたいな物は」

さっき、後ろ手にマンションの部屋のドアを閉めて「放っといてよ！」と美帆を追い返してしまってから、何をしようとしても手につかない。美帆の声――それに姉の電話の声までかぶさって、頭の中を交差していた。

うなだれたまま、部屋で何もしないでいると、サイドボードの上に伏せた写真と置き時計が気になって仕方がない。よしみはついにたまらなくなり、アディダスのジャージの上下にサンダル履《ば》きのまま、坂道を降りて商店街のアーケードに出てきた。それでもすることがなくて、音の洪水のようなパチンコ店に、ふらりと迷い込んでしまったのだ。

「うー、何だー、もうなくなったぞ……？」

よしみは台のガラスを、不思議そうにコンコンたたいた。生まれてから一度も、パチスロなんかしたことがない。十分とかからずに二千円すってしまった。でもメダル貸し機に、もう千円突っ込んだ。勝ち負けなんかどうでもよかった。克則の飛行機が出るまでの時間をやり過ごせればいいのだった。

しかし新しく借りたメダルも、三分とかからずにすってしまう。

仕方なく、パチンコ店を出て近くのコンビニに入った。歩道の見える雑誌コーナーで立ち読みをした。化粧もしていないし、髪の毛もぼさぼさ。おまけにジャージの上下に健康サンダルでは、周囲の誰もよしみのことをテレビに出ていた元局アナだなんて気づかない。一人で立つよしみの後ろを、店員の男の子が掃除していく。

手に取った女性誌を広げると、グラビアで橋本克則が笑っている。よしみの目に、『恋愛、俺流』というタイトルが飛び込んできた。『心の中の理想の女性は、いつも一人さ』見出しの下に、撮影中のドラマのスチールが載っている。美帆と一緒の写真だ。思わずぱたんと閉じて、その隣にあった就職情報誌の〈サリダ〉を取った。

成田空港。

克則を乗せた太平洋航空のボーイング777は、白い背を見せて滑走路を離陸していった。着陸脚を収納するとすぐに東へ旋回し、洋上の空へ向かって高く小さくなっていく。

機影を見送った美帆は、一人でターミナルの雑踏を歩いた。待合ベンチの前の大画面テレビに、昼のワイドショーが映っていた。

『昨日のデパート大火災では、屋上の巨大招き猫が奇跡的に倒壊したため、レスキュー隊のヘリが助けに降りられたわけなんですね』

『そうなんですよ。逃げ遅れた〈もぎたてモーにんぐ〉お天気キャスターの山梨さん姉弟が助かったのもそのお陰です』

美帆は足を止めて、壁の大画面を見上げた。

『では、その映像を見てみましょう』

『見ましょう、見ましょう』

画面が切り替わった。ぶれる望遠VTRのフレームの中で、巨大な招き猫が仰向けに倒れていく。逃げ遅れた姉弟を救ったというこの超常現象が、誰の手によって起こされたのか、世間の人は知ることはない。

これだけの大勢の人々を救っても、桜庭よしみには称賛も、報酬もない。正義の味方は、決して他人から認められることのないボランティアだ。

「それなのに、わたしは……」

美帆は小さくつぶやいた。

どうして、言ってあげられなかったんだろう……。よしみに、あのこと、を教えてあげられなかったんだろう。

美帆はうつむくと、小さく唇を噛んだ。

『今回のこの災害について、黒木屋デパートの黒木社長はテロリストによる放火が原因だと主張し、デパート側には被害者へ補償をする責任は一切ないと発言しています』

『確かに、現在火元と見られているのは、階段二階と三階の間の踊り場にある男子トイレ付近と見られているので、テロリストが侵入したという可能性も否定はできないわけですが……』

『その点については、現在消防と警察が合同で捜査に当たっています。さて、ＣＭのあとで次のコーナーはお待ちかね、芸能最新ニュースです』

『橋本克則さん、いよいよハリウッドへ出発ですね』

「何かいい仕事、ないかなぁ」

よしみは、一人でコンビニにぽつんと立ち、〈サリダ〉をめくっていた。

「田舎に帰っちゃったら、もう二度と東京では暮らせないし」

東京に居続けるためには、次の仕事を見つけなければいけないのだが

「テレビの仕事は、もうあきらめよう……。一人で食べていければ、何でもいいや

……。ぐすっ」

思わず、『体力自慢のあなたへ』という特集ページを開いてしまう。

「長距離トラックのドライバーかぁ……。マンションの家賃は払えそうだな。あ、でもあたし免許持ってないや。道路工事の誘導係……。夜は眠そうだなぁ」

「等々力さん！」

その頃、富士桜テレビ〈熱血ニューズ〉のスタッフ・ルームには、取材から戻った柄本が血相を変えて飛び込んできていた。

「等々力さん。やっぱり例のタレ込み情報は本当でした。黒木屋デパートでは消防の検査をごまかすため、スプリンクラーのダミーを天井に貼りつけていたんです。にせの領収証を出した配管工事業者もさっき突き止めました。警察も業務上過失の疑いで、動き始めています」

「何っ」

「あの黒木社長は、東京都から出された防災のための補助金を、そっくり愛人のマンション購入に充《あ》てていた疑いがあります。それからデパート地下の防災コントロール室の設備は、去年の東邦映画〈さよならガニメデ〉の劇中で使われた宇宙ステーションのセットだとわかりました。映画が不入りだったので売りに出したら、デパートが『ディスプレー用に』と買っていったという証言があります」

「ううむ……」

「等々力さん。これで桜庭よしみの取った行動は間違いじゃなかったと証明されました。すぐにあいつを、呼び戻しましょう」

「う、ううむ」

等々力は腕組みをする。

だが
「それはできんよ、柄本くん」

局プロデューサーが、横から口をはさんだ。

「君ねぇ、どこが正しいって言うんだね。桜庭よしみのやったことは、間違いだらけじゃないか。取材は放り出す、いくら相手に容疑があるといっても、ＦＴＶの腕章をつけたまま全国放送で『バカヤロー』と叫ぶ。あんなことが許されていいわけがない」

「しかし、彼女の報道センスは――」

「役員会の決定は、覆らんよ。だめだ、だめ」

「し、しかし」

「待て。二人とも待て」

睨み合う二人を、等々力が立ち上がり制した。

「いがみ合っている場合ではない。とにかくこの件に関しては、我々で全力取材だ」

だがそこへ
「等々力さん、大変です！」別のスタッフが駆け込んでくると、部屋中に響く大声で叫んだ。「た、た、た、大変ですっ」

「どうしたのだ？」

「ハ、ハイジャックです。たった今、成田を出発したばかりの太平洋航空機が、何者かにハイジャックされた模様です！」

「何っ」

「何だと」


「すいません、どいてくださいっ」

ふいに空港ターミナルの中がざわざわ騒がしくなったと思うと、ハンディ・トーキーを手にした航空会社の職員が、美帆の横を吹っ飛ぶように走っていった。

何だろう。

美帆が顔を上げると、見送りに来ていたらしい人々が、〈PACIFIC AIRLINES〉と看板を掲げたカウンターへ殺到して、何か訊きただし始めた。女性係員がしきりにぺこぺこお辞儀しながら、業務電話の受話器を耳に当てて「えっ、何ですか。本当ですか」と高い声を出している。

何か、起きたのだろうか……？

すると頭上で、館内放送のチャイムが鳴った。

『お知らせいたします。先ほど出発いたしました太平洋航空247便にご搭乗のお客様をお見送りの方は、至急、同社案内カウンターにお問い合わせください。繰り返します

――』

「……」

よしみは、買い求めた〈サリダ〉を手に、とぼとぼと商店街を歩いていた。

歩道で、犬が昼寝している。電気店のウインドーのテレビが、昼のワイドショーを流している。横目で見て、よしみは立ち止まる。

スタジオか……。

でも、だめだ。

よしみは頭を振る。

正義の味方をやっていて、テレビの仕事なんかできるわけないわ。いくら好きでも……。もう思い知ったはずじゃない。

目をそらして行こうとすると、

『――芸能コーナーの時間ですが、ここで臨時ニュースをお伝えします』

聞き覚えのある声が、耳に飛び込んできた。ワイドショーのスタジオから、急に画面が慌ただしい空気の報道センターに切り替わった。女性キャスターがこちらへ視線を上げ、差し込まれたメモを読み始める

峰悦子だ。

『お伝えします。たった今、成田を出発したロサンゼルス行きの太平洋航空機が、何者かにハイジャックされた模様です』


「成田に中継車はいるかっ⁉」

「いることはいますが、昼のワイドショーの芸能取材班です」

「よし。ただちに中山江里をヘリで成田へ飛ばせ！　それまでは芸能取材班でも構わん、空港の様子を実況させろ」

「了解しました」

「犯人はっ？」

昨日と同様、ただちに〈緊急特別熱血ニューズ〉のオンエアが決定された。スタッフ全員に招集がかけられ、ごった返す報道センターでは、等々力が矢継ぎ早に指示を出しながら「犯人はわかったか」と声を張り上げた。

「と、等々力さん」

スタッフの一人が、ＦＡＸを手に駆け込んできた。

「警視庁記者クラブからです。まだ未確認ですが、犯人に関する情報が出ましたっ」

「犯人は、どんな奴らだ。要求は何だ？」

「最新情報によりますと、犯行声明を出した犯人グループは……」

「犯人グループは⁉」

「あ、あの連中です！」

「我々は、〈日本全滅しねしね党〉だっ！」

九十九里沖、太平洋上空。

白い優美な大型旅客機は、東へ向けていた針路を今にも変えようとしていた。

成田を離陸直後、ベルト着用サインが消灯されてすぐに蜂起した男たちによって、この777旅客機は乗っ取られてしまった。三つのコンパートメントに分かれた三五〇人乗りの客室を、要所要所を簡易組み立て銃を手にした覆面のメンバー十数名が固め、最前方のコクピットではリーダーの男が無線交信用マイクを握っていた。

「一度くらいの失敗で、我々の理想はくじけはしない！　我々はこれより同志を救出し、この旅客機を手土産《てみやげ》にK国へ亡命するっ！」

〈日本全滅しねしね党〉リーダー、コードネーム〈火を吐く亀〉だった。占拠したコクピットで三十二歳のテロ組織リーダーはマイクに怒鳴った。

「要求を伝える。日本政府は囚われた我が同志たちをただちに釈放し、現金五百億円を持たせて羽田空港に待機させよ。従わない場合、我々は乗客乗員全員を道連れに、東京上空で自決する！」

〈火を吐く亀〉はマイクを持ったまま、「針路を東京へ向けろ」と機長に命じた。

「やめてくれ。まず乗客を解放してくれ」

「口答えするな。ここで今すぐ吹っ飛びたいか」

片手に持った、リモコン付きのC４プラスチック爆弾で小突くと、機長はやむを得ず自動操縦を機首方位モードにして、機体を旋回に入れた。コクピットの窓で水平線が傾き、房総半島と関東平野が見えてくる。

「わはははは。待っていろ。これより我々は、東京上空へ乗り込むぞ！」

13

『成田発の旅客機で、ハイジャック事件が発生しました』

電気店のウインドーの中、テレビ画面の峰悦子が聞き覚えた声で繰り返す。

『乗っ取られたのは、ロサンゼルス行きの太平洋航空247便、ボーイング777型機。乗客乗員三〇〇名あまりです。あっ、ちょっと待ってください。ただ今、犯人グループの犯行声明が、肉声で入電した模様です』

「……」

よしみは、足を止めたまま画面に見入った。

『たった今、警察から特別ルートで入手しました、犯人の肉声の一部をお伝えします』

画面が、乗っ取られた物と同じタイプの飛行機の写真に変わった。

すると、もっと聞き覚えのある声が、テレビを通してよしみの耳に届いた。

『――我々は、〈日本全滅しねしね党〉だ！』

ひくっ

その声を聞いて、よしみはしゃっくりのようにのけぞった。

あ、あの連中か……。

『これより我々は、この旅客機を手土産にK国へ亡命する。機内には、米国企業の重役も乗っているようだ。我々は、かの地で大歓迎されるであろう！　だが囚われの同志たちを見捨てるつもりはない。同志の釈放が叶わなければ、ここで自決するまでだ』

じ、自決……!?

『我々は、この機体を吹っ飛ばすのに十分な量の爆薬を所持している。日本政府よ、三十分だけ猶予を与える。逮捕した我が同志たちの釈放を、ただちに決断せよ！』

唾を呑み込むよしみの前で、画面は峰悦子に戻る。

『このように犯人グループは、仲間の釈放と、現金五百億円を要求し、その上で外国へ亡命することを表明しています。しかし仲間が釈放されなければ、東京上空で自爆するとも脅しています。これに対し政府は、どのように対応するのでしょうか。成田空港の現場に取材班が行っています。成田から中継でお伝えします』

『スタジオ、こちら中継です』

マイクを手に画面に現れたのは、普段はワイドショーに出ている三十代の女性芸能レポーターだ。背景はターミナルの内部のようだ。職員らしい人影が走り回っている。

『当局の発表によりますと、乗っ取られたロス行きの太平洋航空247便は、乗客乗員三一八名。その中には犯人の指摘する米国ＩＴ企業の重役一行の他、私たちの取材によりますと、映画撮影のため渡米する俳優の橋本克則さんも乗っており、安否《あんぴ》が気づかわれています』

「か――克則……？」

ロス行きの飛行機って――まさか。

『そちらでは、何か対応が発表されていますか』

『いいえ。今のところ当局の対応は何も発表されていません』

よしみは思わず目を閉じ、商店街の歩道に立ったまま〈聴覚〉に気持ちを集中した。

「……くっ」

遠い。

でも、何か聞こえる。

よしみは疲れた頭を振り、最大限に集中した。


房総半島上空。

制圧した旅客機の客室内通路を、銃を手にした覆面の男たちが十数名、巡回している。〈日本全滅しねしね党〉のメンバーたちだ。

数日前、都庁に火を放って、その混乱に乗じて日本政府の転覆を狙った〈しねしね党〉の作戦は、土壇場で頓挫《とんざ》していた。この旅客機乗っ取りは、当局に追われる身となった彼らの、起死回生の逆襲であるらしかった。

巡回するメンバーたちのもう片方の手にはゴミ収集に使う大きな袋が下げられ、乗客の所持している携帯電話や、ポケット通信ツールが取り上げられ没収されている。隠れてメールで地上に連絡する者が出ないようにする措置だろう。

「あ、それは……」

橋本克則の座るビジネスクラスの客室でも、三名のメンバーが席を回っていた。大半の乗客はおとなしく携帯を差し出したが、克則の隣の窓際に座っていた一人旅らしい中学生の女の子が、抵抗した。

「それには、大事なプリクラが貼ってあるんです。返してください」

「うるさい」

「でも、パパと一緒に撮ったプリクラが……」

覆面のメンバーはくぐもった声で「黙れ」と罵ると、少女の手を払いのけた。

「おい、乱暴するな」

克則は、思わずメンバーの覆面を見上げて制した。男たちはいつの間にか全員が、戦闘服に着替えている。こいつらが、あの都庁に火を放ったテロリストなのか……。

だが覆面のメンバーは「うるせぇ」と唸ると、手にした銃の銃口を克則の頬に突きつけた。

「口答えするんじゃねぇ。かっこいい兄ちゃん」

「うっ――」

　克則は冷たい銃口で頬を押されながら、横目で覆面のメンバーを睨み上げた。男の手の銃は、台尻は木製の簡易式らしいが、銃身は本物のスチールだ。いったいどうやって持ち込んだのだろう。

「き、貴様たちは、何をするつもりだ」

「黙れ。おとなしくしないと処刑するぞ」

「く――」

　銃口を突きつけられた克則の背後の窓で、房総半島の丘陵地帯が流れ終わり、湾岸の市街地が展開し始める。

「き、貴様たちは、何をするつもりだ」

「黙れ。おとなしくしないと処刑するぞ」

　克則の声だ……。

　よしみは、耳に届いた声に、肩を震わせた。

確かに克則の声だった。かすかな〈声〉を乗せた飛行機は、こちらへ近づいてくる気配だ。乗っ取ったテロリストが、東京上空へ向かえと命じたせいだろう。

「どうしよう……」

よしみは歩道に立ったまま、両手で顔を覆った。心が乱れる。集中が乱れる。耳の奥にかすかに捉えていた小さな〈声〉が、消えてしまう。

「ど、どうしよう」

富士桜テレビ報道センター。

「奴らの目的は、仲間の釈放と、人質の身の代金を奪った上での亡命かっ」

犯人グループの要求を聞いた等々力が唸った。

「等々力さん。このままでは乗っ取られた太平洋航空機は成田ではなく、東京上空で日本政府を威嚇したあと、羽田のほうへ降りる公算が高いです。奴らは釈放させた仲間と現金を、羽田で積み込むつもりです」

サブ・ディレクターが言った。

「うむ、そうだな。中山江里の乗ったヘリを、至急目的地変更。Uターンして湾岸上空で乗っ取られた777を待ち受けろ」

「了解!」

「しかし変ですね」

柄本がつぶやいた。

「ん。どうした」

等々力は思案顔の柄本を見た。

「等々力さん。実は、海外の雑誌で読んだことがあるのですが……。〈日本全滅しね党〉というのは理想の高いグループで、仲間の釈放や金銭だけのためにテロはやらない、と言われているんです」

「金のためにテロはやらない？」

「そんなことは、二流のテロリストのやることだと。そうリーダーの男がインタビューに答えているんです。奴らの目的は――本当に言った通りのことなんでしょうか？」


東京湾岸・上空。

お台場の上で性能いっぱいに高度を上げ、ホヴァリングする富士桜TVの小型取材ヘリ・ベル206。

その四人乗りの機内で、インカムをつけた中山江里が窓の外を指さして叫んだ。

「あぁっ。来ました。ちょうどわたしたちの、すぐ真上を通ります。太平洋航空のボーイング777、『世界最大の双発旅客機』と呼ばれる機体です。非常に巨大ですっ」

ドドドドドッ

「こっちへ来るぞ！」

「避けろ、避けろっ」

ヘリのクルーたちが、うわっと悲鳴を上げる。

「つ、つかまれっ！」

ドグォォオオオッ

銀色の腹を見せながら、巨大な新型旅客機は取材ヘリの頭上を覆いかぶさるように通過した。

「うわ」

「うわぁっ」

タンカーに近寄りすぎたボートみたいにヘリは翻弄され、からくも姿勢を回復する。すれ違った旅客機は、そのまま都心部上空へと侵入する。機影がたちまち小さくなっていく。

「こ、後方乱気流が強いはずだ。あの機体は巡航形態のクリーン・コンフィギュレーションだっ」

大波を受けたように揺れるコクピットで、パイロットが叫んだ。

「な、何ですか。それは」

シートにしがみつきながら江里が訊く。

「高空を巡航するための、フラップを全て上げた状態のことだ」

パイロットが説明する。

「五〇〇ノットという、猛烈な速さだ。しかもあの機体のタンクには、太平洋を横断するための大量の燃料が詰まっている。あのデカブツは、燃料のかたまりだ！」


「〈火を吐く亀〉」

都心に侵入した777旅客機のコクピット。

一面のビル群を見下ろす機長操縦席の後ろで、日本政府への通告を終わったリーダーに、サブ・リーダーの男が歩み寄った。

「〈火を吐く亀〉。日本政府は、言うことを聞くのでしょうか。先に逮捕された仲間の釈放に、応じると思われますか。それに、五百億の現金など――」

「そんなことはわからん。〈空飛ぶ包丁〉」

ここ数日の逃走生活で疲労の色を濃くしたリーダーの男は、小さな声で頭を振った。

無線にたたきつけたさっきの高笑いはどこかへ消え、思い詰めたような表情だ。

「日本政府が言うことを聞くかどうかの保証などない。K国が我々を受け入れてくれるかどうかも、さだかではない。だがそんなことは、もうどうでもいいのだ」

「――どうでもいい？」

「そうだ」

〈火を吐く亀〉はうなずいた。

「我が〈しねしね党〉の全力を傾注した都庁放火大作戦も、土壇場で目的を果たせずに終わった。同志の多くも逮捕され、もはや組織に再起する力はない。しかし我々は、最後まで一流のテロリストだ。最後の最後までだ」

「おっしゃることが、よくわかりませんが……」

サブ・リーダーは訊き返す。

メンバーでただ一人、覆面をしていない〈火を吐く亀〉は、髯面《ひげづら》を自分の盟友に向けた。

「いいか〈空飛ぶ包丁〉。要求など、どうでもいいのだ。我々は一流のテロリストとして、最後まで華々しく筋を通すだけだ」


西小山駅前商店街。

よしみの心は、乱れていた。

「どうしよう。本当に、どうしよう」

よしみは拳を握り締めながら、歩道の色タイルの上を右往左往した。

ど、どうしよう。克則を助けに行かなくちゃ……。でも変身して助けに行ったら、彼にあたしがスーパーガールだってことが、ばれちゃうよう……！

変身した姿で、彼の目の前で戦うなんて……。

「やだ、恥ずかしいよう」

もう、美帆の彼になってしまったのだとしても……。克則に恥ずかしい格好は見せたくない。絶対見せたくない。

すると
——恥ずかしいの？

わずかに残った冷静な意識が、よしみに問う。

——あなたは恥ずかしいの？

——スーパーガールの自分が、恥ずかしいの？

だって、普通の人間じゃないことが、ばれちゃうんだよ。あたしの正体が——

よしみは頭を抱えた。

その足元で、商店街の猫があくびをした。

「あぁっ。どうしよう……！」

自分が普通の人間でないとわかっても、克則は——克則はせめて〈友達〉でいてくれるだろうか。もう愛してほしいなんて贅沢は言わないから……。せめてこれからも、口をきいてくれるだろうか。

「あぁ自信がない。イグニス、どうしよう。あたし自信がない。自信がないようっ」


777機内。

「は、華々しく筋を通す……？」

〈空飛ぶ包丁〉はもう一度訊き返した。

「そうだ」

〈火を吐く亀〉はうなずく。

「いいか。日本国民の奴らは、政治や国の将来を真剣に論ずることなど、ださいと思っている。俺がいくらビラを撒こうと立て看板で主張しようと、大学では誰も耳を貸さなかった。女子学生どもは、俺を『ださい政治運動男』と呼び、馬鹿にした。中でもある女は『鉄道マニアよりもださくて気味の悪い男』と言って、俺の熱意ある話を聞こうともせず、卒業するとさっさとキャリア官僚に嫁いでしまった。見ろ。下にいる腐りきった奴らには、愛国心など一かけらもありはしない。自分たちが合コンでもてることしか考えていない。この世に自分の思想信条のために命を投げ出す男がいるなどと、想像もしてはいないのだ」

「ひ、〈火を吐く亀〉……」

「〈空飛ぶ包丁〉。自分の信ずる理想のために命を投げ出す男がいるのだということを、あの山田朱美《やまだあけみ》に──じゃなかった下の奴らに、見せつけてやろうではないか。国家の中枢である都心上空で、華々しく散って見せてやろうじゃないか！」

「散《い》るって──自決するという意味ですか？」

「その通りだ」

「自決は、要求が通らない時の最後の行動では──」

「低次元の要求など、俺はするつもりはなかった。今回の作戦の目的は、最初から〈栄誉ある自決〉だ」

「し、しかし──みんなに約束した亡命は……」

「俺の決意を、最初からメンバーたちに漏らせば、動揺する者が出ただろう。だからやむを得なかった。亡命や金が目的だと言えば、日本政府も東京上空への侵入を妨害すまいと思った。すまない〈空飛ぶ包丁〉。そういうことだ。後ろの連中には言わずに『実行』する。お前たち全員の命を、黙って俺に差し出してくれ」

　会話を聞き取った機長が、驚いて振り向いた。

「待ってくれ、君たちは何をするつもりだっ」

「黙ってろ！」

〈火を吐く亀〉は手に持ったＣ４爆薬のケースで左側操縦席の機長を後ろから殴打し

た。うぐっ、とのけぞって四十代のパイロットは悶絶する。右側操縦席で若い副操縦士が「なっ、何をする⁉」と叫ぶが、爆弾を突きつけられると、固まってしまう。

「黙ってろ副操縦士。都心上空で旋回するのだ」

「旋回に入ったぞ」

パイロットが叫んだ。

777旅客機を追尾して、富士桜テレビのベル206は都心上空へ進入した。

前方に広がる視界では、高層ビル群が生け花の剣山みたいに灰色の大地から突き出している。ビル群を覆うスモッグ層のすぐ上に、流線型のシルエットがバンクを取り、ゆったりと回り始めるのが見えた。優美な動きには見えるが、実際は時速千キロ近いスピードが出ている。

「旋回に入りました！」

中山江里が、窓から首を突き出すようにして、風圧に耐えながらマイクに叫んだ。

「旅客機は、都心上空で旋回に入った模様です」

富士桜テレビ報道センター。

「乗っ取られた旅客機は、東京上空で旋回に入った。政府が回答をするまで、たぶん膠着状態になるだろう」

　等々力がヘリからの映像を見て言うと、サブ・ディレクターがうなずいた。

「そうですね。犯人グループは要求刻限を区切ってはいますが……。あの機体には、十一時間分の燃料があるそうです。政府は引き伸ばすでしょう」

「よし。今のうちに、成田で心配している見送りの人々の表情を出せ」

「了解しました」

「膠着状態になれば、まだいいんですがね……」

柄本がモニターを見上げて、ぼそっと言った。

「ん。どういう意味だ柄本？」

「あいつらは――何をし始めるかわかりませんよ」言いながら、柄本は自分の拳を手のひらに打ちつけた。「何をやり出すか――くそっ。俺もヘリで取材に出たかった」

そこへ、スタッフがＦＡＸを持って報告に来た。

「等々力さん。チーフ。永田町の首相官邸で、緊急閣議が始まった模様です」

「よし。成田の次は、官邸を中継だ」

777のコクピットでは〈火を吐く亀〉が副操縦士に命じていた。

「自動操縦を水平旋回にセットしたら、操縦装置から手を放せ。もう触るな」

「な、何をするつもりなんだっ」

「俺たちの信ずるものに殉じ、華々しく『散る』のさ。〈空飛ぶ包丁〉、こいつを縛れ。邪魔をされたくない」

「し、しかし〈火を吐く亀〉……」

「我々の崇高なる理想を、忘れたか。早く縛れ」

〈火を吐く亀〉は、戸惑いを隠せない〈空飛ぶ包丁〉に命じて副操縦士を座席に縛りつけると、ビニールテープでぐるぐる固定したC４爆薬の本体ケースを床に置き、ワイヤレスリモコンの電源を入れた。

ピッ
黒い携帯電話のようなリモコンの表示画面に、紅い『ARMED』という文字が浮かび上った。

前面風防では、オートパイロットのコントロールによる旋回で、高層ビル群が緩く左に傾いて流れている。三十歳のテロリストのリーダーは、外の景色を一瞥すると、ためらいなくリモコンのタイマー起動スイッチを入れた。

「今生《こんじょう》の別れだ」

ピピッ
表示画面の『ARMED』が点滅して『30』というデジタル数字に替わり、すぐ

『29』に減った。
だが
「待ってください。〈火を吐く亀〉」
〈空飛ぶ包丁〉が横から手を出すと、リモコンを持ったリーダーの腕をつかんだ。

西小山駅前商店街。

『日本政府は〈しねしね党〉の要求に、いまだ態度を決めかねている模様です』

ウインドーの中の峰悦子が、緊急閣議招集の一報を告げた。

『ここで、乗っ取られた太平洋航空機の乗客の、家族や友人の方々の表情をお伝えします。再び成田空港のターミナルからです』

画面が切り替わると、また芸能レポーターだ。

『あっ。スタジオ、こちら成田の出発ロビーですが、ちょうど友人の見送りに来ていたという女優の水無月美帆さんを発見しました。取材を申し込んだところOKされましたので、コメントしていただこうと思います』

アップになった女性レポーターは、得意気に横へマイクを向けた。

美帆……？

頭を抱えていたよしみは、顔を上げた。

『早速ですが水無月さん、乗っ取られたのは、お知り合いの乗られた飛行機ということですが？』

カメラがパンする。画面に横から入ってきた美帆は、マイクを向けられると、黒いサングラスを取った。その下の目が赤い。しかしカメラには目を向けず、うつむいている。

『水無月さん、お知り合いが心配ですか？』

『……』

『水無月さん？』

美帆のうつむいた顔が、アップになる。

大切な友人の行く末を、自分のことのように心配している顔――そのように見える。

数秒間、美帆は無言だった。だがやがて意を決したようにカメラへ目線を上げた。

そしていきなり、大声を出した。

『――よしみ！』

ちょ、ちょっと水無月さん――と言いかけるレポーターに構わず、美帆は画面に向かって呼びかけてきた。

『ごめん。よしみごめん！　全部謝るわ。わたしが悪かったわ。お願い、これを見ていたら――まだ友達だったら、助けに来て。お願いだから彼を助けてっ』

美帆が叫ぶと、「彼？」「彼って誰ですか」と周囲からレポーターたちがどわっと殺到する。

「待ってください、〈火を吐く亀〉」

777のコクピットでは、〈空飛ぶ包丁〉がリーダーの腕をがっしとつかんでいた。

「何をする」

「〈火を吐く亀〉。やめてください。みんなを巻き添えにするのはやめてくださいっ」

「みんなには、あの世で詫びを言う。放せ」

「死んでから謝ってもらっても、誰も納得しませんよ」〈しねしね党〉サブ・リーダーは、「貸してください」と爆弾のリモコンをリーダーの手からもぎ取ろうとした。

「何をするっ。放せ！」

テログループのリーダーの男と、その右腕だった男は、狭い操縦席の後ろで揉《も》み合いを始めた。

「華々しく散って、下の奴らに我々の気概を見せつけてやろうじゃないかっ」

「やめてくれ。貸してください。あなたのやろうとしていることは、馬鹿げた自殺だ」

「何を言うかっ。これは崇高なる散華《さんげ》だ！」

「馬鹿な自殺ですよっ」サブ・リーダーは怒鳴った。「〈火を吐く亀〉、私は今日の今日まで、あなたを一流のテロリストとして尊敬し、ついてきた。しかし今わかった。私は間違っていた」

「間違っていた？」

「そうだ。ようやく気がつきました。あなたは一流のテロリストなどではなかった。あなたはただ、昔振られた女を見返したいためにでかい花火を打ち上げようとした、馬鹿な見栄っ張り男に過ぎなかった。そうでしょう⁉」

「何を言うか！」

揉み合う二人の男。〈空飛ぶ包丁〉はワイヤレスリモコンをひったくろうとするが、〈火を吐く亀〉は放さない。その手の中で、カウンターは『24』『23』と減っていく。

「昔の女への当てつけで自殺するなんて、やめるんです。亡命して、やり直しましょう！」

「俺は、そんな情けない男ではない！　放せっ」

怒った〈火を吐く亀〉がやけくその力で振り払うと、右腕だったサブ・リーダーの男は仰向けに跳ね飛ばされ、左右の操縦席の間のセンター・コンソールとオーバーヘッド・パネルに身体ごとぶち当たった。

「ぐわっ」

倒れた〈空飛ぶ包丁〉の背中が二本のスラスト・レバーの右側の一本を前方に倒し、

後頭部が自動操縦装置のモードコントロール・パネルを強打した。

右席で見ていた副操縦士が「わ、わぁっ」と悲鳴を上げるのと同時に、機体の床がグラリと傾いた。

「オ、オートパイロットが……！」

衝撃で自動操縦が外れたのか、ギィイイインというエンジン音の高まりとともに機体が左へ傾斜していく。仰向けに倒れて失神した〈空飛ぶ包丁〉の背中が、右側エンジンのスラスト・レバーを前方いっぱいに押し倒している。床はどんどん傾斜する。

「ほ、ほどいてくれっ！」

副操縦士が悲鳴に近い声を上げた。

「ディスエンゲージ・バーが下がってオーパイが外れた。このままでは推力不均衡でロール運動に入るぞっ。墜落してしまう！」

「な、何……？」

だがテロリストのリーダーが訊き返す暇もなく、片方のエンジン推力を最大にしたまま自動操縦を解除された777は、機首を左へ振って右翼を上げ、まるで戦闘機のような左ロール運動に入った。フワッ、と全ての物が浮き上がる感じがして、次の瞬間コクピット前面風防では景色が回転し、東京湾の海面が逆さになって覆いかぶさってきた。

「う、うぐっ」

天地が逆になったコクピットはシェーカーのように回転し、〈火を吐く亀〉は天井にたたきつけられた。次の瞬間、主翼が失速したのかガクガクッとさらに大きな衝撃が襲い、その手からリモコンが吹っ飛ぶようにこぼれた。

ドシーン！

失速の衝撃が機体を震わせた。

777の客室内は、ふいに襲った衝撃と異様な回転運動に、乗客たちが悲鳴を上げた。固定されていない物は全て宙に飛び、着席していなかったテロリストたちがふらつきながら浮き上がった。

う、うわっ
うわぁーっ
きゃぁあーっ
背面になった巨大旅客機は急激に機首を下げると、都心上空から東京湾の海面目がけて旋転急降下に入った。

富士桜テレビ報道センター。

『よしみ！』

ずらりと並んだモニター画面に、美帆の泣き顔のアップが映り、涙声で訴えた。

『わたし言いそびれたけど……彼は、彼は本当は、変身したあなたが好きなのよ！』

な、何だこれ――？　と顔を見合わせる技術スタッフたち。しかし慌ただしく首相官邸前の中継の段取りをする等々力と柄本は、その映像を見ていない。

「二十秒で官邸だ」

「回線、準備よし」

「秒読み開始」


電気店の前。

『言えなくてごめん。わたし辛くって、どうしても言えなかったの。でも今伝えるわ。彼は、スーパーガールが好きだって。忘れられないって。〈空飛ぶ銀色の雪女〉が、わたしなんかよりも、ずっと好きだって』

画面の中で、美帆は訴えた。

『だからお願い。彼を助けて――！』

『水無月さん』

『水無月さん、どういうことですかっ』

レポーターにもみくちゃにされながら、美帆は訴える目を画面に向け続けた。

「……美帆」
ウインドーの画面を見ながら、よしみは肩を上下させた。
チリン
左の手首で、銀のリングが鳴った。
よしみはハッと思い出したように手首を見た。
「……イグニス」
唇を、嚙み締めるよしみ。
「イグニス……あたし、勇気がないんだ。克則の前に変身して出て行く勇気が……」
巨大な旅客機は、晴天の東京湾上空で背面から機首を真下へ向け、旋転急降下――キリモミに入ってしまった。青黒い海面を目がけ、螺旋状に落下し始める。
ギュォォオオオオッ
うわっ
うわぁあああっ
機内の空間は、無重力のように物が浮き上がり、逆落としに前方へ傾き、上下がわからないくらい激しく回転した。
きゃぁあああっ

「ああっ。旅客機が……！」

突如空中で仰向けにひっくり返り、頭を下にダイブし始めた機影を目にして、江里が悲鳴を上げた。

「りょ、旅客機が真っ逆さまに――！」


「た、大変だっ」

ヘリの映像をモニターしていたスタッフが叫んだ。

「等々力さんっ。飛行機が。飛行機がっ」

「何」

「どうした」


『よしみ、お願い！』

画面の中で、もみくちゃにされながら美帆は叫んだ。

『お願い。助けに行って！』

「美帆……」

キラッ

一瞬、リングが蒼白い閃光を発した。よしみの両の瞳が、眩い閃光を跳ね返した。

「うっ」

よしみは目覚めたように目をこすった。

「イグニス――」

とたんに、〈聴覚〉が蘇った。

うわぁあああっ

たっ、助けてぇーっ

「こ、この悲鳴は……」

聞こえる。耳に直接響いてくる。大勢の人が、助けを求めて叫んでいる……。

よしみは、すうっと息を吸い込むと、ゆっくり吐いた。

「……わかったわイグニス。あたしに勇気を――勇気をちょうだい」

よしみは目を上げた。

次の瞬間、駆け出した。

「等々力さんっ。テロリストの旅客機は原因不明の操縦不能状態、海面へ真っ逆さまに落下していきます！」

「何だとっ」

「だから言わんこっちゃない！」

「うわぁっ。落ちます、落ちますっ」

よしみは走った。
ぺたぺたぺたっ
「何でこういう時に限って、健康サンダルなのよ――！　かっこ悪いったら、ありゃしないっ」

――『スーパーガールのよしみは、強くて、かっこよくて素晴らしいわ』

正義の味方はかっこよくなんかないよ、美帆……。

遠くの悲鳴が、強くなる。

急げ。旅客機の人たちが危ない。

「イグニス！　飛ぶわっ」

だっ
よしみは商店街の歩道を蹴って跳んだ。
同時に、
「音速、突破！」
ズドンッ
品川区の上空へ急上昇するよしみの全身からアディダスのジャージが一瞬で弾け飛び、眩い閃光とともに白銀のスーパーガールが現出した。
「急げっ」

東京湾上空。

「ああっ。旅客機が……旅客機がっ……！」

羽田沖の貨物船の往来するあたりの水面へ、777はくるくる回転しながら真っ逆さまに突入していく。そのシルエットを目で追いながら、江里はマイクに悲鳴を上げ続けた。

「247便は、突然急降下を始め、東京湾のコンテナターミナル沖の海面へ、突っ込んでいきます！　いったいどうしたのでしょうかっ。機内で何が起きたのでしょうかっ」

富士桜テレビのベル206は、巨大な双発機を追うように機首を下げる。

「だめだ。とても追いつけない。あいつらは、自殺するつもりだっ！」

パイロットが叫んだ。

「あと十秒かからず、海面へ突っ込むぞ！」

「そ、そんな……」

江里は嗄《か》らした喉に、ごくりと唾を呑んだ。

流線型の機影が、くるくると回転しながらコンテナターミナルの向こう側に呑み込まれていく。

「そんな……」

「だめだ。祈ろう」

だがその時。

ドンッ！

突然凄まじい衝撃波がヘリを横から襲うと、空気ごと押しのけてひっくり返そうとした。

「わっ」

「きゃあっ」

機体がロールした。江里はシートにしがみついた。その瞬間視界の端を、何か銀色に輝くものが物凄い疾《はや》さで追い越していった。

ドヒュンッ

「くそっ。何だっ」

パイロットが必死で回復操作をする。大波をかぶったようにヘリは揺れ、江里はマイクを放り出してしがみつくしかなかった。

「なっ――何なの今のは⁉　……痛っ」

舌を噛んだ。

ずざぁぁあああっ

窓の外に物凄い風切り音。絶叫マシンのように回転しながら急降下する機内の空間は、固定されていない手荷物が残らず浮き上がり、シートベルトの締め方が甘かった乗客の身体も宙に浮き、悲鳴を上げながら遊泳した。

「きゃあっ」

橋本克則の隣の窓際の少女も、ほっそりした腰がベルトから抜け、手荷物の舞う空中へ泳ぎ出そうとした。

「だ、大丈夫かっ」

克則は凄まじいマイナスGに歯を食いしばりながら少女のウエストをつかみ戻し、座席へ降ろしてかばった。

「きゃあっ、きゃあっ。パパ！」

「くそっ。何が起きているんだ……！」

「待てぇっ」

よしみは超音速で777を追いかけた。

都心上空へ駆けつけたよしみは、旅客機が急角度で海面へ突入していくのを目にして、必死で追いかけた。途中でどこかの取材ヘリを吹っ飛ばしたが、構っている暇はない。

「止まれ、止まれったら。何考えてるんだっ！」

流線型の機体は、羽田空港と東京湾コンテナターミナル沖の海面に、ロールしながら急角度で突入していく。下の水路に赤茶色のコンテナ船が並んでいる。

テロリストは、乗客を道連れに自殺するつもりなのか――⁉

「じょ、冗談じゃないっ」

銀色のコスチュームのよしみは、空を蹴った。

バビュンッ

「くっ。全速力……！」

止めなくちゃ。何とかして止めなくちゃ。

マッハ3で急降下。海面が迫る。巨大な機体の尾翼が近づく。突っ込んでいく。追いつけるか？　激突まであと五〇〇メートルもない……！

回転する尾翼へ手を伸ばす。白い波頭が迫る。手の先に垂直尾翼が触れる。銀のグローブでつかむ。滑る。もう一度両手でつかむ。また滑る。「だめだ、止められない」あきらめるなよしみ……！　自分を叱咤《しった》する。

ギュォオオオオッ

海面まであと三〇〇メートル。

「こうなれば、回転を止めて機首を持ち上げるしかないっ」

よしみは息を止め、ジャックナイフ・ダイビングのようにロールする巨大な機体の腹の下をくぐった。ブンッと回ってくる主翼を下から蹴った。

「えいっ」

主翼をどかんと一撃され、回転が一瞬止まる。よしみは機体よりも疾く降りて機首の下へ回り込む。海面が目の前にぐわっと迫る。全てがスローモーションのようだ。目をつぶって身をひるがえし、ロケットのような葉巻形胴体の機首レドームに下から手をかける。

白い波頭まで一〇〇メートル。

「止まれ、止まれ……！」

五〇メートル。

背中に迫り来る海面を感じながら、両腕に渾身の力を込めた。

「持ち上がれっ、こなくそーっ」

14

ドォーンンッ！

東京湾コンテナターミナルのクレーン群を震わせて、凄まじい衝撃波と水膜が球状に拡散した。

水中爆発のような水膜の中心は、東京港沖の海面だ。追尾してきた富士桜テレビのヘリが海底火山のような球状水柱に出くわして、からくも反転急旋回する。

「うわあっ」

「きゃあっ、りょ、旅客機が突っ込んだ……⁉」

中山江里が悲鳴を上げる。

報道センターのモニター画面では、ヘリからの映像にザザッとノイズが走り、次の瞬間急旋回のGでカメラの支持架が壊れたのか、視界が仰向けにひっくり返って空しか映らなくなった。

「か、海面に激突したのかっ」

等々力の叫びに、報道センターの全員が息を呑んだ。

「――い、いや」

柄本が画面を指さした。

「あれを見ろっ」

天を向いたカメラの視界の中、水煙の中から何か巨大な影が一瞬現れ、ヘリのすぐ頭上を日を遮って横切った。

「な、何だ」

「何だ、今のは」

「あ、あれは――旅客機の腹だ！」

柄本は叫んだ。

「777は落ちてないっ。上昇していくぞ！」


「ゴホッ、ゴホッ」

よしみは咳き込みながら、巨大な旅客機を腹の下から支えて上昇させていた。

高度がどんどん上がる。海面から離れていく。

ズゴォオオオッ

潮風がよしみの髪をなびかせる。

「あ、危なかった……」

激突の一瞬前。東京湾の波頭をわずか一〇メートルの間隙でかすめ、777はよしみの手で空中へ持ち上げられた。衝撃波と強烈なGで機体のあちこちにひびが入ったかもしれないが、大惨事はまぬがれた。爆発のように見えた水柱は、三〇〇トンの機体が音速近くで海面に迫ったために空気が圧縮されて起きた、膨張拡散現象だった。

「でも――ゴホッ。うぇっ。ぐしょ濡れだわっ」

また髪の毛がぼさぼさだ。


「りょ、旅客機が――海面に突っ込んだかと思われた旅客機が、上昇していきます！　間一髪、激突は回避された模様ですっ」

ようやく揺れの収まったヘリから、中山江里がかすれた喉で叫ぶ。

「わたしたちの頭上を、通過していきます！」

「す、凄い引き起こしだ……。信じられん」

パイロットが遙か頭上へ小さくなる機影を見上げ、頭をふる。

東京湾を下に見て、まるで何かに持ち上げられるように鋭い角度で上昇していく777

の機影がヘリからのモニターに映ると、柄本は「はっ」と我に返ったようにインカムのマイクに怒鳴った。

「ヘリ！　ヘリ！　あの機体の下面を最大望遠で撮れっ。超望遠ＶＴＲで――はっ」

言いかけて気づき、柄本は振り返った。

「し――しまった……」

彼の〈秘密兵器〉、超高速超望遠ＶＴＲカメラは、ケースに入ったまま報道センターの隅の棚に乗せてあった。

「く――くそっ」

「くそっ。ええいどうしたっ。なぜ爆発せん！」

777のコクピットでは、行動の自由を取り戻した〈火を吐く亀〉が、悪態をつきながら爆弾のリモコンを捜していた。カウントダウンが正常に働いていれば、とうに爆発しているはずだった。

「も、もうやめましょう。〈火を吐く亀〉」

息を吹き返した〈空飛ぶ包丁〉が、全身打撲に顔をしかめながら暴走するリーダーの腕に手をかけた。

「や、やめましょう。このまま撤退しましょう」

「うるさい、放せっ」

〈火を吐く亀〉は、引き留める盟友の手を振り払うと、C4爆薬の黒いリモコンを床に見つけて拾い上げた。カウンターの赤いデジタル数字は『15』で止まっている。手から放れて吹っ飛んだ時の衝撃で、停止スイッチが入っていた。

「あったぞ。今度こそ自決だっ」

「や、やめてくださいっ」

「そうだ、やめてくれっ」

縛られたままの副操縦士も叫んだ。だが〈火を吐く亀〉は「ええい、うるさい」と怒鳴ると、リモコンを腰にさしてガムテープを取り出した。

「小うるさい操縦士、口を塞いでくれる。死ぬまで黙ってろ」

その機内では、凄まじいGが解けた客室通路に、〈しねしね党〉メンバーたちがふらつきながらも立ち上がっていた。周囲はうめき声や悲鳴で満たされている。

「いったい、何が起きたんだ」

「わからん。とにかく、人質どもを黙らせろ」

メンバーたちは全員で人質の再制圧にかかった。激しい機体の運動で、多くの乗客が座席から放り出されていた。

「ぜ、全員、騒ぐな！　ただちに着席し、両手を頭の後ろに載せろっ」

そう指示しながら覆面のメンバーたちは再び巡回を開始した。

だが、ビジネスクラス客室の橋本克則の隣席では、先ほどの引き起こしのGで少女が腰を打ちつけ、うめいていた。

「う、うぅ……」

「大丈夫か。しっかりするんだ」

克則はテロリストたちの指示を無視し、かがんで抱き起こそうとした。

「あっ、この野郎」

少女を介抱しようとする克則を見咎めると、銃を持ったメンバーの一人が駆け寄り、木製の台尻で殴りかかった。

「いい格好するんじゃねえ。指示に従え！」

「な、何をする」

ガツッ、と振り下ろされた台尻が、克則の後頭部を強打した。

「うぐっ――！」

機体を下から持ち上げていたよしみは、克則の殴打される音とうめき声を耳にした。

「はっ――克則！」

克則が危ない。いつまでも飛行機など、持ち上げている場合ではない。

今行くわ、克則……！

よしみは顔をしかめると、両手で持ち上げた777の機体を、陸上競技の槍投げのように天空高くへ投げ飛ばした。

「飛んでいけ、うぉりゃーっ」

びゅうううんっ

機体は斜めに急上昇する。それを追いかけて、白銀のスーパーガールは空を蹴って飛んだ。

ビュンッ

よしみはすぐに追いついて機体尾部に取りつき、後部客室ドアを蹴り破った。

「えいっ」

先ほどのキリモミ降下のせいか、機体与圧システムは効かなくなっていた。どかんっ、と左側5番ドアが内側へ簡単に吹っ飛び、よしみはエコノミークラス客室の最後部へ突入した。

「なっ、何だ」

「何だっ？」

振り向くテロリストたち。

「何だ、貴様はっ⁉」

ビジネスクラスの客席では、殴られた克則が座席に昏倒していた。

「ざまを見ろ。余計なことをしやがって――ん？」

銃を手にしたメンバーは、ふいに後部客室でわき上がった悲鳴に振り向いた。

「何事だ」


「克則っ。克則はどこっ」

突入したスーパーガールよしみは、物の散乱するエコノミー客室の通路に着地した。

その姿は白銀に輝いていたが、髪の毛はぼさぼさで、その上ここ数日のもろもろのことがあったので、彼女の機嫌は非常に悪かった。だが動転したテロリストたちは、無謀にも虫の居所の悪いスーパーガールに銃を向けてしまった。

「誰だ貴様はっ」

「撃て、撃てっ！」

覆面の五名が、銀色のコスチューム姿に簡易製造銃を一斉に向けるが
「どけぇっ」

よしみは壁を蹴ると、抵抗する〈しねしね党〉メンバーたちをなぎ倒し、キャビンの空中をぶっ飛んだ。照準する暇もなく跳ね飛ばされ、男たちは「ぎゃっ」「うぎゃ

あっ」と悲鳴を上げながらちりぢりに宙を舞い、客席の中になだれ込んだ。

どさ
どさどさっ
ドヒュンッ
「克則、どこっ」

よしみは驚いて伏せる乗客たちの頭上を飛び越えた。ビジネスクラス客室のカーテンの前に立っていたメンバーが「と、止まれ！」と銃を向けてきたが、

「どけぇーっ！」

「ぎゃあっ」

一瞬で弾き飛ばした。よしみはそのまま、ビジネスクラス客室へ突入する。よしみの通過したあとでは乗客たちが立ち上がり、フラフラになったテロリストに「この野郎」と寄ってたかってのしかかり、大乱闘が始まった。

「克則、どこっ？」

ビジネスクラス右側の座席列に昏倒した橋本克則を見つけると、よしみは通路にふわりと着地した。

「克則！」

驚く周囲の乗客たち。立ち上がろうとする乗客に銃を向け、鎮まれ、鎮まれ！　と

叫びながらメンバーたちが走り集まってくる。

「克則、しっかりして！　助けに来たわ。あたし、助けに来たわ」

よしみは周囲にまったく構わず、倒れていた克則を仰向けに抱き起こした。二十六歳の長身の青年は呼吸はしていたが、気を失っているようだった。

「克則、克則。あなたが好きよ。愛しているわ」

目を開けない克則に、よしみは呼びかけた。

「貴様っ、何者だっ」

背後からよしみの後頭部目がけ、覆面のメンバーが銃の台尻を振りかざしたが
「うるさい」

よしみは振り向くと、片手で吹っ飛ばした。うぎゃあっ、と跳ね飛ばされる男には目もくれず、

「克則。聞いて。ねぇ聞いて」

よしみは乱れた髪を掻き上げながら克則を再び抱き起こし、告白を続けた。今こそ本当のことを言おう、と思った。これまで勇気がなくて彼に言えなかったことが、口をついてほとばしり出てくるようだった。

「克則。あたし――あたしこんな境遇になってから、仕事もうまくいかないし、誰も認めてくれなくて自信を失っちゃって、あなたにありのままの自分のことを、話す勇

気がなくなっていたの」

「このアマ、何者だっ⁉」

背後から三名のテロリストが襲ってきたが、

「ええいうるさい」

よしみは後ろを見もせず、片手で吹っ飛ばした。

「ぎゃっ」

「うぎゃあっ」

「克則。克則、大丈夫？　聞こえてる？」

よしみはすうっと息を吸い込むと、腕の中で目を閉じている青年に、最大の愛しさを込めて告白した。

「克則。今日こそ言うわ。告白するわ。あなたをあの雪崩から救った雪女は……〈銀色の雪女〉は、あたしなの。あたしなのよ。愛しているから、見つけられたの。救い出せたのよ――！」

そこへ機内の〈しねしね党〉残存メンバー全員が、どどどっ、と床を踏み鳴らして押し寄せてきた。前方のコクピットからも、「何事だっ」と〈火を吐く亀〉が怒鳴り込んできた。

「あっ、あいつは――」

〈火を吐く亀〉の後ろから「やめましょう、もうやめましょう」と訴えながら続いてきた〈空飛ぶ包丁〉がよしみの白銀のコスチュームを指さして叫んだ。

「あいつは、この間、飛行船を投げ飛ばした〈空飛ぶスーパーガール〉だっ」

「何。おおっ、まさしくあのコスプレ女だ！　全員で捕まえて縛り上げろっ」

〈火を吐く亀〉の怒りの号令に、戦闘服のテロリストたちは周囲から一斉に銃を向けて威嚇した。

「手を上げろ！」

「撃つぞっ！」

テロリストたちは、青年を抱き起こすスーパーガールを包囲して迫った。

「こら、聞いてるのか」

「本当に撃つぞ」

「手を上げろ」

「こっち向け」

「克則、起きて。克――ええいうるさいっ」

むかっ。よしみは怒った。振り向きざま、突きつけられた銃身の一本をつかみ取ると、ぐいっとひん曲げた。

「な――!?」

絶句するテロリスト。

「う、撃て」

「撃て、撃てぇっ」

「ええいもうっ」

克則に話しかけるのを邪魔されたよしみは、いまいましげに立ち上がると自分を包囲した戦闘員の一人の胸ぐらを片手でふんづかまえ、天井高く持ち上げた。

ぐいっ

「う、うわっ、やめろ、うわっ」

「うるさいっ」

よしみは容赦なく、宙に持ち上げた戦闘員をブンブン振り回し始めた。思わずのけぞる〈火を吐く亀〉筆頭のテロリスト十数名。だが構わずによしみは振り回し続ける。

「うわっ、うわあっ」

「なっ、何をする」

「やめろ危ない」

「何が危ないだ、ハイジャックなんかしといてっ」

よしみは怒りとともに、振り回した戦闘員をテロリスト集団へ投げつけた。

「人の愛の告白を、邪魔するんじゃねーっ!」

うわぁあああっ！　団子になってぶっ倒される〈しねしね党〉メンバー。

「う、うわ、うわ」

腰を抜かして後ずさる〈火を吐く亀〉をよしみはひょいと持ち上げた。

「何が『うわ』だっ」

「ちょ、ちょっと待て。ちょっと待て」

「うるさいっ」

よしみはテロリストのリーダーを客室後方目がけて力任せにぶん投げた。

「あっちで反省してろーっ！」

「う、うぎゃぁあああっ……！」

〈火を吐く亀〉は人の形に壁を突き破り、エコノミー客室の宙を飛ぶと、最後部圧力隔壁に逆さに投げつけられた蛙《かえる》みたいにバシッと張りついた。三十二歳の活動家はぐぇっ、とうめいたきり悶絶したが、その腰のベルトから黒いリモコンが抜け落ちて床を転がった。

「あっ。しまった……！」

それを目にした〈空飛ぶ包丁〉が叫んだ時にはもう遅く、激突のショックで再びスイッチの入った黒い携帯のようなリモコンは『14』『13』と赤い数字を減らしながら転がり、よしみが蹴り破って開けた後部左側5番ドアから空中へ消えてしまった。

「し、しまった。爆弾のスイッチが……！」

「爆弾……？」

「コ、コクピットに、爆弾があるんだ！　今、再び起爆スイッチが入ってしまった」

「何ですって」

「あと十秒と少しで、爆発するぞっ」


「爆――な、何ですって⁉」

爆弾が作動した……？

よしみは思わず、床に昏倒した克則を見た。この飛行機が爆発したら――みんな一巻の終わりだ。

「案内してっ！」

よしみは〈空飛ぶ包丁〉の襟首を引っつかむとコクピットへ駆け込んだ。右側操縦席に縛りつけられた副操縦士が、床の爆弾を顎で指して「うぐ、うぐ」とうめいた。

「これが爆弾ねっ」

よしみがビニールテープでぐるぐるに巻かれたケースを取り上げて問うと、副操縦士がガムテープを貼られた顔で「うぐ、うぐ」、〈空飛ぶ包丁〉が「そ、そ、そうだ」

とうなずいた。手製の爆弾の表には、リモコンと同じカウンターがあり、赤い数字が『０９』から『０８』へ減るところだ。

「よしっ」

よしみは爆弾を脇に抱えると、若い副操縦士の縄を一撃で断ち切り、口を塞いだガムテープをひんめくった。

「ちょっと訊くけど。あなた、一人でこの飛行機を降ろせる？」

「え」

「訊いてるの。一人で地上に降ろせる？」

「な、何とか」

「よかった。じゃ、あとは任せたわ」

よしみは、「えっ」と驚く副操縦士の肩をポンとたたき、爆弾を抱えてコクピットを走り出ようとした。だがふと気づいたように「あ、そうだ」と振り返った。

銀のグローブの腕の中でカウンターが『０５』『０４』と減る。〈空飛ぶ包丁〉が「あわ、あわわ」と腰を抜かしたようにへたり込む。

「あのね、副操縦士さん。この飛行機、あちこちひびが入ってるかもしれないし、後ろのほうのドア、ちょっと蹴破って壊しちゃったんだけど」

「は、はぁ」

「あとで『弁償しろ』とか、言わないでよね」

「――は？」

うわぁ爆発する！　と〈空飛ぶ包丁〉がのけぞって叫んだ。だが同時にシュッ！と空気を切る音がして、白銀のスーパーガールは掻き消すように見えなくなった。

＊　＊　＊

『今日の午後、羽田空港へ緊急着陸した太平洋航空247便を乗っ取っていた〈日本全滅しねしね党〉一味十七名は、なぜか全員が重度の全身打撲を負って戦意を喪失しており、駆けつけた警視庁第四機動隊に投降して、一人残らず逮捕されました。

乗客乗員三一八名は全員無事でした。なお、助かった乗客の多くが、〈空飛ぶ銀色のレオタードを着たスーパーガール〉を目撃したと証言していることについては、極限状況の中で集団ヒステリーを起こしたものと専門医は分析しています。

次のニュースです。

昨日大火災を起こした銀座黒木屋デパートのオーナーで社長の黒木渉容疑者が、消防法違反および業務上過失致傷の疑いで、警視庁に逮捕されました。黒木容疑者は、消防法で義務づけられた防火設備の整備をまったくせず、消防署の検査をダミーでごまかして、東京都からの防災補助金を愛人のマンション購入に注ぎ込んでいた疑いがもたれています。この買い物客の安全を無視した黒木容疑者の行為に、全国から怒りの声が集まっています』

　その晩。十時過ぎ。

〈熱血ニューズ〉の本番がオンエアされているスタジオで、ライトを浴びた峰悦子が原稿を読み上げている。画面には、羽田の滑走路《ランウェイ》16Lに着陸して止まっている777旅客機の遠景に続き、報道陣のフラッシュが焚《た》かれる中を蝶ネクタイの男が映し出されている。

『では、続いて本日の〈特集〉です』

　特集のVTRが画面に流れ出すと、カメラの切れたスタジオに、山のようなFAXの束を抱えた柄本が「等々力さん！」と駆け込んできた。

「等々力さんっ。見てください。あの黒木社長の正体と、黒木屋デパートの内情が明るみに出るにつれ、視聴者から物凄い反響です！」

　柄本は視聴者からのFAXの束を、等々力と悦子が座るテーブルにどさりと置いた。

「局の電話は、さっきから鳴りっ放しです。内容は全部同じ。『あの火災現場の女性レポーターは、ひどい社長をよく怒鳴ってくれた』と――視聴者の声は全て『よくやった』『あのレポーターをもっと出せ』です！」

「う、ううむ」

「等々力さん！」

柄本は、腕組みをする等々力に迫った。

「ううむ……」

「どうします？　等々力さん」

峰悦子も、横目で尋ねた。

「それとも、まだあの子を使うのが恥ずかしい？　そっくりだものね。昔のあなたに」

「いや……。そんなことはない」

等々力猛志は顔を上げた。

「わかった。柄本、桜庭よしみを呼び戻せ」

だがそこへ、追いかけてきた局プロデューサーが割り込んだ。

「等々力さん。困るよ、それはだめだ。局上層部はあくまで反対だ。あんな危ない奴に、記事は読ませられない。桜庭の採用など、断じてだめだ！」

「そ、そんな！　視聴者の声は――」

柄本が抗議するが、

「だめだだめだ、断じてだめだっ」中年のプロデューサーは、まるで桜庭よしみを採用したら、明日にでも自分の身が危ういとでもいうような勢いで頭を振った。「あんな危ない奴に、ニュースを読ませられるか。絶対だめだっ」

「待ってくれ、プロデューサー」

　等々力は、いきりたつプロデューサーを手で制した。

「問題はだ。桜庭よしみを採用すると、オンエア中に感情に任せて何を言い出すかわからない、ということだろう」

「その通り」

「つまり、桜庭よしみに事件のレポートや、原稿を読ませなければいいわけだろう」

「そ、それはそうだが……」

「ニュースは読まなくても、顔を出させれば、視聴率アップになるのではないか」

「？」

「？」

　柄本と峰悦子が、等々力の顔を見た。

「……どういうことです？」

　プロデューサーも、怪訝な顔をした。

エピローグ

ハイジャック事件の解決から、三日後。

〈もぎたてモーにんぐ〉のオンエアがすんだ午後、山梨涼子の入院する信濃町《しなのまち》のK大学付属病院を、長身の中年男が訪れた。

「何回やっても、こういう役回りはなぁ……」

楡《にれ》の梢《こずえ》に覆われた正面の石段を、つぶやきながら上って行くのは杉浦龍太郎だ。


涼子の病室は、古い入院病棟の三階にあった。

ベッドの上に上半身を起こし、涼子はピンクのパジャマの膝に愛用のノートパソコンを広げ、キーをたたいていた。

「な……何よこれ」

現れた画面を一瞥《いちべつ》し、涼子は舌打ちをした。

個室の壁には、全国の〈もぎたてモーにんぐ〉視聴者から贈られた千羽鶴が吊るされ、飾られている。

『身体の不自由な弟を最後までかばって助かった』というエピソードが、番組で紹介されたからだ。

しかし〈もぎたて〉のお天気コーナーは、あの日以来、新人の〈女子大生お天気キャスター〉雪見桂子に独占されていた。この病室でも、ポータブルテレビでオンエアは毎朝見ることができるが、涼子は心休まることがない。コーナーで天気を解説したあとに『山梨さん、早くよくなってくださいね』と余裕でかます雪見桂子の笑顔は、まるで勝ち誇っているようだった。

「何なのよ。〈山梨涼子〉で検索しても三十四件しか出てこないのに、何であの子の名前で検索すると千四百件もヒットするのよ。先週デビューしたばっかりだってのに！」

涼子は、インターネットの検索結果を見て拳を握り締めた。まだ大学三年に在学中で、今年度の〈ミスK応〉だとかいうあの雪見桂子は、今回の事件で緊急デビューのチャンスを得るや、瞬く間に人気を伸ばしていた。〈もぎたて〉の出演は三日目だというのに、もうネット上にファンサイトが立っている。『目標は、来年、富士桜テレビの局アナになることです。将来は、女優にも挑戦したいし、国際ジャーナリストにもなりたいな』早速、本人からのメッセージの書き込みがあったらしく、笑顔の写真に重ねてでかでかと掲示されている。

「局アナ⬇女優⬇国際ジャーナリストぉ？　いい加減にしろこの野郎——いててっ」

拳で膝をたたきかけて、顔をしかめた。肩を脱臼しているのを忘れていた。

「あつつっ——くそっ」

そこへ、ドアをノックして杉浦が入ってきた。

「涼子ちゃん。どうだ？」

「あっ。杉浦さん」

涼子はシーツの上で座り直すと、パソコンを脇へどけて、ぺこりとお辞儀した。

「ど、どうもすみません。ご心配かけて」

それに個室まで――と言いかける涼子を、長身の中年男は「いいから」と制した。

「ここの個室はな、涼子ちゃん。局の都合で用意させてもらった。他局からの取材攻勢をシャットアウトするためなんだ。遠慮しなくていい」

「は、はい」

答えながらも、涼子は杉浦が立ったまま、来客用の円椅子に腰掛けないので不安そうな顔をした。まるで杉浦は、さっさと用事をすませて帰ろうとしているみたいだった。

「涼子ちゃん。向こうで先生には聞いてきたんだが……」

杉浦は涼子に目を合わせず、窓のブラインドを指で広げると、病院の庭の楡の木を覗きながら言った。

「君の怪我の具合は軽くて、来週には退院できそうだというじゃないか」

「はい」

「よかったな」

「は、はい。それはもう、仕事なんか、すぐにばっちり」身体なんか、もうこんなに元気で――と腕を回しかけ、涼子はまた「あつつっ」と顔をしかめる。

「あつつっ――だ、大丈夫です。ばっちりです」

しかし、必死にはしゃいだような声を出す涼子を、杉浦は見ようとしない。外を見たままだ。

「実はなぁ……。残念なんだが」

中年のプロデューサーの薄いサングラスに、ブラインドの縞模様と楡の木の緑が映り込んでいる。激しい視聴率競争のせいか、四十代にしては額にしわが多いように見える。

「涼子ちゃんには、すまないことになったよ」

杉浦はつぶやくように言った。

「あ、あの――」

デパートの階段で弟を引きずり上げた右肩をさすりながら、涼子はプロデューサーの横顔を見上げた。

「あの、あたし――やっぱり……」

「そういうことだ」

杉浦は、深くため息をついた。

「すまない。君のピンチヒッターのつもりだった、新人の雪見桂子なぁ。出るやいなや凄い人気でな。『これからも毎朝出せ』と、局のホームページにメールの山だ」

「……」

「反響がネットばかりというのは、うちの番組の主力視聴層とはちょっと違うんじゃないかと、俺も抵抗はしたんだが。君にだって、お見舞いの葉書や千羽鶴が届いているんだ。だが雪見へのファンメールのほうが、数は一千倍も多い。局の上層部が、反響の大きさだけを見て舞い上がってしまった」

「……それじゃ」

「すまないが――君はこのまま、ずっと『お休み』ということになった。治療費のほうは心配しなくていい。今日はその決定を伝えにきた」

「……」

涼子は、息を呑んだ。『ずっとお休み』――呆気ない言われ方だった。しかしプロデューサーが用済みのタレントを切る時なんて、いつもこんなものだ。局の中で、先輩のフリーのキャスターがそういう目に遭うのを何度も目撃してきた。とうとう自分にも、その番が回ってきたのだ。

「じゃ、元気でな」

言い残すと、杉浦は涼子に顔を合わせず、つかつかと病室のドアへ向かった。

「す、杉浦さん」

涼子が呼ぶと、杉浦は立ち止まった。

その背中へ、山梨涼子は深々と頭を下げた。

「い、今まで使ってくださって、ありがとうございました！　こんなあたしを……本当は杉浦さん、あたしが新人をいびって追い出していたこと、ご存じだったんでしょう？」

「さぁな――あ、それから」

杉浦は振り向くと、思い出したように上着のポケットから一枚の紙を取り出して、ベッドに置いた。

「これを、見ておくといい」

「？」

涼子が手に取ると、杉浦は短く説明した。

「少し遠いんだが。高知《こうち》の地元U局がアナウンサーの経験者を中途採用するらしい。その募集要項だ」

紙を広げた涼子が、また息を呑んだ。

「――こ、高知よさこいテレビ……!?」

「涼子ちゃん」

「は、はい」

「君は、局アナになったほうがいい。君のしゃべりは確かだが、天気の解説はあまり面白くない」

「……」

「四国なら暖かいから、淳一くんの療養にもいいだろう。やる気があるなら、俺が推薦を入れておく」

「す、杉浦さん……」

涼子が涙をためた目で見上げると、杉浦は「じゃあな」と片手を上げて病室を出ていった。薄いサングラスは、最後まで取らなかった。

＊　＊　＊

そのさらに、一週間後。

「決まったんだって？〈熱血〉のキャスター」

向かい合った美帆に訊かれて、よしみは円いテーブルの上でプルプルと頭を振った。

「ううん」

「だって、あなた採用されたって杉浦さんに聞いたわ」

美帆がよしみに「再就職のお祝いを兼ねて、仲直りのランチしよう」と電話してきたのは、ハイジャック事件が解決してから十日が過ぎた朝だった。全国のCDショップ回りが一段落するまで、東京へは戻れなかったのだという。

すぐに「うん。しようしよう」と返事をしたよしみは、白金台の坂上の〈ブルーポイント〉で一緒にお昼を食べる約束をした。午後に一時間だけスケジュールを空けた美帆は、一人でやってきた。

「採用は、されたわ」

「よかったじゃない。おめでとう」

「ただしね、〈熱血ニューズ〉のお天気キャスターなの」

「お天気――？」

「うん。なぜか『お天気キャスターとして出ろ』だって」

「じゃ、アシスタント・キャスターは？」

「峰悦子さんの代わりに等々力さんの隣に座るのは中山江里よ。結局、負けちゃったの。若いディレクターの人がずいぶんあたしのこと推《お》してくれたらしいんだけど、『中継でバカヤローなんて叫ぶような娘は危なくて使えない』だってさ。ちょうどお天気キャスターの大石恵子《おおいしけいこ》さんがタレント活動を本格的にやるので、〈熱血〉を降りるところだったんだって。あたしはその後釜《あとがま》」

よしみがフォークをくるくる回しながら言うと
「そう。でもよかったわ」

美帆は笑った。

「――ところでさ、よしみ」

「ん」

「例の告白は、したの？」

「え？」

「克則さんに。〈雪女〉の正体について」

「そ、それは……したんだけど」

よしみは、フォークを止めた。

「……飛行機の中で、確かにしたんだけど。何か彼、気を失っていて、聞いてなかったみたい。病院へお見舞いに行って、再就職のこと話しても『友達として嬉しいよ』なんて言うんだもん……」

「それじゃ、克則さんはまだ知らないの？　よしみがスーパーガールだってこと」

「う、うん」

「どうするのよ」

「どうするのって……」

よしみは、ポリポリとおでこを掻いた。

「……ど、どうしよう」

「早く告白しなさいよ。そうでないと、わたしがまた獲っちゃうぞ」

「美帆ぉ」


二人は、カフェの緑の木陰で、お茶を飲みながら束の間のおしゃべりをした。よしみの〈聴覚〉にも何も悲鳴が聞こえてこない、平和な昼下がりだった。

「就職はできたけどさ……。道のりは遠いなぁ」

「いつかキャスターになれるよ、よしみ」

「なれるのかなぁ、あたし」

「よしみはいい子だもの。いつかきっと、最後には幸せになるよ。いろいろ、辛いことがあっても、きっと大丈夫だよ」

「何だか美帆の言い方、変」

よしみは笑った。

「そうかな」

「そうよ」

「でもねよしみ、最後に夢を実現する人ってどういう種類の人かというと、才能がある人でも強い人でもなくて、『自分はきっとそうなる』って信じている人なんだって」

「ふうん」

「だから大丈夫」

ウェイターがカフェオレのお代わりを運んできた。

「ねぇよしみ、あのね。わたし聞いたんだけど」

美帆があらたまって口を開きかけた時、よしみは「あ、ちょっと」と遮って左の耳を空に向けるようにした。目を閉じて、何かに聞き入る。でも美帆にはイチョウの樹の葉擦れの囁きしか聞こえない。

「どうした？」

「今、成田で飛行機がオーバーランしたわ」

よしみはカフェオレのカップを置くと、バッグを持って立ち上がった。

「ごめんね美帆。あたし、行かないと」

美帆は、よしみを見上げた。

「そっか――」

サングラスの美帆は、立ち上がると微笑して、よしみの肩をたたいた。

「また電話する」

「うん。あたしも」

「行っといで」

「うん」

シュッ、と空気を切る音がしたと思うとよしみの姿はそこになく、晴れた東京の空に光る点が遠ざかり、消えるところだった。

美帆はテラスから青空を見上げて、つぶやいた。

「頑張れよしみ——たたかうニュースキャスター」

〈鋼の女子アナ。〉おわり

ＪＡＳＲＡＣ　出１５１３５２２-５０１

なお本作品はフィクションであり、実在の個人・団体などとは一切関係がありません。

文芸社文庫

鋼《はがね》の女子アナ。

二〇一五年十二月十五日　初版第一刷発行

著　者　夏見正隆
発行者　瓜谷綱延
発行所　株式会社　文芸社
〒一六〇-〇〇二二
東京都新宿区新宿一-一〇-一
電話　〇三-五三六九-三〇六〇（編集）
〇三-五三六九-二二九九（販売）
印刷所　図書印刷株式会社
装幀者　三村淳

ISBN978-4-286-17170-8

［文芸社文庫　既刊本］

トンデモ日本史の真相　史跡お宝編
原田　実
日本史上の奇説・珍説・異端とされる説を徹底検証！　文庫化にあたり、お江をめぐる奇説を含む2項目を追加。墨俣一夜城／ペトログラフ、他

トンデモ日本史の真相　人物伝承編
原田　実
日本史上でまことしやかに語られてきた奇説・珍説・伝承等を徹底検証！　文庫化にあたり、「福澤諭吉は侵略主義者だった？」を追加（解説・芦辺拓）。

戦国の世を生きた七人の女
由良弥生
「お家」のために犠牲となり、人質や政治上の駆け引きの道具にされた乱世の妻妾。悲しみに耐え、懸命に生き抜いた「江姫」らの姿を描く。

江戸暗殺史
森川哲郎
徳川家康の毒殺多用説から、坂本竜馬暗殺事件の謎まで、権力争いによる謀略、暗殺事件の数々。闇へと葬り去られた歴史の真相に迫る。

幕府検死官　玄庵　血闘
加野厚志
慈姑頭に仕込杖、無外流抜刀術の遣い手は、人を救う蘭医にして人斬り。南町奉行所付の「検死官」が、連続女殺しの下手人を追い、お江戸を走る！

［文芸社文庫　既刊本］

蒼龍の星㊤　若き清盛
篠　綾子
三代と名づけられた平忠盛の子、後の清盛の出生の秘密と親子三代にわたる愛憎劇。やがて「北天の王」となる清盛の波瀾の十代を描く本格歴史浪漫。

蒼龍の星㊥　清盛の野望
篠　綾子
権謀術数渦巻く貴族社会で、平清盛は権力者への道を。鳥羽院をついで即位した後白河は崇徳上皇と対立。清盛は後白河側につき武士の第一人者に。

蒼龍の星㊦　覇王清盛
篠　綾子
平氏新王朝樹立を夢見た清盛だったが後白河との仲が決裂、東国では源頼朝が挙兵する。まったく新しい清盛像を描いた「蒼龍の星」三部作、完結。

全力で、1ミリ進もう。
中谷彰宏
「勇気がわいてくる70のコトバ」——過去から積み上げた「今」を生きるより、未来から逆算した「今」を生きよう。みるみる活力がでる中谷式発想術。

贅沢なキスをしよう。
中谷彰宏
「快感で生まれ変われる」具体例。節約型のエッチではなく、幸福な人と、エッチしよう。心を開くだけで、感じるような、ヒントが満載の必携書。